Chinese Edition of
World Literature Today

当代世界文学

第·五·辑

张　健　戴维斯-昂蒂亚诺（Robert Con Davis-Undiano）◎主编
刘洪涛（常务）　丹尼尔·西蒙（Daniel Simon）　张清华◎副主编

中国社会科学出版社

图书在版编目(CIP)数据

当代世界文学：中国版．第5辑／张健主编．—北京：中国社会科学出版社，2014．5

ISBN 978－7－5161－4217－2

Ⅰ．①当…　Ⅱ．①张…　Ⅲ．①世界文学—现代文学—文学评论　Ⅳ．①I106

中国版本图书馆CIP数据核字(2014)第083584号

出 版 人　赵剑英
责任编辑　刘志兵
责任校对　李　莉
责任印制　李　建

出　　版　中国社会科学出版社
社　　址　北京鼓楼西大街甲158号（邮编100720）
网　　址　http://www.csspw.cn
　　　　　中文域名:中国社科网　　010－64070619
发 行 部　010－84083685
门 市 部　010－84029450
经　　销　新华书店及其他书店

印　　刷　北京市大兴区新魏印刷厂
装　　订　廊坊市广阳区广增装订厂
版　　次　2014年5月第1版
印　　次　2014年5月第1次印刷

开　　本　710×1000　1/16
印　　张　18.25
插　　页　2
字　　数　287千字
定　　价　55.00元

《当代世界文学》(中国版)编委会

World Literature Today

A Bimonthly Magazine of International Literature & Culture
Published at the University of Oklahoma
Norman, Oklahoma, USA
Founded in 1927

Volume 85

www. ou. edu/worldlit

目　　录

作品选萃

世界文学综论

科学与文学

英语诗歌

后苏联时期文学

意大利文学

当代中国文学与世界

作家访谈录

新书评论

Contents

SELECTED WORKS

SURVEY OF WORLD LITRATURE

SCIENCE AND LITERATUE

ANGLOPHONE POETRY

POST – SOVIET LITERATURE

ITALIAN LITERATURE

CONTEMPORARY CHINESE LITERATURE AND THE WORLD

CONVERSATIONS WITH WRITERS

WORLD LITERATURE IN REVIEW

作品选萃

意大利诗八首

传　说

［意］安德里亚·赞佐托①

五月的周年纪念日
苍白的小姑娘说
“你不是万能的”
*
蓝色和绿色之间持久，
失利的战斗之尘埃里
重重地平线在草木之上隐现
*

① 安德里亚·赞佐托（Andrea Zanzotto），意大利杰出的现代主义诗人，同时也是散文家和评论家，还曾和电影制作人费里尼合作拍摄电影《卡萨诺瓦》等。赞佐托的诗作包括《呼唤》（1957），《美》（1968），《复活节》（1973），《林中礼仪》（1978），《光幻视》（1983）以及《天气预报》（1996）。他的几部作品选集已经被译成英语，最近一部是《安德里亚·赞佐托诗与散文选》（2006）。

柔和的声音，野蜜蜂——
别处远航的梦　　一切
回归于密集扦插的短穗

*

冰之蜜蜂，也许，在云丛之后
纤细而不可见的蜂群里——
没被说服，这根嫩枝勉强接受

*

每个遭逢不幸的欲望和心愿，三色堇
在眼睛之下而眼睛
既然五月否认

*

初降的冰雹，冰冷但正在复苏的五月，
“我不是万能的”
在屋顶上敲啊敲啊

*

“五月永远不再”它们说
身披灰和蓝
带着秘密的昆虫秘密的呼喊？

*

从来不想要五月中旬的雪
你们想拯救谁？
你们坚持要拯救谁？

*

如何，为何，一百年里
最压抑的五月——一百
年的黑暗在一个月里？

*

夕阳的酸性飞沫
地平线上酸性的根

酸：突然创造了语言

1985
由安东尼·巴内特①从意大利语译为英语
（程文 译自英语）

租

［意］费尔南达·罗马尼奥利②

可能吗？我租用了存在。
我想过要拥有它——但是购买
需要耐心，而不是狂怒。
那就是为什么我的窗户总是望着
建筑工人建造它们的方向，
我却不是：于是在远处，
在庭院上方，我用群集的海或森林
折磨我的凝视。
那残缺的陈设在我背后变红，
在这间朝向夕阳的屋里。而那扇门
甚至也不是我在夜晚锁上的
我的那扇：尽管我没有什么

---

① 安东尼·巴内特（Anthony Barnett）是英国译者，他的作品包括《歇息的钟》（1987，诗歌）和《芒草：诗选与新诗集》（2005）。他出版了许多译作，最近一部是与虎岩直子（Toraiwa Naoko）合译的芥川龙之介的《某阿呆的一生》（2007），以及路易－勒内·德·弗雷的《萨缪尔·伍德的诗》。他写的关于翻译赞佐托作品的评论文章《一种翻译》，收入《反义词及其他》（2012）；编选的《安德里亚·赞佐托的诗》于1997年出版。

② 费尔南达·罗马尼奥利（Fernanda Romagnoli，1916—1986）是一位军官的妻子，20世纪60年代之前，她跟随丈夫在意大利许多地区生活过。她出版的作品有《随想曲》（1943），《红帽》（1965），《悔罪经》（1973），《第十三次邀请》（1980），《红色星期二》（1997），以及她的诗歌全集《第十三次邀请及其他诗篇》（2003）。本刊选入的诗作《租》译自《第十三次邀请》。

招贼的东西。而我将亲手开门，
在未预见的某个时辰，迎接房东，
他来时彬彬有礼坚定不移，
到期的租约在他口袋里。

1980

由皮特·罗宾逊①从意大利语译为英语

（程文 译自英语）

旅　人

［意］卢恰诺·埃尔巴②

那一天烟如白羽
被一阵带来雪
并冻红牧师双手的风
吹来印在天幕

那片草地离镇子稍远
在废弃的与使用的东西之间
在没有阳台的房屋
和铁轨边缘之间

① 皮特·罗宾逊（Peter Robinson）是英国里丁大学英美文学教授，著译有《诗选》（2003），《告别的注视：2001—2006的诗》（2008），《维托里奥·塞雷尼诗与散文选》（2006），《更绿的草地：卢恰诺·埃尔巴诗选》（2007，获约翰·弗洛里奥奖），《诗与翻译：不可能的艺术》（2010），以及安东尼娅·波齐的《诗》（2011）。

② 卢恰诺·埃尔巴（Luciano Erba，1922—2010）是意大利诗人、翻译家，出生于米兰，除了短期在瑞士、法国和美国居住，一生大部分时间住在米兰。出版了勒韦迪、桑德拉尔和弗雷诺及其他诗人的意大利语译本。埃尔巴的诗被收入《诗：1951—2001》（2002）和《船上的划艇》（2006）。由皮特·罗宾逊翻译的《更绿的草地：卢恰诺·埃尔巴诗选》2007年由普林斯顿大学出版社出版。

在那儿她们晾晒床单
以及色调各异的衣服
紫色到最浅的玫瑰红

那儿我的火车从旁边驶过
我记下：晾衣绳上的衣物
以及别的女性标志

1989
由皮特·罗宾逊从意大利语译为英语
（程文 译自英语）

光 荣

[意] 玛丽亚·路易莎·斯帕齐亚尼①

在风中她们播撒长长的话语
——像她们在风中挥舞的围巾——
风随意撕破许多围巾
并带走它们，形如磨破的云——

诗人总把她的词语抛撒到风中
——三千雄峰为做触摸蜂后的那一个而死——
她们写啊写啊，如果纸页是大理石，
如果纸页是水，她们将不再经受死亡——

① 玛丽亚·路易莎·斯帕齐亚尼（Maria Luisa Spaziani，1924—）来自都灵，拥有漫长而杰出的文学生涯。除两部小说和多部法国文学及戏剧研究专著，她还出版了18部诗集，包括《星期六的水》（1954），《锣》（1962），《记忆之用》（1966），《气旋之眼》（1970），《运输与链条》（1977），《混乱的几何学》（1981），《自由意志之星》（1986），《荨麻的丰饶》（1996），《穿越绿洲》（2002），《月已高悬》（2006）。本刊选译的《光荣》出自《自由意志之星》。

你，徒劳地书写问题的人，
直视你的星象或天使的眼睛——
有时水凝结成了大理石
而这就是有许多别名的天堂——

你曾认为你是木筏，你是旗舰，
你想到过雨伞，你是美丽的风筝，
你想到过沉重的石头，不会闪光，
而你是白银，你是金字塔的高度——

而最闻名的大理石会突然显露
比发丝更细的裂痕，
然后万物开裂、破碎，徒有虚名的巨石
融入阵阵旋风，它们吸去了你的名字

1986

由皮特·罗宾逊从意大利语译为英语

（程文 译自英语）

闲　谈

[意] 皮耶尔·路易吉·巴基尼[①]

一棵苦栎树如今两百岁了，
没截过树梢。树下
住着蝰蛇——枝条如肘弯疼痛地

---

① 皮耶尔·路易吉·巴基尼（Pier Luigi Bacchini，1927—）来自帕尔玛（艾米利亚地区），他在该市住到1993年，退休后去了距梅德萨诺市不远的乡村。他的诗集包括《来自虚无的沉默》（1954），《俗曲集》（1968），《距离，花朵》（1981），《面孔与树叶》（1993），《草木经》（1999），《机械与气动的沉思》（2005），《地方歌谣》（2009）。本刊选译的《闲谈》出自《草木经》。

顶着后背。一天夜里，在树根上，
你如此暴烈地反叛，好让内心
依然被男性自尊触怒。当树干被
锯断（尽管它似乎不可能会
就这么倒下）
而我们能在树心的年轮里
精确计算它的年龄，永远不再有人低语
我对你的爱慕之心。
这孤独的苦栎树
突然萌生树叶，好战而强硬，
它的胚细胞已经改写
那被山丘吹来的风强暴的性别——
它当然是氧气和橡果的
伟大创造者，它甚至，我愿发誓，
意识到我们的存在。最审慎的目击者，
谢天谢地，却又有着久远的记忆：对这
木质形状而言内在时间最为缓慢——
春天里萌发出锯齿状
新叶
只有那时最后的叶子才屈服，在大风中，
噼啪作响，来自前一年。

1999

由皮特·罗宾逊从意大利语译为英语

（程文 译自英语）

大西洋的时日

［意］帕特里齐亚·卡瓦利[①]

当我以我的判断把自己
向日常的不温不火的和平展开，
温驯的午后，宽厚而自然的
睡眠，不再与势均力敌的气候
对立，反而依旧抚摸着我——
凝结的声音张开让我进去
而大街的气味向我献殷勤
而我在广场角落把自己交给
老男人和女孩们的目光，爱得纯真
我找到每个让我留下的借口——
忽然大西洋的时日回归了。

高悬的光线，光线高昂的声音，
重重距离张开了。百叶窗上
那牛奶般的微光就已足够，那些阴影的
狭缝又密又深，耀眼的新鲜感，
在阳台上扇动的枝条，
看，夏天来了，天空变成了海。
城市升起来了，起航时挥手道别的人
因微风感动。我的感官从高处被唤来，
没有锚地和重量，

① 帕特里齐亚·卡瓦利（Patrizia Cavalli，1952—）生于托迪（翁布里亚地区），现居罗马。出版的诗集有《我的诗不会改变世界》（1974），《天》（1981），《我自己独特的我》（1992），随后是《永远开放的剧院》（1999）和《懒惰的神性和懒惰的命运》（2006）。她还翻译了莫里哀和莎士比亚的戏剧。本刊选译的《大西洋的时日》出自她的第三部诗集。

不再能聚焦而是游荡、率意
绝对而孤独，在空气里迷失，
它们捎回家恐怖的消息。
消息：在家每样东西
重新发现了它的抽屉，它的架子
我对自己而言变得边缘。
我自己的实质蒸发了。

黑暗浓重的岛屿再次向我显现。
那厚重的物质，治疗的承诺，
让我进入。载我去我的极限吧，
包围我，用抚摸标出我的边缘，
用你躯体的重量赐予我躯体。
但那是制造痛苦的治疗。

1992

由皮特·罗宾逊从意大利语译为英语

（程文 译自英语）

群岛（一次坍塌）

[意] 安托内拉·阿内达[①]

红与灰；一顶盐与花岗石的破碎冠冕。
一阵从岩石之心渗出的微风。

有一天，春意正浓，
我倒在几朵云下，
一丛灌木压弯在我身下
整个海角系在我脖子上。
我耳朵里有沙，一条狗
不安的爪子搭在我太阳穴上。
我们从梦中得知的不安
那一刻运动与空间的谜团相遇。

所有岛屿粉碎飞散，
精确地重塑石头间的空虚，
每次停顿都为自己重新注入风。
砾石像投石索一样呼啸着弹出
像我冻僵的双脚一样遥远

而呼吸是一具呼啸的躯干
在吞食，紧闭的双眼
像根一样遥远。
起初是那座房子，在阳光中呈灰色，完美，

---

① 安托内拉·阿内达（Antonella Anedda）已出版数部诗集，包括《冬之宅》（1992），获欧金尼奥·蒙塔莱奖的《西方和平之夜》（1999），《欢喜录》（2003），获那不勒斯奖和德达勒斯奖的《从躯体的阳台》（2007）。她翻译过奥维德、菲利普·雅科泰特和安妮·卡森等人的作品，并撰写了三部诗论。

但异乎寻常——旧钉子，一把椅子——
然后是那阵夹杂着声音的呼啸，
两个孩子和一条狗的舌头
像是无限在我喉头的一次触碰。

也许正是这向命运展示了
生命线如何依旧在我体内燃烧
当那只剥了皮的手移动
拂去一只苍蝇
无畏地指向天空。

2003

由杰米·麦肯德里克①从意大利语译为英语

（程文 译自英语）

它们说

［意］瓦雷里奥·马格雷利②

四周这么静，你几乎能听到
芬兰一只茶匙掉落的叮当声。
——约瑟夫·布罗茨基

① 杰米·麦肯德里克（Jamie McKendrick）出版有《鳄鱼与方尖碑》（2008）等五部诗集，编辑有《费伯版20世纪意大利诗歌》。他的瓦雷里奥·马格雷利诗歌译本《拥抱》（2009），获牛津—威登菲尔德奖和约翰·弗洛里奥奖。

② 瓦雷里奥·马格雷利（Valerio Magrelli, 1957—），生于罗马，是卡西诺大学法国文学教授，出版有《紧闭的视网膜的时刻》（1980），《自然与纹理》（1987），《击桌关亡练习》（1992），《读报标题》和《二进制的混乱》（2006）等诗集。法拉尔·斯特劳斯·吉鲁出版社出版了他的《灭点：诗》（2010），译者是杰米·麦肯德里克。本刊选译的《它们说》出自《敲击招魂术练习》。

但为什么永远在我的墙后？
永远在后面，那些声音，永远
在夜幕降临时开始
说话，嚎叫甚或相信
耳语更好。（当我感觉到
这股来自它们词语的冷风，
在梦中冻僵我、
束缚我、折磨我。）
在北极圈的领域上
一对伴侣在哭泣，在他们的房间里
一面透明墙后，哭泣、闪光、柔软，
似乎那是片鼓膜。
（当我共振，他们故事的
共鸣箱。）说到这儿，家里，
他们已经重建了屋顶、管道，
房屋正面，整栋房子，到处
发出敲打声，上面，下面，而且永远在敲打
我刚睡着他们就絮絮叨叨，
就因为我睡着了，
就可以做他们故事的
共鸣箱。

1992

由皮特·罗宾逊从意大利语译为英语

（程文 译自英语）

八首诗全部选自《当代世界文学》2011年7—8月刊

诗　二　首

［美］劳伦·坎普*

特洛尼乌斯·蒙克在地铁上[①]

我遇见蒙克
在地铁上，当时正穿越隧道。
他的语词从
浓须之间脱落，
然后又费力地朝我移动，停顿，叹气。

列车晃动的时候，他修长的
手指伸过来，
碰到我阴暗的肩膀：
他穿的是赤褐色的外套。

音程和我们
一起在铁轨上驰骋：降 E 音、D 音、
C 音和 D 音。协调的五度音，不和谐的和弦。

---

* 劳伦·坎普（Lauren Camp），美国诗人，视觉艺术家，著有诗集《智慧之事》。——译者注

① 特洛尼乌斯·蒙克（Thelonious Monk，1917—1982），美国爵士乐钢琴家和作曲家，擅长即兴演奏。——译者注

他解释说，这些旋律
是附点式的
他的手想连缀上它们。

我可并不理解
于是他邀我去他家。
我们从地下冒出来，然后
步行。走走，走走，停停

在圣胡安山[①]的喃喃絮语之上，太阳靠得更近了。
走走，停停，

走走。他笑着
那慢慢绽开的笑容，
他与一个相识
握手，嘀咕
又移动脚步。
走走，走走。
西六十三号，他找到家，
脱掉帽子，
然后敲门。

内利[②]接下他的帽子。

蒙克的手指亲吻着
白色的琴键，放飞黑色的。
他敲着，
交叉又重击，

① 纽约市曼哈顿的一个住宅区，居民多为非裔美国人。——译者注
② 内利（Nellie），蒙克的妻子，二人于1947年结婚。——译者注

把他的圆环转的恰到好处。

渐进的调子
在突发的
想象、无穷的喷涌的
舞蹈中绽开。
音乐并未倾泻而出，
并未胡乱搅和。
他用手掌
来拧它，还原它，又把它拢在一块

长时地戏弄它——
“午夜时分”和“沮丧的蒙克”，旋律线的
角度
融合着
直到我脑海中满是方形
和曲线，
这球体的本质。

他把寂静唤到他厨房中的
那架钢琴上，
直到太阳来临。

我喝下另一杯茶
然后从小门离开
走向城市，青灰色
浮起的光线
和平时一模一样，但是

他旋律的曲折之处
一直打开又闭合着，

在水泄不通的街道中，在那厚厚的阴湿中
产生无限的空间。

你能听到什么

当我意识到
自己会犯错的时候……我
断定我真正理解
某些事情了。
——奥尔内特·科尔曼

凭着激越咒语的重浊之声
你能看出
他已将声音铸成
符号
和精妙拼读相结合的模式。

倾听在插入节奏中
的谜语，你就会想要
答案。
如果你想要答案，你就必须拖着
你身后的问题，
久久地，像个乞丐
或者拾荒女人
一直到音乐重新开始，
带着缺憾、忧郁。

如果你所听到的
骤然坠入对称之中，
要知道寂静就走了偏路，
它就是

唐突的、古怪的，是空间的
空缺。

噔唧作响、扭扭摆摆才是典雅：
嘻嘻哈哈、口齿不清才是华丽的音符
当他随意开口时，时序
迅速变为真理。

他的小号，温顺的行为
预言家，道出它痛苦、
放逐的过程
寻求虔诚中的
迷狂。

如果你毫无反应，
他已证明了自己的观点，
节拍的速度、他的声音
出了差错。何以至此
并不重要。

如果拍子改变色调，它也会
变得更响，
蹒跚向前，一跛一纵。如果你
看得更近些，
你将会见到他橙色的心脏像
月亮。

他能献出一个
矛盾
悖论的药方
一个或可存在的

烈火颂歌。

如果他给你意义，收下。

选自《当代世界文学》2011 年 3—4 月刊

（李国辉　译）

诗　二　首

［美］帕蒂昂·罗杰斯[*]

象征（来到大地）

雨随它的子孙来临，它流入
坑洼和沟壑之中，在砾石
和基岩的上下方滚滚而过，
又从峡谷的斜坡坠下，淹没了
覆盖苔藓的林地和长满水藻的河谷。

而雪花，不是暴风雪，无声无色
飘到地面，它横过旷野
和低地的森林，越积越多，
它掩埋着幸存的蘑菇们
又小又平的房间，它填着疲倦的
丝兰、刺槐、豌豆、含羞草翻起的荚壳，

这些全都在寻找大地。

蜘蛛们也掉下来，有时它们

---

* 帕蒂昂·罗杰斯（Pattiann Rogers），美国诗人，著有诗集《路费》，散文集《巨阵》。罗杰斯曾两次获得国家艺术基金奖，获得古根海姆基金会奖和兰南基金会文学奖各一次。

在自己孵化的星系中远航，
没风的日子从它们的飘带上滑下，
或被风吹偏，越过棕色的地面，
一直到风不再刮，它们
在耸立的草丛和臭甘菊中安家。

白蜡树和枫树飞旋的种子，
也把目标对准它，每颗都插着
纸一样的双翅，飞得平稳。每个方向
最终都指向大地。橡果、核桃
山核桃裂散开来，重重地坠落，
撞在纠缠的树干和细枝上
掉到这里。

大雁瞄好目标，摇摇晃晃
它们脚先挨地，抹着湖水着陆，
一边滑行，一边歌颂水花。你瞧。
大地如此被渴望。向它
扑得越近越好，为它着迷，
白蟾蜍和盲眼的小鱼向往
它内部潮湿的深处，为它牺牲色彩，
放弃视觉。无生命的物体也寻觅它，
破碎的骨头、多肉的面包、残羹冷炙
以及粗糙的饲料，都被海浪
掏走，一直沉到它不见阳光的海床上。

神圣的天使们、大天使们
故意下凡，或者飞降，或者盘旋
他们合唱的声音像风
拨弄松树的和弦，
像挂在冬天的屋檐下

风铃晶莹莹的十二面冰管。
宇宙无限的自由和空间致使邪恶也降临至此

决定潜藏在大地最黑暗的壁龛
和心脏那里。

大地如此被渴望。他的河流和岩石的
身躯怎样受到眷恋！还有土堆和沙丘，
它昼夜的风姿。甚至包括死者——腐蚀
掩埋，然后遗忘——永远改用它的名字。

完整的身体

我曾看到一地的羽扇豆，
燃烧的画笔上缀满了花朵
像浪花与海沫儿簇拥着航船，
船儿一瓣一瓣地越过它们，
如同一个鬼影正在度越未央的夜。

我就是那片地、蓝色的浪尖，
花茎上的火焰和浪花。我是一艘鬼影船。
我是正在流逝的黄昏。一首老歌多年前唱过，如今无人知晓
那些岁月里，没有什么比它的歌词更令人不舍。

我曾在水下看到过一窝
浮动中的胶球一样的卵，一个透明的
摇摆的天空，怀抱着一千个胚胎眼，
它们用完美的视觉张望，我是它们的视野。

我记得一个夏天迁徙时的飞行，
我们彼此不可分离，向北飞，

飞往繁殖的地方。天堂：我们长满
银色羽毛的身体、心脏和骨骼，
一模一样，所有分开的都在呼唤
一个单独的、厚重的声音。
我们展开的翅膀是天空的车轮和目的，
环绕着地球飞行，像极了星星。

那难以分辨的叶子——或者说那一枚
那一枚，每片都高贵地无名无姓——
彼此连成一片，筑成秋天白杨树的
整个脊背。每一片飞旋的黄色
既是高耸森林之全部，也是每一寸细节单独，抱成团，都是一样——
随着运动而运动

那运动主宰着白杨、改变着风和我。

选自《当代世界文学》2011年1—2月刊
（李国辉　译）

诗　四　首

［澳］约翰·马蒂尔*

酋长国的商业街

我们不再使用“流亡”这个词，
尽管我们在酋长国的商业街相遇，
那个夸张的洞穴，一边点昂贵的
农家菜，一边盘算着我们的前途，
前方是两个或许是三个大洲，
这表明我们不再返回到出生的国度。
我们不像的士司机，我们有一直
延期的签证，和自觉的健忘症，
即使我们也可永远在迪拜的高速路上飞驰，
回想阿努拉德普勒的佛塔①，
在太阳下它们怎样像倒扣的饭碗闪闪放光。
我们有以前作为文学的东西来安慰，
它的变形，这些幻象，是我们另外的生命。
它难道不是另一条漫漫长路？我们难道没有从虚无的花园里
被流放出来，四处流浪，长年累月迷失在思绪之中？

---

* 约翰·马蒂尔（John Mateer，1971—），出生于南非，现居住在澳大利亚，诗人，著有诗集《先前的白种人：南非诗选》、《西部：澳大利亚诗选》、《南方的野蛮人》等。

① 阿努拉德普勒（Anuradapurna），斯里兰卡的古代都城，为佛教圣地。——译者注

难道没有把阿尔穆蒂纳的街道想象成突尼斯的大街[①]，
想象灰色的棕榈树试图给昏黄的阴霾叠上影子？
阿里，还记得你给我讲的那个梦：哈菲兹[②]
出现在一个澳大利亚学者面前，
委任他为翻译？这可能也是我们
在这商店狂想曲中的结局，这个绿洲
像产生于其他人舌尖上的一首诗，
像“流亡”的忠实的同义词。

阿利坎特[③]

如果我说这个城市看起来像是怀基基[④]，
没有人相信我，沙滩在新宾馆的围墙下
蜿蜿蜒蜒，孤独的空山上
本应有一颗神秘的钻石头颅，
摩尔人却错认那里
是罗马的城堡。他们会的：不远处，
荒凉的西部城镇们等待着一只电影的眼睛，
而南方，跨过蔚蓝的地中海，
我的幽灵穿着条纹的长袍站着，
双脚扎入杰马广场的土壤中[⑤]，
心中摇荡着命运之歌，他吟诵一首诗
一直传进老戈伊蒂索洛的耳朵[⑥]，

① 阿尔穆蒂纳（Al Muteena），迪拜东部的一个地区。——译者注

② 哈菲兹（Hafiz），14世纪的波斯诗人，对波斯诗歌影响很大，代表作是《文选》，他的诗歌有神秘性，难以解释。——译者注

③ 阿利坎特（Alicante），西班牙东南部古城，为地中海的一个港口。阿利坎特公元前3世纪曾受到罗马人侵，受罗马人控制至8世纪，随后受到摩尔人的统治。——译者注

④ 怀基基（Waikiki），美国夏威夷州的一处风景区，以美丽的海滩闻名于世。——译者注

⑤ 杰马广场（Djemma el—Fna），摩洛哥马拉喀什市的一个广场。——译者注

⑥ 戈伊蒂索洛（Goytisolo），这里可能指的是西班牙诗人胡安·戈伊蒂索洛，他自我放逐，现在生活在摩洛哥的马拉喀什市。——译者注

诗唱的是消逝的哈里发
唱的是将要到来的世界。

关于绘画

这既非画册的页面，亦非传说中波斯花园的
原始微型画——花园种有人形的花朵——
亦非库切《钢铁时代》的黑白图景，
在它下面，如同在血红的东方地毯下面，
有一些死去的面孔，我们谁都无法避免踩上去，

这就是阿尔卡萨城堡里航海家圣母祭坛的壁板①，
在伊索韦尔王后派遣远征军的宫室，
她像一位圣母，用披风裹着整个身体，
以下是谈论驱逐摩尔人的言语：

圣地亚哥骑匹白马，拔起剑来平握着，准备劈砍；
脱离身体的头颅们，他们的面孔毫无表情，从地上突然跃起。

关于雕像

在圣地亚哥—德孔波斯特拉教堂时②，出于好运，
我会受邀去拥抱圣徒的大理石身躯，
但我不去。这与道德无关。

那样从背后拥抱人，
太让我想起，在种族隔离的军队里，

---

① 航海家圣母祭坛，在西班牙的塞维利亚，祭坛上有名画《航海家圣母》。

② 圣地亚哥—德孔波斯特拉（Santiago de Compostela），西班牙加利西亚自治区的首府，该城的大教堂为纪念耶稣十二门徒之一的圣雅各而建。——译者注

我们如何被教着接近敌人，

然后割断喉咙。

选自《当代世界文学》2011年9—10月刊

（李国辉 译）

诗 四 首

［希腊］尼古拉斯·萨马拉[*]

满世界游荡，渴望一个国家

环境永远是个微型公交车，把你从某事上
载走，迈向另外的事情。
在飞机上，我凝视大地渐渐

远离我，直到世界变成连绵不绝的
硕大的云团，面前什么也没有，
除了往事。世界是沾染回忆的一片白。

透过塑料窗户，我梦想着瑞典，
一个兼容并包的世界。我梦想着英格兰，
回忆一次迁移又一次迁移，

回忆寄信的那年，朋友们
最终不再回信，我向十月的信封里
夹进秋叶，邮给其他国度的人名。

---

* 尼古拉斯·萨马拉（Nicholas Samaras），希腊诗人，曾旅居英国、瑞士、意大利、澳大利亚、德国、美国等地，诗作多写流亡题材。

我回忆小学的自行车车棚，
那美好时代的黑色和白色。不属于
任何地方，我漂泊着，满世界游荡，

渴望一个国家。我回到福克斯顿①，
探望小巷和草坪，却惊恐于我的成长和年龄。
啊，这就是世界变化的方式，孩童们

各自走远。白璧微瑕的月亮在窗户中
跟着我。让那海洋上的黑暗时光随着光线
变得稀疏。我走我的路。这是我的所有。

世纪之交

I

我们越过一个泛着白光
的门口，一束白光
像盐的光，苏打的光，

一束燃烧着
并净化着的光芒。

我们的世纪，使我们都变得
无名无姓，我们正摸索最真实的姓名。

我们流亡得很远，我们的流亡
翻过来压在我们身上。

必定有一个地方房屋已经到期。

---

① 福克斯顿（Foxton），属英格兰。——译者注

一个好城市感觉像一个村庄。
一个供人居住的地方。

II
从这里穿过。

进入深夜的时分，它积聚
教堂前厅的微光。

在一个古老的、沉睡的音乐之城里，
倚靠着许愿架的，

将是一个圣人的权杖，

一个镶着红宝石的、镀金的权杖，
以便将黑暗分成四瓣。

“我们以爱为生，这所有人最猛的毒剂和药物……”

——约尼·米切尔

（看罢一张长崎的照片和皮萨内洛[①]《圣乔治传奇》残画之后）

他曾将他颈前的羚羊皮给她，
她用鼻子触碰着，用红润的手指
抚摸着。爱像优美的音符一样刺人

刺穿一条怪蛇。或者爱情是另一国度里
美丽的死尸，烘干成历史，情人们

① 皮萨内洛（Pisanello，1395—1455），意大利文艺复兴早期的画家，画风华丽。——译者注

互相帮助着在黎明中成为祭品，每个人
都投入捏着他们的手里。这些织进
爱情中的人怀着痛苦的兴奋，就像
这些孑然一身、不停埋怨的人。爱情是我们

自己给自己编结的绳索。哦，在那情感的王国，
天空由于神灵附体的残骸而放射光芒。
他为她而死，或者他将要死去。并且，在拥有他们自己的
明亮而苍白的阵痛中，长崎的鼠兔在她眼中成长①。

一切过后我们需求什么

在本世纪的浮夸言语后，边境的迷烟
和一切事物边缘的疲惫分离开来。

在人们建立的每个分界之后，在原教旨主义
民族主义的标签之后，在分隔开

我们的词语、割裂人的方言之后，我们需求
同一首歌的纯真、一种语言的平静

再次融和我们——在令我们气喘吁吁、呆若木鸡
的后现代主义及其机理之后。

所有我们需求的，是本世纪的烟雾消散、洁净。
我们想返回到人类真义的永恒之物上——

一扇凸窗中的满月，一个温暖的壁炉，

---

① 鼠兔，属兔科，体型小，耳短，灰褐色。这里所说的“长崎的鼠兔”暗含核灾难的意义。——译者注

一张金色的桌布，一具刀叉，感恩的晚宴。

我们需求一种方法来品味人性。
我们需要所有词语都有含意，都又变得

多余，因而我们能重视语言。我们需求
和平的世间、一回可以信赖的日落、在明净的夜晚

微风抒情诗般的音调、我们实际可以看到的星星的网。
我们需要全部的生活，在那狭隘的战争之后，在那实体国家之后。

我们需求一种语言、一首歌、一首让我们继续活下去的诗。
我们需要我们最好的部分继续生存。

选自《当代世界文学》2011 年 9—10 月刊

（李国辉　译）

废墟遗迹

［美］阿德里安娜·卡夫普罗*

你想要的是盐…… 但你却不能回头再看。

——塞西莉亚·伍洛奇《盐》

我的父母故意逃离他们的出生地，按照希腊的俗语来说就是，故意“投下黑石头”，“一别再不回头”。

如果有人回头看，那又会出现什么的后果呢？你可以像罗得①的妻子那样，因按捺不住好奇心回头看了一眼自己的出生地——所多玛，最后变成了一根盐柱。不过，我查阅了一下“盐”字，发现《旧约》里多次提到它：或作为调味品；或作为食物盛器；或用来擦洗新生儿身体，消炎杀菌以保健康；或被比喻为贫困和荒凉。罗得妻子的故事告诫我们过分忧伤会带来怎样的后果：消解自我，留下盐的遗迹。我记得，我们全家难得一次拜访宾夕法尼亚州的麦基斯波特。麦基斯波特是我母亲的出生地，但她却很少提及。当我们经过一片树林和一排房屋（那些房屋

* 阿德里安娜·卡夫普罗（Adrianne Kalfopoulou），美国诗人，主要诗歌和散文集包括《亚美利加酒店》、《客房杂志》和《草原大篷车》。

① 罗得（Lot）：《圣经·创世纪》里的一个人物。——译者注

虽然时间长远，略显破旧，却带有庭院）时，母亲深深地吸了一口气。

“噢，”她低声地说，“真没想到，这么多年，这个地方会……”我清楚地记得，母亲当时战栗着，显得有些惊慌。

记得还有一次：父母外出旅行，把我和两个哥哥送到意大利籍外婆家住上一个星期，外婆住在麦基斯波特。当时，我只有五岁，两个哥哥分别是七岁和十岁。

麦基斯波特有家工厂（不记得叫什么名字了），加工的油炸圈非常特别，通常情况下是带着一层闪亮带糖的釉面慢慢出炉的。新鲜出炉的油炸圈散发着诱人香味，弥漫整个小区，诱得我们这帮孩子偷偷跑出来，不惜排着长队，为的就是买到油炸圈吃个饱，有时甚至还为此而争抢不休。

我和哥哥从来都没学过意大利语，而且也很少听到过。我们原本是可以学会希腊语的，可我希腊籍的父亲却坚持跟我们说英语。希腊语是我父亲永远想逃离的一个国家语言。第二次世界大战快要结束时，像所有的左翼分子一样，父亲被当作许多反抗纳粹占领希腊的“危险分子”之一。出于逃避，父亲回首告别过去的一切，毅然决然地朝着新世界迈进，凡事都用英语表达。

和战时的希腊一样，麦基斯波特那座神秘的房子也一直堙没无声，因此，它成了口口相传的故事：这是一个意大利籍移民家族的母亲居住的地方；一个在大萧条时代①母亲自小就搬出来了的地方。母亲担心会有失落感，所以从未在这座老屋住上一年半载。另一方面，因为不停地搬来搬去，我居然来到希腊——我爷爷奶奶生活的地方，住在爷爷亲手修建的房子里。

以下这段话是摘选自切斯瓦夫·米沃什②《本土的王国》书中的：“除非我们能把历史与自己联系起来，否则，历史将永远只是一个抽象的概念，历史内容也将与历史力量和历史思想相背离。虽然有必要对这

① 大萧条时代（The Depression），1929年至1933年之间全球性的经济大衰退。——译者注

② 切斯瓦夫·米沃什（Czesław Miłosz，1901—2004），波兰著名诗人、翻译家，1980年获诺贝尔文学奖。他被称为“我们时代最伟大的诗人之一”。米沃什的诗复杂、坚定而又深远，饱含流离之痛和反思之重，其代表作有《拆散的笔记簿》。——译者注

堆庞杂纷繁的资料予以整理归纳，但归纳的结果却扼杀了偏离历史谱系的细枝末节……之后，整个人类历史剩下来的不过就是一种大众化的摘要而已。”

米沃什的童年是在立陶宛度过的，无论他身在何处，都能够从他身上闻到立陶宛式的气息，抚到立陶宛式的季节，找到立陶宛式的性格：“每当我提到我的祖先，他们都是我的力量源泉。”因而，对于米沃什来说，历史从未面临着支离破碎的危险。

雅典是我过去二十年来一直生活的城市。雅典出土过很多历史文物，精致地陈列在雅典地铁站和博物馆里，紧随其旁的是各式各样废而翻新的建筑物。新古典主义的墙壁上既有涂鸦艺术和新砌的米诺斯赭石，也有用来张贴政治标语和最新罢工通知的古圆柱。雅典看起来像是一个交通拥堵的历史十字路口，驶向四面八方，主张各自权力。

* * *

在去往埃莱夫里奥·韦尼扎洛斯机场的路上，有一个不断变化的广告牌，上面交替地写着广告词：“希腊——用五种感官去探索，一个备受追崇的国家；希腊——永生都探索不完的国家；希腊——故事多多，胜过生活。”这些广告词代替了之前的早期版本，早期广告词用的是“神话”代替“故事”。例如：“希腊欢迎新神话，谨致。”旅游部赞助的广告海报中那些蹩脚的句法和不断的重述，令广告词变得既令人伤感，又令人尴尬。但是，当我在课堂上提及此事时，我惊讶地发现，绝大多数学生都很认同那些广告词，并赞扬它们很有吸引力而多姿多彩，就连头戴草帽的女人在碧蓝的大海边看起来都更像是在巴哈马，而不是在希腊的任何地方。我的学生们更希望他们国家以一种引人入胜的方式，而不是更多涂鸦的艺术方式去展现自己，这种方式以大海和古圆柱作为文化背景去吸引游客来观光游览。我意识到，对他们来说，希腊以一种不包括沙砾和涂鸦文化在内的文化景观而呈现是非常重要的，因为沙砾和涂鸦文化向来被认为是破坏古迹胜景的不和谐因素。

“希腊欢迎新神话，谨致。”这则广告语是描述希腊（或旅游部）乐于吸引游客讲述神话国度的一种很好方式。“神话（Mythologia）”一词和“故事（Mythistorima）”一词同源，的确是起源于希腊。神话是一种源出于古建筑本身的文化，通常情况下可以在其成长过程中完成自我修复。雅典卫城，这个宏伟壮观的遗址，无论是对希腊人而言，还是对非希腊人来说，都是所有叙事性故事中最震撼人心的故事之一，它是一个永不破灭的神话，是希腊黄金时代①传统的延续。

当我选择定居希腊时，父母亲惊讶万分。“你为什么要回到那里去呢?”他们经常这样问我。其实，他们这样问是不对的，因为我从未在希腊住过，甚或离开过，于我来说压根儿算不上“回去”。当然，或许他们口中的“回去”，是“向前”（forward）的反义词，即“后退”（backward）的意思，退回到不怎么现代的世界中去，又或者是指重温那些与复杂多变的当下有所不同的“幽灵记忆”。

2004年雅典奥运会期间，我在一封电子邮件里谈到一些希腊话题，出乎我意料的是，一向对希腊话题保持沉默的父亲竟然简单地回复了我的邮件，这让我大吃一惊。前不久，当我把几篇谈论欧元危机和希腊公开债务困境的文章转发给他时，父亲的简洁回复令我惊讶。父亲的回复有时只有一两句话：“这的确让人烦扰”或者“很有趣，令人不安”。难道我这是在试图让失忆的父亲恢复往昔的记忆吗？毕竟他已经很多年都无法返回希腊了。他的那些左翼朋友试图在希腊内战②期间偷渡回国，但最终未获成功而被放逐或囚禁在马克罗尼索斯和雅罗斯荒岛上。父亲二十多岁时跟我母亲结婚，之后他就让母亲独身前往雅典拜见公婆。母亲年轻的时候曾拒绝过一个从外地移民到麦基斯波特的追求者（母亲的邻居），因为外婆当时省下了一些钱，让我母亲去当空姐了。父亲此次走访希腊，遇见了多年前曾在山区并肩抵抗纳粹德国的几个幸存战友。我猜想，他们所谈所聊，无非就是那些他们从未分享过的战友之情，当年的那些战友如今已所剩无几了。

雅典主干道的圣索菲亚街红绿灯处有个男人引起了我的注意。他是众多沿街乞讨的巴基斯坦难民之一。与众不同的是，他每次都会指着他

① 希腊黄金时代，又被称作“伯里克利时代”，在公元前495至前429年，是希腊强盛与繁荣的时代，以雅典城的发展为标志。——译者注

② 希腊内战是指1944年到1949年发生在希腊境内的一场战争。内战一方是先后受到英美支持的希腊政府军。另一方是战争时期领导抗德运动的希腊共产党武装。内战分为第一阶段（1944—1945年）和第二阶段（1946—1949年），它的爆发给希腊造成了严重的经济问题和政治危机，这一局面直至20世纪70年代才结束。——译者注

自己的那只瞎眼睛（被抠出来带着疤痕的眼睛，就像一只不再揭开的肉饼）向路人微笑，每次摊开手掌乞讨时都会点头示意。

他不停地让我注意他的眼睛，对此我很讨厌。他是想让我明白：不是他那高大的身躯，不是他那散发着檀香味，有点光滑闪亮的皮肤，也不是他那三四十岁的年龄，更不是他那只粗糙的手，而是他那只瞎眼毁了他。米沃什写道：“一个人应该欣赏自己与生俱来的优点。其价值在于它赋予自己超然物外的力量。”可当我看见红绿灯旁那个瞎眼巴基斯坦人时，我却做不到超然物外，不得不去关注他。

另一个让我无法超脱的例子则是：新卫城博物馆整个房顶用白色石膏角线来填充帕特农神庙大理石，上面戏剧性地少了一块大理石。此时此刻，展览馆好似伤痕累累的伤员，集会因而变成了追根求源的声讨会。有人一定会问：“原来那些墙顶的饰带怎么不见了？”“原来那些秃头秃脑的士兵怎么不见了？”“原来那些擦伤的面孔怎么不见了？”

父亲离开希腊时从未想过是否能够再回去，也从未想过是否能够再次看望他的父母亲或祖国。直到今天，母亲还不停地问我：“你什么时候回家？”

“回家？”我说，“我觉得二十年后的今天我终于回家了。”

母亲仍然很惊讶我为什么会把希腊当成家。我暗自思忖，除了母亲很少提及的麦基斯波特（她童年生活过的地方）之外，哪里才算是她真正的家？母亲自打搬出钢铁厂小镇以来，虽然住过的房子有很多，但她内心深处始终没有哪座房子能够让她那么惊讶不已。母亲曾经跟我讲起过她做的一个梦：她从一排排房子面前路过，她把这些房子装饰得一个比一个漂亮，可是，没有一座房子让她有种归属感，母亲告诉我，她醒来时泪流满面。

我的意大利籍外婆是在麦基斯波特终其一生的，那间油炸圈工厂和邻居们如今已物是人非，我最后一次去看望外婆时发现，红色砖墙已经破旧不堪；小时候一度迷恋的油炸圈工厂也被木板封住了。九十多岁的外婆站在狭窄的门廊上说：“上帝让我待在这里的时间有点长，因为他需要我。”外婆还跟我提起她如何营救一个年轻姑娘的事：年轻女孩独自一个人往家赶，路上遇到一群开车的流氓，外婆让那女孩躲进家里，然后像猛拍苍蝇那样怒斥那帮流氓。

像米沃什一样，外婆是在邻居的废墟中落地生根的。而我的父母亲却在不断寻找未被毁灭的未来。母亲先去航空学校读书，然后再去美国环球航空公司国内航班做空姐，后来遇到了我的父亲。母亲告诉我说，父亲当时是跟其他希腊人住在一起的，有些“单纯”幼稚（其实是母亲对父亲浓重地方口音的委婉说法）。母亲当年是一心想逃离麦基斯波特，觉得走得越远越好，所以，20 世纪 50 年代末，她同意跟父亲去了越南。东南亚是我父母逃离过去的大好机会，同时也让父亲有机会开始了工程零配件的销售生涯。

我几乎记不得任何有关西贡的事情了，只隐约记得我和哥哥是在越南西贡出生的。在那里，有一只我喜爱的猫咪，还有我上学见面的法国天主教学校的尼姑。当我向母亲问起有关西贡的事情时，她说她只记得沿街有稻草扫帚发出的那种有节奏的嗖嗖扫地声。我是八岁离开西贡的。

无论是谁，当有人说他要告诉你一个完整的故事时，或许这个人已经开始在编故事了。或许根本就没有什么完整的故事，除非我们通过加枝添叶，去虚构一个能够反射另一个故事的故事。

* * *

父亲偶尔也会提起他抗战的事情，期间一定会提到有关意识形态的自我利益之类的东西。他说，当时的左翼利用了像他这样满腔真诚、浴血奋战，甚至不惜为国捐躯的积极分子。

“百分之八十的希腊人民支持抗战”，父亲说，“其余百分之二十是保皇主义者，他们支持被放逐到开罗的国王，那时的丘吉尔也支持国王。”父亲常说这件事情很复杂。有时候，我把父亲的只言片语拼凑起来，似乎也能明白其中的意思。我知道，是丘吉尔挑起了国内的紧张局势，助长了内战（“读了他的回忆录，”父亲说，“他说，坚决不惜一切代价阻止斯大林控制希腊。”）。由于当时的我留居在希腊，父亲不得不回望那些废墟遗迹。今年夏天，在朋友的阳台上，我们开玩笑讨论如何改写机场大道沿线广告牌上的广告语，其中有人建议改为“揭开你的神话：揭秘你的债务”，或者更确切地说是“揭开你的神话。投资你的债务”。举例说明一下：我们了解到，高盛公司乐意为不愿公开债务的“非常愿意”政府推出了 CDS 计划（信用违约交易）。最近一次非常典型的“名利场”事件是：希腊用安然公司来喻指有关娃托佩蒂修道院和尚的丑闻事件（希腊最富戏剧化的丑闻之一），“如果你好心向着这些僧侣，阿塞尼奥神父就能够把以色列神父奇迹般的管区变为一种可能，并且是你值得信赖的助手。如果你不向着这些僧侣，那么，阿塞尼奥神父就会对以色列施加压力和影响”。如同娃托佩蒂修道院一样，希腊经济的崩溃是拜占庭式的，影响广泛，正如迈克尔·刘易斯所说，这种体制的结果是“各行其道，独善其身”。

*　　*　　*

出土的文物雕像平视地端坐在新雅典卫城博物馆的地铁站旁。美丽的躯干和可爱的大腿；连同一只举起的手臂，仿佛是在为另外一只遗失的手臂祈福；一尊女雕像因为起皱的大理石错位而露出一只乳房。有人时不时会停下来浏览一下雕像的相关介绍，但大多数人却匆匆而过。这些雕像所传达的瞬间快感，它们低声诉说的故事，以及它们源出何时何地，对于行色匆匆的过客来说，其意义远远不及匆匆一瞥所能看到的碎片复原的完整轮廓。

或许追求完整是人的本性，虽然碎片越多，拼凑合成的挑战性就越大。“原版故事是怎样的呢？”我们经常会出于好奇而在废墟遗迹面前发出这样的疑问。心理分析告诉我们，一旦找出初始的创伤面，或者说，一旦你能面对废墟遗迹，毁灭性的复原就会停止。同理，那个巴基斯坦难民的眼睛被挖掉；帕特农神庙的大理石失踪了。所以，我们依然要超然物外，不再为我们的瞎眼和失踪的大理石而心存纠结。

我的父母跑遍三大洲是想逃离过去，不想受到威胁。如今他们都已八十多岁了，虽然他们常常来往希腊，但却无法永久定居在希腊的任何一个地方。虽然他们每次都说这将是他们定居的地方，但迄今为止，总有下一个地方在等候。

废墟出遗迹。雅典卫城就是一个很好的例子。修建于公元前 330 年的雅典娜神殿①在其三千年的历史长河中，至少被破坏、修复过九次。公元 267 年，雅典卫城被赫卢利异族人烧毁，公元 360 年被朱利安修复。

① 雅典娜神像，是著名雕刻家菲狄亚斯的杰作，也是雅典娜神殿最著名的雕像。像高 12 米，形象优美威严，神像的脸、臂、脚都是用象牙雕成的。雅典娜神像在公元 146 年被罗马帝国的皇帝安敦尼·庇乌搬走，至今下落不明。——译者注

后来，在438年，基督教牧师砍掉殿里的裸体雕像，并在神殿屋顶加冕十字架。1456年，奥斯曼土耳其人将神殿的十字架改建成了尖塔。令人撕心裂肺的一次破坏则是弗朗西斯科·莫罗西尼的帕特农神庙于1687年9月26日被威尼斯人轰炸。之后在1802年，七十五座雕像被奥斯曼帝国[①]卖给了英国驻希腊大使埃尔金勋爵。

希腊文化部希望修复雅典卫城是有关雅典卫城修复史的最近一次小插曲：文化部要求归还埃尔金大理石，他们哀恸、恳求、请愿，坚持埃尔金大理石属于“希腊”。然而，雅典娜神殿的古圆柱要比埃尔金大理石时髦得多。伊拉克战争期间，科林·鲍威尔曾计划访问雅典，当时，宽大的白色横幅悬挂在雅典娜神殿，上面写着：“鲍威尔，滚回去。”这件事在当年的国际新闻界引起了不少轰动（不妨想象一下，美国自由女神像上面挂着类似横幅会是怎样的情形）。当年，纳粹党的十字记号党旗飘扬在雅典卫城上空，一个名叫马诺利斯·莱佐斯的年轻人和他的朋友拉基斯·圣冒着生命危险，把旗子扯下来撕碎了。

我在希腊居住的时间越长，就越发觉得希腊的层次分明，也越发能够看透希腊的废墟遗迹。2010年5月，希腊民众抗议政府实施紧缩政策时，马尔芬银行被投掷汽油弹，银行所在街道两旁有一些木屋酒店和商行。银行三名员工惨死后，人们相互指责：或者指责坚持让员工留下来的银行主管，或者指责没有采取预防措施的银行保安，或者指责冲着破坏罢工的工人大喊大叫的街道行人。

那么，到底什么是偏离图式计划的细枝末节呢？——米沃什提到的能帮助我们把历史跟自己相关联，但又不会变成客观力量及客观思想的碎片的细节，算不算呢？

鸽子在高丽地铁站广场飞来飞去。我走向被掠夺一空的银行建筑。烟熏泛黑的窗户上摆放着蜡烛和鲜花，现如今，窗户却变成了堆放着众多照片的圣坛。

我父母心里明白，如果他们回头看，他们所看到的很大可能会毁掉

① 奥斯曼帝国，土耳其人建立的国家，创立者为奥斯曼一世，建国于中亚，将伊斯兰教定为国教，后领土扩张至小亚细亚，日渐兴盛。极盛时期曾经地跨欧亚非三大洲，打败东罗马帝国后，定都君士坦丁堡（后改名伊斯坦布尔）。17世纪后期逐渐衰落，领土不断被蚕食，1922年被推翻。——译者注

他们的一切。然而，罗得妻子终究难以克服她对火烧故城的眷恋，结果被变成了一根盐柱。

选自《当代世界文学》2011 年 3—4 月刊

（陆道夫 谢雨彤 译）

音符里有什么？
——诗歌里的爵士乐

［美］劳娜·侃普*

作家能否在文字里表现出声音的形式？作者能否让我们用眼睛欣赏到我们原本应听到的篇章？或者换一种更具挑战性的捕捉声音的方式，何不要求作家用文字来表现爵士乐——这是一种至精至妙的音乐形式之一，这种创作要求作者对音乐有一定的了解和开放度。

有些作家能够玩转爵士乐，故而能吸引读者专注地聆听。每个作家所看到的音乐节奏，组合方式都不尽相同。每个组合都很大胆开放，因为爵士乐毕竟不同凡响，它张狂热情，不可能一蹴而就，这就要求作家们为我们重新打造风格。

在我的那个年代，收音机里经常播放爵士乐，我听到最多的评论就是那么简单的一句话："不管怎样，我都听不懂。"爵士其实是只了不起的野兽——是一只多头动物，许多人似乎都对它避之不及。既如此，我们到底如何界定爵士乐呢？它是迈尔斯·戴维斯①的《即兴良曲》（"Bit-

---

* 劳娜·侃普（Lauren Camp）是一名美国诗人，视觉艺术家。其主要诗集有《智慧的生意》（*This Business of Wisdom*）（2010），这本诗集探索了20世纪40年代巴格达的犹太文化，探讨了这些文化对她成长的影响。她的诗歌在数十家报刊上得以发表，包括Leveler、Dirtcakes、New Verse News和Rhino等媒体。作为一名视觉艺术家，侃普致力于艺术品的创造，她最为著名的作品是由布和线所织成的大型爵士肖像《爵士乐的编织》，该肖像在美国十座城市的博物馆里展览过。

① 迈尔斯·戴维斯（Miles Davis，1926—1991），美国音乐家，素有黑暗王子之称。在上世纪六七十年代，他是爵士乐坛的标杆人物，开创了Fusion Jazz（融合爵士乐），在当今仍是极为时尚的音乐形式。——译者注

ches Brew”）和20世纪70年代的混合体吗？它是当下音乐家建造的虚幻抽象结构吗？还是其他别样之物？我们内心里多一点信心才能走近爵士，让这只野兽爬到我们身上撒欢。

当然，如果你有一点儿音乐常识，并了解爵士乐的创作原理，去接触爵士乐，换句话说，也就是如果你是个音乐家，你就懂得何为二度、五度和音阶，同时你也懂得旋律和节奏了。那么你就已经懂得如何辨识乐谱和各种声音了。

如果你以史学家的视角去接触爵士乐的话，那么，音乐就会复现你所知道的历史。就特定意义而言，爵士乐是一种重要的记事方式，它记录着我们的当下岁月和往昔时光。从多方面的意义上来说，它是时代的“录音机”。音乐家们突发奇想，用一种方式去捕捉政治，抒发个人创伤。然后，借助于乐器与合奏，以作曲和音乐会的形式去传递心声，表达对时事的看法。诗人也是这样：通过转化文字，变化词义，以比喻修辞的手法去构建韵律和节奏，去陈述自己的观点主张。

然而，如果一个作家抽离了声音输入，只让文字，或者更确切地说，只让诗歌成为我们所能听到的唯一声音，那么，结果又将会怎样呢？这或许令读者感到困扰，或许让读者更加明白，如果你很幸运的话。

如同诗歌一样，你可以在一无所知的情况下去慢慢接触爵士乐。或许这是欣赏任何一门表达艺术的最好方式。作为一个视觉艺术家（在所有其他学科中），我每每会被那些发自肺腑的观众反应而深为感动，但却不会理会他们的评论观感，因为他们没有接受过正规的艺术教育。实际上，白痴体验可能恰恰是感受任何复杂艺术形式的最真实方式。通过身体和感觉去作出反应，把分析和思考抛到一边。艺术真正要求的是一种文思泉涌，无拘无束的接受能力。

*　　*　　*

你或许想知道为什么爵士乐能激发诗人的灵感。诗歌和爵士乐一向都是同枕共眠的；二者的节拍一致，常常成为一种不谋而合的、意识流式的风格，诗人的诗是从笔尖流出的，就像迪仔（Dizzy）和博德（Bird）二人从号角里吹出音符一样流畅自如。声音是喷涌而出，流到四面八方的。

但这并不是，也不应该是爵士诗歌的唯一形式。爵士乐的标准很不一致，它有各种不同风格的表现形式。“传统爵士乐”[1] 令人眩晕的节拍可以追溯到一百多年前。这些声音最终发展成为比博普[2]（bebop）的快节奏音乐。无论这种音乐如何变异和变换，它终究还是提供了一个创造可能性声音的神奇网络。音乐很容易使人沉醉其中，如果你想一直沉醉不醒的话，那倒也无可厚非。正如所有的杰出艺术一样，爵士乐能够让你遐思远方。音乐是从复杂的音乐墙里流淌出来的，是从战后那些年代里的异议声中流淌出来的。在乙烯消弭殆尽的瞬间，我们尚能听到音乐家竭力言说的心语，这不能不令人为之震惊。

诚然，音乐也并不是静止不动的。爵士乐不断颠簸前行，传递并反映了不断发展变化中的社会。今天的爵士乐是不可能用一种方式来描述的，因为它是一种城市的噪声，是希普—霍普[3]（hip-hop）被挤压、被边缘化的声音，是沿着人们的耐心——这条宽广道路一路前行的声音。这种声音不断开枝发芽，直到你无法确定你攀爬的到底是哪棵树，或者为什么要攀爬到这棵树上，与此同时，只要你爬上树顶，你就能够欣赏到风景。这种声音让我们忘记悲伤，忽略身边的繁文缛节；这种声音能够直接把我们推进黑暗和混沌的状态中。爵士乐虽然轻浮，但必不可少。

如果你碰巧被音乐所打动——碰巧你也是个作家——那么，你自然会尝试界定这种变幻莫测的东西，美妙神奇的东西，你肯定希望将它捧在手上，用你自己的文字诠释它。

*　　　　*　　　　*

爵士乐的真正亮点在于，对现有曲目的再发挥或即兴创作——信手拈来一段曲子，重复引用，对它进行即兴地扩展、改变、再创作。当你听到一段熟悉的老旋律被重新组合、改编时，就仿佛是在听一段崭新的

---

① 传统爵士乐（Traditional Jazz），最初用于界定新奥尔良爵士乐，将其和摇摆舞曲区分开来。此后，传统爵士乐又用来描述40年代新奥尔良音乐和迪西兰德爵士乐的复生，以及50年代末英国模仿的爵士乐。——译者注

② 比博普（Bebop）是指爵士音乐家在练声或哼唱时发出的毫无词义的音节。比博普的旋律很不连贯，有时却又连续不断地往外迸射，节奏支离破碎，拍子含蓄，和声变化频繁，十分复杂。比博普的出现往往被认为是现代爵士乐时期的开始。——译者注

③ 希普—霍普（hip-hop），二十多年前始于美国街头的一种黑人文化，也泛指 rap（说唱乐）。hip-hop 四种表现方式包括 rap（有节奏、押韵地说话）、b-boying（街舞）、dj-ing（玩唱片及唱盘技巧）、raffiti writing（涂鸦艺术）。——译者注

曲子。这不就是我们的作家也在做的吗——表现爵士乐，从而使我们能够理解爵士乐，虽然不能全部理解，但至少能够理解某一部分。诗人与曲调、音乐家和音乐同存共生。诗人把他自己内心深处的、源于他自身体验的，以及自己周围所发现的东西全都呈现给我们。音乐家也一样，音乐是在这些歌词里得以延续的，它伴随着作者对旋律、音符和他对外界事件的喜怒哀乐而产生。

谈到爵士乐，我们不得不谈到即兴创作。爵士乐是靠突发奇想的灵感而创作的。即兴创作赋予爵士乐以成就感，甚至是一种电流般的动力。不妨把三四个音乐家同时放在一个录音棚里或舞台上，看看他们之间会出现什么情况。然后再把一个音乐家和其他两位音乐家放在一起，形成新的组合。当他们身处不同的环境时，原本已经熟悉的一种声音，此时却完全变成了另外一种意想不到的声音。例如，低音吉他手保罗·钱伯斯[①]出现在具有开创性的专辑中，如李·摩根[②]的《炊具》，塞隆尼斯·蒙克[③]的《光辉的角落》。蒙克的演奏始终保持不变，但歌舞团却要经常更换，而作曲家就更是变化不定了。钱伯斯的低音沉稳，推进每个音符向前滑，利用各种机会，使低音形成一种独特的声音。

诗人们以各种不同的方式，在特殊的章节中把我们带入音乐之境，有时带入音乐的中心点，有时带在外围漫步。如果我们忽视音乐的存在，那恰恰说明，我们正在寻觅感受音乐效力的途径——试图感受这种已经吸引作家的声音——换句话来说，探寻音乐为什么为他而存在。

在维吉尔·苏亚雷斯想象力丰富的《通往哈瓦那的拉丁爵士》这首诗里，读者了解到音乐有可能源出污秽之地。是不是贫瘠的环境反而更能促生出如此甜美而热烈的音乐？还是古巴音乐能够克服困境、自发成

① 保罗·钱伯斯（Paul Chambers，1935—1969），美国最早采用创造性的独奏演奏爵士乐的艺术家，他是迈尔斯·戴维斯五重奏的成员，参加了几乎所有的戴维斯经典唱片的制作。——译者注

② 李·摩根（Lee Morgan，1938—1972），上世纪60年代蓝乐符（Blue Note）唱片公司最出色的小号手之一，15岁开始接触爵士乐。——译者注

③ 塞隆尼斯·蒙克（Thelonious Sphere Monk，1917—1982），美国爵士乐作曲家、钢琴家。他是博普爵士乐的创始人之一，大大促进了冷爵士乐的发展。蒙克的作品具有和声进行不同寻常、采用不和谐音、节奏和即兴演奏复杂的特点。他的《午夜圆舞曲》、《忧郁的修道士》、《恢复正常》以及《露比，我亲爱的》等多部作品，已成为爵士乐经典之作。——译者注

长繁荣？困境会是解药吗？无人知晓，只有苏亚雷斯给了我们一种全新的听觉方式。他用丰富的语言，清楚地告诉我们构成爵士乐的基调是什么，那些可以让我们轻松摇摆的音乐。

不妨听听路易斯·阿姆斯特朗[①]版本的胖子华勒名曲《遍体鳞伤》，这曾是我最心仪的声乐表演曲之一。当我们知道它的全名是《（我这样做到底是为了什么）——遍体鳞伤?》时，我们逐渐理解“书包嘴”[②]（Satchmo）描述种族分裂时代那种激进尖锐的方式。爵士乐提炼故事的精华，然后以一种令人愉悦的方式呈现给出来。同样，诗歌也以一种出人意料的方式去表达自己的所思所想。

迦纳作家兼社会评论家尼·帕克斯[③]写道：“当针刺向黑暗的蜡身，引发忧郁的尖叫声……音乐离不开音符，就像黑暗离不开阴影。”爵士乐和诗歌不是在规避问题，而是在直击要害。作为听众和读者，我们应该有决心对那些有时候无法以其他方式去承载的艰难或无知作出自己的观察、反应和诠释。

接下来，我还要向你介绍德国出生的美籍诗人阿德里安·毛泰伊考[④]。他描写了瑞典钢琴三重奏（简称 EST）的音乐作品，如今 EST 只能在专辑中听到，因为该曲的领军人物在一次带水肺的潜水中遇难了。诗歌描写了“瞬间的膨胀和失落的时刻”。这就是音乐的真谛所在，这就是为什么乐迷们会赶赴一场又一场的音乐会。音乐不与我们共生；它来了，接着又走了，为此，我们需要养精蓄锐。我在读毛泰伊考的诗歌时，总觉得他的诗歌在提醒我：如果没有乐器，爵士乐就无法生存，而乐器和爵士乐本身就是缅怀往昔岁月的艺术品。

*　　　*　　　*

① 路易斯·阿姆斯特朗（Louis Armstrong，1901—1971），美国爵士史上伟大的歌唱家之一，也是世界上最伟大的小号演奏家之一。他对于爵士乐的重要意义，就好像古典音乐的巴赫，摇滚乐的猫王。——译者注

② “书包嘴”（Satchmo），爵士乐大师路易斯·阿姆斯特朗的昵称。——译者注

③ 尼·帕克斯（Nii Ayikwei Parkes，1974—），加纳作家、社会评论家，出生在英国，在非洲加纳长大。目前住在曼彻斯特。——译者注

④ 阿德里安·毛泰伊考（Adrian Matejka，出生年月不详），在德国出生的非裔美国诗人。在美国南伊利诺伊大学讲授文学和创意写作课程，主要代表作有 2009 年出版的《调酒学》（*Mixology*）。——译者注

我情不自禁地要为那些仍在弘扬爵士乐的人加油喝彩，因为这种音乐形式的前途一直很不明朗。音乐场所越来越少，电台把节目翻新成更加有利可图的节目形式。对于我们这些音乐爱好者来说，我们有义务去分享爵士乐。不然的话，它将如何存活？

声音是妙不可言的——它仿佛一个水龙头，犹如呼出的空气，或似手指敲击键盘的那一瞬。就那样，颤动的结果就出来了。再加上一些培训和技巧，颤动就变成了一种浑厚饱满，完美奇妙的音乐。对我来说，这本诗集用一切可能的方式咆哮着，炸醒你的耳朵，让你的心智迅速调整到那些你已经接受或者暂时接受不了的音乐上来。

在这个相互交往日益频繁的世界里，从更广的角度来说，把爵士乐和诗歌联系起来是有意义的。罗马尼亚作家维吉尔·米海修（Virgil Mihaiu）的编年史诗有一连串的名字，还有他自创的合成词，或许这些对你来说完全陌生，但它能让你马上知道爵士乐悠久的历史，以及你有兴趣探索的许多音符。如果说爵士乐为我们浓缩了一个故事，那么这些诗歌则延续了那个故事，以一种全新的视角去延续那个故事。

顺便问问，你知道什么样的音乐或诗歌才算是成功的吗？啊，这个嘛，这关乎一个人的鉴赏力。我们已经开启了这扇鉴赏门——《当代世界文学》打算让这扇门一直敞开着，偶尔洒落些新的声音在这些纸张上。让人欣慰的是，关于爵士乐的完整性，关于爵士乐的诗歌，就足以让你忙活一阵子的啦。

新墨西哥州圣达菲市

选自《当代世界文学》2011 年 3—4 月刊

（陆道夫 谢雨彤　译）

“显形的世界受制于隐形的你”：朱莉亚·哈特维格的现实神秘主义

［美］辛西娅·哈文*

一

八月份一个炎热的晚上，朱莉亚·哈特维格①在其华沙的公寓里接受了我的采访。“说起我的写诗之路，可谓漫长久远啊。”

她的感慨既简明又隐晦。说其简明，是因为她如今已是九十岁的老人了。从她十岁时开始写诗算起，如今已有八十多个年头。虽然自1956年解禁的半个世纪以来，哈特维格陆续出版了自己的诗集，但其漫长的诗歌生涯，依然宛如迟开之花而盛放。

之所以说其感慨隐晦费解，是因为她的诗歌视野跨越数百年，始终保持着与新逝的同行、文学前辈及朋友之间的对话。事实上，尽管所有伟大的诗歌莫不如此——然而，这在哈特维格身上却表现得更为直接、更为明晰。在其新近英语诗集《即将归来》中，很多诗歌的题

---

* 辛西娅·哈文（Cynthia L. Haven），评论家，其著作有《无形之绳：切斯瓦夫·米沃什画像》、《切斯瓦夫·米沃什：对话》、《和辛西娅·哈文对话的彼特·戴尔》等。此外，她一直为《泰晤士报文学增刊》、《华盛顿邮报图书世界》、《洛杉矶时报书评》、《旧金山纪事报书评》、《肯庸评论》等撰稿。

① 朱丽亚·哈特维格（Julia Hartwig，1921—），波兰著名女诗人。曾出版诗集《告别》（1956）、《自由的手》（1969）、《醒》（1978）、《熟悉》（1987）、《温柔》（1992）、《没有答案》（2001）、《没有告别》（2005）和诗选《对未完成之物的赞美》（2008）等。她也是著名的翻译家、散文作家和儿童文学作家。

目都引用了兰波、济慈、约瑟夫·布罗茨基[①]、梵高，罗斯特罗波维奇[②]和亨利·卢梭[③]等人的名字。

就她的等级观而言，从许多方面来看，她都堪称上个世纪最伟大的波兰诗人。

“我不能说自己已跨入大师行列，但你知道，我已很接近了。”她爽朗地告诉我。有人说，与其说她已接近大师，不如说她已经超过大师。著名记者瑞萨德·卡普钦斯基[④]称她是“20 世纪最重要的诗人之一”。切斯瓦夫·米沃什则称她为“波兰诗歌界有声望的老夫人”。

2004 年哈特维格生日那天，米沃什[⑤]去世了。哈特维格最新诗集中到处都有米沃什的影子。《守护灵》一诗明显是喻指米沃什；《睡觉—死亡》这首诗也有米沃什的影子。在其更为早先的一部诗歌集里，哈特维格用《噢!》回应了米沃什的同名诗集《噢!》。不难看出，与其他人相比，米沃什或许更深入地植根于哈特维格的等级观里了。

哈特维格在《济慈之墓》里这样写道：“敬重！米沃什继承了歌德的这一座右铭。”但对米沃什而言，这种敬重超越了人类，而对哈特维格来说，也是如此。2000 年，米沃什告诉我：“在某个特定的时刻，一个我们能看得见的稳定世界，是一切事物永恒秩序的反映。当下，我们摇摆不定。虽然这是一种非常特定的生活方式，但它依然和传统密不可分。无论是和传统形式抑或是传统价值，都是密切相连的。这是对传统的一种尊敬。如果说我们无法重拾过去的稳定世界的话，那我们至少可以对某些稳定的东西保持某种尊敬……当一切都在流动，一切都在变化之时，有诗人出来保持这种敬重感，那当然是有益的。”

或许心想着这位大师的“他离开了人世/没有悲伤”，哈特维格与他

---

① 约瑟夫·布罗茨基（Joseph Brodsky，1940—1996）苏裔美籍诗人。1987 年获得诺贝尔文学奖。代表作以《诗选》和《言语的一部分》影响最大。——译者注

② 罗斯特罗波维奇（Mstislav Leopoldovich Rostropovich，1927—2007），俄罗斯著名大提琴家、指挥家。四岁学弹钢琴，七岁学大提琴。——译者注

③ 亨利·卢梭（Henri Rousseau，1844—1910），法国淳朴派风格画家，20 世纪超现实主义艺术先行者。因其迷人的巴黎画作和奇异的丛林风景画作而闻名。——译者注

④ 瑞萨德·卡普钦斯基，波兰报告文学大师，代表作有《带着希罗多德去旅行》等。——译者注

⑤ 切斯瓦夫·米沃什（1911—2004），波兰裔美国著名作家，1980 年诺贝尔文学奖获得者。——译者注

产生了共鸣：

因为有太多看清
永恒与短暂之别的人
已经离开（选自《现在》）

人们常常把哈特维格比喻成维斯拉瓦·辛波丝卡①。有人怀疑，如果不是因为辛波丝卡和她处于同一时代，或许很难有如此一比。但这纯属于诗人和诗人之间的比较，二者都属于那种心思细腻，想法古怪的人。

然而，哈特维格的《恐惧》一诗却拓展了不同的心理风景。从欣然接受世间的一切恐惧，到超越这些恐惧，她称之为“现实神秘主义”。她曾睿智地告诉过她的诗歌英译者博格达纳·卡朋特：“一个人不能与世隔绝，成为一个孤独的愤世嫉俗者。”

但一切远远不止于此。神秘现实主义并不是现实的剥离或抽身，或者是让现实成为梦幻盗用的一个起跳点，而是将我们牢固地紧握在手，借以增加我们的注意力，表现力和鉴赏力。例如《回到我的童年之家》这首诗，以漫游和迷路开始，写到慰藉和光明；

在黑漆漆的松树沉寂中，传来
年幼桦树的彼此呼唤。
一切无不如旧，万事皆不复古……

万物难以言喻，每次皆不相同，
从第一声的哭泣，到最后一次的呼吸。
我有往昔的快乐时光，
就那像举着油灯的陪嫁伴娘。

*　　*　　*

① 维斯拉瓦·辛波丝卡（1923—2012），波兰诗人，翻译家，1996年诺贝尔文学奖获得者。——译者注

2008 年，在亚当·扎加耶夫斯基的提议下，我在华沙登门拜访了朱莉亚 ·哈特维格，在此之前，我只听说过这位诗人的名字。波兰著名文学期刊《文学笔记本》（*Zeszyty Literackie*）的编辑、作家马里克·扎干茨兹克（Marek Zagańczyk）先生鼓励我在这座战后重建的神话般的城市中去穿越那黑暗的街道，专注于那些只在童话故事中留存下来的城市回忆，它们从水深火热中走来，完好无缺，拥有一种永恒的创伤精神。

第一次读到哈特维格的名字，是在为美国学生举办的亚当·扎加耶夫斯基（Zagajewski's Kraków）诗歌研讨会上。一开始，我认为这是一个年轻而又积极进取的美国人。因为，"朱莉亚"是年轻一代很喜欢用的名字，而在密尔沃基①，一百个人里恐怕只有一个人会起名叫哈特维格。

迎接我的是一副长者的面孔，带着旧世界的痕迹，微微上扬的标志性眉毛——宛如一个永远的问号，或许这象征着她那种略带俏皮却又彰显智慧的怀疑主义。"你来这儿是想知道一些赫伯特的事情，对吗?"她热情友好地问起我的波兰之行（那时，在华沙附近，我对兹比格涅夫·赫伯特的采访已持续了很多天）。"哦，是的，我对他很了解，他是德国职业作家。"哈特维格热情地为我补充了一些有关波兰未被放逐的吟游诗人的信息。

事实上，我的确实打听了一些关于米沃什和赫伯特的问题，这是我从已知到未知的一个过程。这种情况并不单单发生在我一个人身上：英语读者一般都不熟悉她的作品。

他们不该对其作品感到陌生吧。在波兰，哈特维格出版过几十本作品集，其作品也翻译成了德语、法语、意大利语、立陶宛语、俄语、塞尔维亚语和英语。她曾获得过桑顿·怀尔德②奖，波兰团结工会③奖和乔治· 塔克奖。更主要的是，她在美国已旅居多年。

---

① 密尔沃基（Milwaukee）是美国威斯康星州最大城市和湖港，位于密歇根湖西岸。——译者注

② 桑顿·怀尔德（Thornton Wilder，1897—1975），美国现代著名剧作家和小说家，其地位与尤金·奥尼尔、亚瑟·米勒和田纳西·威廉斯齐名，并称为美国现代四大剧作家。——译者注

③ 波兰团结工会：全名独立自治工会，1980—1989 年波兰最大的反对派组织，主张非暴力的反抗模式，领导人瓦文萨获 1983 年诺贝尔和平奖。——译者注

当时，有人曾出版过她的一部作品。因此，美国读者应该不至于遗忘她的名字吧，这部作品就是《未完成者的赞美》。那天晚上，她手头刚好有这本书，就顺手赠给了我，——拿来一看，这是一本装帧精美的精装本，奶油色的书页，设计低调却又不失精妙。

她在《创作中的波兰作家们》中写道："虽然我这个所谓感情丰富的人是直接通过诗歌去和人们对话，但要把诗人和诗歌分割开来却不是一件容易的事。"为此，在拜读她的诗作时，我总带着些许敬畏和些许谨慎，而这些敬畏和谨慎之情可以被融化成一种温暖和慷慨，仿佛雨夜中欢快跳跃的火苗。

她给我端来了浆果和奶油冰淇淋——显然，这是夏日里波兰人招待客人的典型茶点。有人曾开玩笑说，想在酷热的八月里找个波兰人，就像在午餐时分去找个意大利人一样困难。哈特维格也是如此，她原本是待在乡下的，这次是专门为了我们的到访而返回华沙的。她似乎很想扩大她的美国读者群，但并不显得是那么的竭尽全力。

借助于她的诗歌，卡朋特回忆起他和诗人之间的相遇："翻译一首新诗，就像在一个陌生的国家做一次旅行一样，"她这样写道，"一切都是未知的：景观、地方、语言、风格、比喻、节奏、主题、思维和感知的方式。翻译是一个缓慢而又渐进的过程，在这个过程中，你会慢慢发现这个国家，进而了解其特殊的体制和文化。翻译并不像仅仅找到最对等的词汇、正确的句子和语法那么简单，实际上，翻译也的确如此。此外，翻译也是为重现作者而做出的一种努力，它是让诗歌用另一种语言去生存和言说而做的努力。但我却要反其道而行之：我必须先试图解读站在我眼前的这个女人，因为我从未读过她的诗。"

*　　　*　　　*

哈特维格 1921 年 8 月 14 日出生于卢布林[①]。她这样描写卢布林——它那令人昏昏欲睡的美，它那茂密的椴树林和它那绿油油的牧场：

卢布林

① 建于 9 世纪，古代为要塞和通往东方贸易中心的要道。1944 年曾为波兰民族解放委员会的驻地。——译者注

虽不是边境，但早已是边境
桌上铺着刺绣的台布，墙上挂着圣洁的图片
这边挂着圣画像，那边敞开耶稣慈善心
人们用不同的语言虔诚地唱吟

只有他知道怎样痛惜这座城
那个对我们施以昏昏欲睡之美的魔力士
为的是找到一个为燃烧的受难灵魂而祈祷的人
因为他知道怎样欢庆流连在此的幻影

哈特维格出生在波兰小有名气的家庭："有些人很熟悉我的家庭。有些人认识我的医生哥哥，有些人认识我的摄影师父亲，有些人认识我本人。"她的哥哥是医生，是医学教授（"他是波兰内分泌学的奠基人，在波兰很有名气。"）。

哈特维格还是一个摄影师的女儿，她的姐姐年长她十二岁，也是一个著名的摄影师。虽然她表面上不承认这一点，但某种程度上，这样的家庭背景似乎可以解释她身上的那种敏感性。

"我出生在一个摄影世家，所以我从来都不拍照。我父亲是一个摄影师。哥哥是一个摄影师，他在一个国际百科全书的摄影师团队里名气很大。"她这样告诉我。"我很讨厌拍照，一直都不喜欢，我从来都不喜欢拍照，家里的照片实在太多啦。"

但哈特维格对哥哥爱德华（于 2003 年去世）的摄影作品《难以忘怀的小镇》却是赞扬有加："对爱德华·哈特维格来说，清晨是拍摄的最佳时光，日出之后，当乡妇拎着牛奶桶，肩上的亚麻围巾轻快地随风飘扬，沿路穿过当地的森林，这些都点缀着卢布林。或者，当人们发现一只猫冲过萨姆博龙司卡或奥莱那街道时，或者在昨夜暴雨或洒水车留下的泥坑边上，鸽子群咕咕咕咕，清晨的静谧就这样被打破了。"由此，诗人的敏感性和摄影家的灵感性似乎是融合在了一起。

她说："他那组《卢布林时期》的照片让人觉得柔美而浪漫；这些照片把现实转变成了一幅幅安宁祥和的愿景，虽然有点忧郁，但仍不乏清新。"

毫无疑问，哥哥也把众多的艺术家介绍到了家里来："随身带着笛子"的诗人约瑟夫·切赫维茨（Józef Czechowitz，1903—1939）和诗人约瑟夫·洛博多夫斯基（Józef Lobodowski）是他哥哥信任的两位诗人。是他们把哥哥领进了艺术先锋派的行列；还有艺术爱好者维克特·焦科夫斯基（Wiktor Ziółkowski）和《思考者》的主编瓦克劳·格莱勒乌斯基（Wacław Gralewski）等人。

在她的文章中，读者不难看到一个孩子早期所表现出来的那种对世间万物和现实的神圣感——天地合二为一、彼此交互拥抱之时的那种圣象的初始神圣感。哈特维格是用文字，而不是用颜料或胶卷来表达其周遭世界的，这是一种具有强大象征色彩的神秘世界："还在上学那会儿，我就被视为是一个写诗的学生。这让人觉得很奇怪。"她说。

很早的时候就有人劝她少用年轻女诗人常用的陈旧主题。战争期间，带着许多自己创作的诗歌，还有对米沃什的爱恋，哈特维格从卢布林去了米沃什在华沙的家，在那里，她第一次见到了米沃什。

米沃什的反应或许会让一个意志薄弱的女人倍感气馁。在2005年接受的一次采访中，哈特维格详细地描述了这种感觉，她说："哦，关于爱情……爱情不是诗歌的主题。"但他却给了哈特维格很大的帮助，促使她深入挖掘不常见的写作素材。

"你知道吗？我觉得他并不是在迷惑我，"在客厅里，哈特维格慢条斯理地说道，随后大声笑言，"后来，他开始欣赏我的诗歌了，也写了一些关于我诗歌的评论。这样一来二往，我们就成了好朋友。"

这次的见面，给哈特维格留下了深刻的印象。多年之后，她在《沉思（关于切斯瓦夫·米沃什）》一诗中这样写道：

> 我们无法确认自我或自我价值，
> 去捕捉我们难以企及的目标。
> 他定然明白自己是否崇尚简单生活，
> 告诫自己不要好高骛远，
> 他甚至一度还对此加以自嘲。
> 但他的警告最终却显得徒劳无益，
> 毕竟真正的艺术实践暗含了别出心裁的比喻。

哈特维格那代诗人属于追求大学学业的一代。不妨以她为例，她学的是波兰文学。从1942年到1944年，她在华沙大学秘密学习了三年。虽然纳粹党关闭了所有大学（甚至高中），但哈特维格从克拉科夫搬到罗兹，后来又搬到了华沙继续她的学业。不仅如此，她还帮助游击队成立了地方军敢死队。

一天，在回家的路上，有人暗中告诉她，纳粹分子正在她的住所搜寻她。“于是，我掉头就跑，直到跑得无影无踪，当时的情况就是这样。”她甚至来不及换件衣服，逃到了卢布林附近的一个森林里。

“这就是战争中发生的故事，只是众多故事中的一个，类似这样的故事在波兰很平常。对我来说，没有什么耸人听闻的。”她叹息了一声。

当俄国军队抵达卢布林时，“我们走回来。”她回忆道。在一首名为《胜利》的诗里，她感叹道：

当人们庆祝战争结束时
为何我没有在香榭丽舍大街跳舞？

……
为何我只能注定站在卢布林的大街上
呆望着红星军队涌进这座城池？

香榭丽舍大街很快就进入了她的生活中。她在战后华沙大学和卢布林天主教大学的学业完成后，获得了奖学金，前往巴黎深造学习，在那里一直待到1950年。

“从一开始踏上法国土地那会儿，我所经历的一切，无不影响我的人生之路，影响我的兴趣，我的世界观，我的热情和我的工作。”哈特维格在《谢谢你的热忱》中这样描述道。哈特维格打算继续撰写关于吉洛姆·阿波利奈尔①和奈瓦尔②的专著，并将继续翻译兰波的作品。

---

① 吉洛姆·阿波利奈尔（Guillaume Apollinaire，1880—1918），法国天才诗人，代表作品有《米哈博桥》等。——译者注

② 奈瓦尔（Gérard de Nerval，1808—1855），法国诗人、散文家，代表作品有《西尔藏》、《奥蕾丽亚》等。——译者注

她这样写道："法国文学引人注目的地方是其作家和作品的范围之广：雨果式的法国精神之天才，拉伯雷式的粗俗，缪赛[①]式的魅力，阿波利奈尔[②]令人惊颤的曲调，洛特雷阿蒙[③]式的疯狂，兰波[④]诗中燃烧不竭的热情，勒韦迪[⑤]立体派那种不易察觉的敏感，雅各布作品中的矛盾抒情。""新老交织，各自独立却又彼此分享，宛如同一株植物上的根、茎、叶、花，谁也无法离开而生长。"

1954年，哈特维格和著名诗人、作家、翻译家阿图尔·密艾兹宰茨基（Artur Międzyrzecki，1922—1996）结婚，阿图尔曾在意大利的波兰军队服过役。1956年，在共产主义短暂解冻期间，哈特维格出版了她的第一部作品，那时她才三十多岁。

"的的确确，我一度在等待优美的诗歌，"她说，"但曾经的这种等待……如今已得以实现。"

哈特维格夫妇曾于1970年至1974年期间在美国短暂居住。1979年，他们再次来到美国，一开始是应爱荷华国际写作项目资助杰出波兰作家的邀请，后来却因为他们在几所大学有了学术职务而得以继续居住（他们的女儿丹妮拉至今仍居住在纽约）。

哈特维格曾出版过两部诗集和旅行日记，描写她在美国的旅居生活。两部诗集都命名为《美国轶闻》。她还和丈夫一起出版过一部重要的美国诗歌选集的翻译版本，名为《我所歌唱的现代人》（1992）。

1981年戒严令颁布时，她再度来到法国，随后又匆匆赶回自己的祖国波兰。"那是个没有电话，没有信件，也没有交流的时代。"她回忆

① 缪塞是19世纪法国浪漫主义的四大诗人之一。他十四岁开始写诗，作品热情洋溢，想象丰富，注重诗句的形式美，语言丰富多彩，形象生动，富有音乐感。——译者注

② 阿波利奈尔（Guillaume Apollinaire，1880—1918），20世纪上半期法国最杰出的诗人，超现实主义流派的先驱。——译者注

③ 洛特雷阿蒙（Lau Treamont，1846—1870），法国诗人，他用自己数量不多，极其罕见、复杂、极端的文字向人们展示了一个患了深度语言谵妄症的病态狂人，被超现实主义作家奉为先驱的怪异神魔。——译者注

④ 阿尔蒂尔·兰波（Arthur Rimbaud，1854—1891），19世纪法国著名诗人，早期象征主义诗歌的代表人物，超现实主义诗歌的鼻祖。他用谜一般的诗篇和富有传奇色彩的一生吸引了众多的读者，成为法国文学史上最引人注目的诗人之一。——译者注

⑤ 勒韦迪（1889—1960），20世纪初期法国著名诗人、超现实主义诗歌的先驱之一，生于纳博讷，1910年定居巴黎，与毕加索、阿波里奈、雅各布等人一起加入立体派。——译者注

着。“真是个悲剧时代啊，一个真正的悲剧，那时的我们真的很不开心，我都记不起来那时候我们多不开心的样子了，”哈特维格说，她曾在团结工会的中央办公室工作过，“所有这些关于团结工会的美丽热情都已经过去了。”

“对于一个国家来说，这的确是件恐怖的事情，我无法原谅他们，真的，我无法原谅。”

依然存活的人里面，又有谁值得原谅吗？“当然，当然有了。不过，他们已经老了。”她努力回忆着，尤其是那个曾在戒严法期间统治波兰的沃依切赫·雅鲁泽尔斯基将军①，“或许，他活着比死去更痛苦。不过，这都与我无关了。”

我想，他们一定每天都承受着遭遇暗杀的危险。“如今在波兰，人们不会去暗杀。”她几乎是略带自豪地回答。“只有在过去，他们才会去暗杀，”她说，“但那些被暗杀的人往往是好人，而不是坏人。”

* * *

“你知道吗，你的写作总是不能与时俱进，”这位大器晚成的诗人说道，“因为不可能即时创作，一旦动起笔来，仿佛一切的一切都已成为历史。”

相反，哈特维格的过去似乎已和现在相互交织，就像墨水渗过纸张一样，她内心深处的平静拥抱着时间。尽管在别处，她写道“死亡是一件苦差事”，但她总认为，死后的生活依然会非常平静：在她死后，她就像是一座“面朝大海的雕塑”，身后是“无穷黑暗，而前方则是一片明朗的天空，水面上，灯光闪烁，我用那张面无表情的脸去感受着南方的太阳”。

在一个被政治理论统治的国度里，如同命运或上帝般的隐形，她冷眼静观了两个帝国的衰落，戒严法的终结和祖国华沙的瓦解。很显然，隐形之中映射出黑暗和光明，而她却拥抱了黑暗和光明。

“风啊！我该怎样才能了解你？”她问道，“只有你的使者，方能诉说你的故事/树木和草丛都屈服于你的掌中/指向此处，正在此处！”或者

① 雅鲁泽尔斯基（Wojciech Jaruzelski，1923—），曾任波兰部长会议主席、国务委员会主席。1956年7月成为波兰最年轻的将军之一。——译者注

是“窗户的突然砰砰作响”抑或是“成群的白云飘过”。哈特维格在其诗作《风》中这样结尾：“显形的世界受制于隐形的你。”

对于哈特维格来说，所谓诗人，“应该根据他对文字和对现实的态度去丈量，诗人被定义成二者之间的互相依赖和互相依存”。“我接受这个显形世界的所有财富和恐吓，”哈特维格如此写道，“接受这个世界的真相，我们够得着的意象，以及带领着我们去往隐形世界的最非凡的路途。”于是，“现实之旅就成了超越之旅”。

总而言之，从十岁开始，哈特维格就沉浸于对诗歌的爱恋之中，这是对抗岁月和时间流逝的法宝——风的咒语。

选自《当代世界文学》2011 年 7—8 月刊

（陆道夫 金敏娜 译）

佐兰·日夫科维奇的超自然幻想曲

[美] 迈克尔·莫里森*

每人读过的故事背后，每人讲述的故事里，或多或少总有某种其他的声音在诉说，就像谈话过程中仿佛能够隐约其声，却让人不得安宁的声音。我们可以确信，这种声音虽然很重要，很必要，但我们却无法将其甄别出来。

——阿尔维托·曼古埃尔①《黑水：梦幻文学选集》

当病人得知自己染上了“451 病毒”时，患者虽然无法回忆生活中的任何事情，但对自己读过的每本书却能过目不忘。有位年长的隐士数年以来一直坚持每个月给自己拍照一次，然后把这些照片收集起来，结果，他发现自己的影像在每张照片里开始逐渐褪色。有一天，给患孤独症儿童上自由式图画的老师为学生播放肖邦的《第二钢琴协奏曲》，但其中有个学生却在做某种任何人类都不可能做出的事情。这便是塞尔维

* 迈克尔·莫里森（Michael A. Morrison），俄克拉荷马大学物理与天文学院教授，业余时间研究文学与批评、音乐（古典乐、电影音乐与钢琴乐）、电影、日本动漫与亚洲电影等。撰写了一百余篇有关理论物理学的论文和大量有关科幻文学的书评与论文。著有《量子物理学的愉悦》（*The Joy of Quantum Physics*，2011）和《有效的学术论文写作》（*Effective Scientific Writing*）等。

① 阿尔维托·曼古埃尔（Alberto Manguel，1948—）出生于阿根廷布宜诺斯艾利斯，1985年后成为加拿大公民，现定居法国，是享有盛名的作家、小说家及翻译家。代表作是《恋爱中的博尔赫斯》。——译者注

亚幻想作家佐兰·日夫科维奇[①]小说世界中的主人公的日常生活。

或许因为他在第一部小说《第四圈》（1993）中采用了一些和科幻小说相联系的技巧（外星人，人工智能，平行世界），佐兰·日夫科维奇每每被误认为是一个“科幻小说家”，但他本人却极力否认这样的标签。事实上也的确如此，日夫科维奇并不创作科幻小说。尽管也运用科幻小说中的幻想技巧等，但他并不像科幻小说家那样频繁运用。

日夫科维奇从不创作奇幻作品。他的故事世界里看不到那些幻想人物——奥斯，纳尼亚，中土世界；他的故事世界是读者所熟悉的日常生活世界。他也不创作恐怖文学，令人战栗的超自然恐惧、赤裸裸的性描写和视觉暴力，都与他的审美情趣格格不入。

我们很难将日夫科维奇归入任何一种作家类别。他用现代形式讲述古代奇幻故事，他把这种古代故事的讲述模式称为“梵塔斯帝卡”（fantastika）。在采访中，他对这种文学形式也做了解释，这段采访可在《当代世界文学》的主页上找到。借助于后现代剧本、超现实的并置位序、（尤其是）荒诞主义者的幽默，日夫科维奇的故事不同程度地把平凡世界和诡异世界结合在一起了。

日夫科维奇的小说源出于中欧和东欧的超自然幻想曲传统。采访中，他多次提及他的作品受果戈理、霍夫曼、布尔加科夫[②]，史坦尼斯劳·莱姆[③]，恰佩克[④]，翁贝托·埃科[⑤]，以及俄国象征主义作家瓦莱丽·勃

① 佐兰·日夫科维奇（Zoran Živković，1948—），塞尔维亚作家、翻译家、出版商、电视节目主持人，2007年起在贝尔格莱德大学语言学学院讲授写作课程。他创作的20多部小说被译为70多种语言出版，其中《图书馆》（2003）获得世界幻想文学奖，《火车》（2005）和《床头柜上的闹钟》（2007）被英国广播公司制作成广播剧。——译者注

② 米哈伊尔·布尔加科夫（1891—1940），苏联小说家和剧作家。其代表作《大师与玛格丽特》被认为是20世纪最好的俄语小说，魔幻现实主义的开山之作。——译者注

③ 史坦尼斯劳·莱姆（Stanisaw Lem，1921—2006），波兰科幻小说作家。他的作品常探讨哲学主题：科技的影响、智慧的本质、与外星人互相理解的可能性、人类能力限制等，代表作有《索拉力星》等。——译者注

④ 卡罗尔·恰佩克（Karelá Čapek，1890—1938），捷克作家，科幻小说家。代表作有《白色疾病》、《昆虫生活图谱》等。

⑤ 翁贝托·埃科（Umberto Eco，1932— ），意大利博洛尼亚大学教授，欧洲重要的公共知识分子，小说家、符号学家、美学家、史学家、哲学家。代表作有小说《玫瑰的名字》等。——译者注

留索夫[1]等人的影响。单单就此而言，不提其他方面，日夫科维奇的作品沿袭了塞尔维亚散文长期以来的传统。

从12世纪第一批基督宗教文学和修道院文学算起，超自然性和神秘主义便成为塞尔维亚文学书面作品的一个重要特点。随后，在漫长的土耳其帝国"土耳其之夜"的统治之下，塞尔维亚书面文学几近消失。但小说和诗歌却以史诗、传奇、民间故事和寓言的形式得以保存下来，塞尔维亚独立之后，书面文学又重新浮出水面——开始侧重描写小村庄的农民生活。然而，到了18世纪晚期，那些支持欧洲现代主义的塞尔维亚人，先以诗歌的形式，第一次世界大战之后，又以散文的形式开始对农村现实主义提出质疑。

1948年，亦即日夫科维奇出生的那年，许多塞尔维亚作家的风格转向现代派，他们大多采用实验主义的形式，包括使用奇幻文学的创新法。我们姑且不说那些地位一直显赫的现实主义家，如1961年诺贝尔文学奖获得者伊沃·安德里奇[2]（1892—1975）和宗教活动家基科·维索里诺维奇（1862—1905），后战争塞尔维亚文学中涌现了诸如达尼罗·基斯（1935—1989），米洛拉德·帕维奇（1929—2009）和博锐斯拉甫·佩克议克（1930—1992）等作家。他们的作品常常将现实主义和奇幻文学结合起来，有时还运用后现代主义技巧。如果我们想综述现代塞尔维亚文学，那是断然不能错过这本由雷德米拉·格勒普和纳德滋达·澳博拉多维奇于1998年选编的文学作品选集《火之王》的，该书不可或缺。

只有小部分的塞尔维亚文学作品被译成了其他语言，即使是那些熟悉这一小部分作品的读者也会发现日夫科维奇作品的特殊性，因为他的作品对塞尔维亚这个国家及其文化，以及该国多灾多难的历史极少涉及。他的作品在很大程度上模糊地处理了地理空间、历史、文化、政治等，甚至在时间上也是模糊不清的。日夫科维奇的许多故事都包含着某些特定时期的标志物——如计算机、马车、古代的修道院——但却很少包含

① 瓦莱丽·勃留索夫（1873—1924），俄国象征主义诗歌的领袖和杰出代表，他的影响可与普希金、莱蒙托夫、丘特切夫、费特、涅克拉索夫、巴拉登斯基等齐名。主要诗集有《青春集》、《第三卫队》、《瞬间》等。——译者注

② 伊沃·安德里奇（Ivo Andrić，1892—1975），南斯拉夫小说家、诗人。其代表作《德里纳河上的桥》在1961年获得诺贝尔文学奖。——译者注

非常确定的事件日期或典故。

* * *

日夫科维奇的小说以其故事梦幻般的简化，直指事情的本质而著称。通过着墨不多的描绘，日夫科维奇能给读者提供故事的直接背景，故此，通过我们的想象力，这些背景就会显得栩栩如生。这也是我们所能读到的全部。《车厢》（2004）这部作品的开头，写的是一个男人急匆匆前往火车站去赶火车。但作品并没有告诉我们火车站位于哪个城市，哪个国家，终点何在，这个男人为什么要有这样一趟旅行，故事是从什么发生的。

日夫科维奇的作品既有故事背景也有人物性格。关于《车厢》的主人公，我们只知道他彬彬有礼、和蔼可亲、镇定自如——而这些都是他处理即将面对的车厢里的诡异事件所必备的品质。至于他的职业、背景和名字，日夫科维奇并未加以描写，因为我们无须知道。

日夫科维奇小说的核心特点是省略无关事务。他的故事缺乏外部环境描述及时空的确定性，使任何读者在任何时间和任何地点都能展开阅读。通过省略小说主人公的国籍、背景、文化程度、政治信仰和社会背景，只需生动描写他们的内心生活，日夫科维奇把个人——一丝不苟和个性迥异的个人——和普遍性联系在了一起——他作品中的人物性格因而具备了所有人类的共性特质。

日夫科维奇的小说世界里没有超级英雄、连环杀手、才子佳人或坏人恶霸，取而代之的则是那些普普通通，有点古怪的人物，他们每天的日常生活，如同你我熟悉的生活一样。他们生活的最直接环境是城市中的街道、咖啡店、书店、古董店、医院、图书馆……每一处都通过精致的细节描写而变得栩栩如生。

千真万确，读者也许对一生钟爱读书的谭玛拉小姐的意见不会认同。有一天，在没有任何证据的基础上，谭玛拉认为，无论是谁，但凡读到她馆藏书本中的任何一个句子，她都会立刻死去；同样，读者也无法认可“高贵图书馆”中的那位无名藏书家——他是日夫科维奇2002年获奖的作品《图书馆之家》中的主人公。藏书家借助于一本具有神奇力量的平装书来发动战争，在他癔病般狂热的努力中，那本书在他那排列得异常整齐的书架上反复出现。读者或许对《隐藏的照相机》中的那位在殡仪馆工作的中年人会心存同情。他的工作日日照旧不变，每天打交道的只有死人，没有活人。与他关系最为亲密的也就是他养的那条鱼，他能和鱼儿分享的也只是“彼此之间的冷漠”。终于有一天，冲动之下，他沉湎于一种隐形的力量，鱼儿把他引入到了为重获人性而做出的英雄行动中。

无论我们是否认同日夫科维奇作品中这些神经过敏的主人公，我们仍然能够读懂他的艺术。这些主人公是把我们给放大了。某种程度上，他们身上的善与恶、弱点和缺点都在考验着我们自己抑或是我们所认识的其他人。实际上，他们的尴尬和道德选择也就是我们自己的尴尬和道德选择。

和多数美国奇幻小说家不同的是，日夫科维奇的故事鲜有动作描写。例如，在2007年的《第十二个收藏》的每个故事中，无论是那个反复思考其收藏品——指甲剪、垃圾邮件和他人收藏——的人物，还是那个和收藏家聊天的角色，这个收藏家收藏诸如希望这样的东西，其他的收藏诸如死亡这样的东西（“这种爱好并不像它看上去那么不同寻常，他们是陌生的收藏。”），另外还有濒于死亡者的签名。这类故事显然容易流于枯燥，但日夫科维奇的作品却远离了这一点。他们如同飞驰的列车和活生生的白日梦一般进入读者的脑海里，然后再离去，留下惊愕和奇迹，让人沉思。

日夫科维奇故事的动力不期而然地闯入了不可能的世界和非凡的世界。有些主人公遇见不可能的生物，有些主人公获得不可能的知识，有些主人公则继续着不可能的旅途。对于幸运者来说，这种闯入开启了重新创造自我和自我复活的可能性。他们故事的核心——也是日夫科维奇作品的核心——在于他们如何应对这些不平凡的旅途，面对非凡之旅的反应或许是从恐惧到困惑，从否定到接受，等等，不一而足。例如，2002年出版的《图书馆之家》的叙述者，一天在他的信箱发现了一本名为《世界文学》的皇皇巨著。在他拿出那本书之后，很快又出现了第二本。随后，另一本《语用之错》的书也出现在了他的信箱里。于是，他开始对这些堆积如山的卷册的实效性产生兴趣，最终，当这些书本积攒到8305本之多时，他把这些书都拖到了他两层楼的公寓里：“在我家里，别人也许能找到很多为这些突然出现的东西而惊奇的原因……但我却一点都不觉得奇怪……非同寻常的东西应该让人们去接受其原本的模样，而不需要任何解释。”

* * *

马赛克小说是日夫科维奇为奇幻文学作出的主要贡献。首先，虽然每部马赛克小说看上去是一部短篇小说集，但在阅读过程中，我们却发现每个故事之间的相互作用，以及小说主题的丰富性。情节连贯的故事集是一种古老的文学形式。美国有舍伍德·安德森的《小城故事》(1919)；哥伦比亚有阿尔瓦罗·穆蒂斯[①]的《马可罗的历险遭遇》(1992)；塞尔维亚文学中有达尼洛·吉斯的《伯瑞斯·大卫维希之墓》(1976)，等等。马赛克小说是一种新的形式。

在每部马赛克小说中，一则故事往往会从根本上改变整部故事世界的基本规则。全部故事进而获得新的解读角度和至今都无法被接受的解释。当然，这种转变并不是随心所欲的：读者在沉思，尤其是在重读之后，会显而易见地发现其逻辑性和一致性。但这种转变的效果却是变幻莫测的，有时让人瞬间顿悟，有时则令人头晕目眩。

在日夫科维奇第一部马赛克小说《时间的礼物》（1997）中出现了一个神秘而模糊的角色，这个人——情节令读者相信——也许是个恶魔，分别拜访了以下几位：一位是因为异端邪说等着处死的皇家天文学家，一位是倾其终生研究原始人类语言的不可靠性而备受折磨的老科学家，一位是被其未婚妻之死的阴影所萦绕的手表工匠，一位是禁闭在疗养院的画家。在前三个故事里，这位恶魔客人让每个主角都有一段穿越时间之旅，以便促使他们作出改变人生的抉择。然而，到了第四个故事，日夫科维奇却从根本上转换了我们关于整个故事世界的视角（运用我不愿破坏的方式)，改变和扩展了我们对四个故事的理解。即使是第四个故事的最后一个字母，也开启了小说解读的新方式。在随后的九部马赛克小说里，日夫科维奇完善了这种形式。小说中的各种连接形式——即故事之间的相互作用——变得更为微妙。例如，与《时间的礼物》中的故

① 阿尔瓦罗·穆蒂斯（AlvaroMutis，1923—）是哥伦比亚新小说的先行者。他与加西亚·马尔克斯一样，其文学创作都开始于在波哥大《旁观者报》文学副刊与《理性报》上发表诗歌，2001年荣获西班牙塞万提斯文学奖。——译者注

事共享送信人这样一个角色有所不同的是，这部小说通过诸如事件发生模式、反复出现的图像、感觉主题——如《第十二个收藏》中的颜色——而相互得以连接。叙事的相互作用日渐增多，相互作用的意义也因此而更加丰富。自从他发表《直至最后的四个故事》（2004）以来，日夫科维奇以一种独特的方式，将马赛克小说发展成为一种富有感染力的、引人注目的，而又不失哲理意味的故事形式。

和在马赛克小说里一样，日夫科维奇在其他八部小说中显然对叙事形式给予了关注。非常典型的是，每个故事的结构都很明朗，这促使读者把形式与背景、情节、角色等联系起来一同考虑。日夫科维奇的这种做法并不是在玩文学游戏，而是他阐释作品含义的一种尝试。例如，在《茶馆》（该作品可在《当代世界文学》网站 worldliteraturetoday. com 在线阅读）中，每个人都给主人公格里塔小姐讲了故事，但框架故事的作用在于对这些故事的意义进行点评。

许多当代塞尔维亚文学作品的一个突出现象，是后现代主义作家倾向于关注故事的潜在结构。与欧洲文学相比，在以英语为母语的作者群中，这种情况非常少见。在米洛拉德·帕维奇[①]的小说中，这种情况最为常见。例如，他的《哈扎尔辞典》（1984）描写了哈扎尔人民词汇史的三个不同版本。在作者看来，读者可以按照自己喜欢的顺序，随意阅读这些版本的参考文献。然而，日夫科维奇的作品却从未因此而走得很远。例如，一开始读小说《桥》（2006）中的三个故事，读者感觉自己仿佛进入了一个疯狂的图书奇幻屋中，在那里，事件的发生完全没有规则可言。尽管如此，这些故事的形式还是逐渐揭示出了《桥》的故事世界里亦有规则，只是我们并不了解这些规则罢了。故事的精华是通过结构、技巧和戏剧风格而得以体现的。尽管这部小说充斥着荒唐之事，但《桥》并未否定任何意义；相反，它就像是一部只有作曲家才知道主题的变奏曲。在另一部恰到好处命名为《爱舍尔之圈》（2008）的小说中，这种倾向获得了神化的效果。小说包含四个日趋复杂的部分，每个部分又包含着无数个相互关联的故事。但即便如此，日夫科维奇至今最为复

---

① 米洛拉德·帕维奇（1929—2009），塞尔维亚著名作家、诗人、翻译家、文学史学家。主要作品有《哈扎尔辞典》等。——译者注

杂的作品也能为那些认真的读者们提供清晰的故事阅读线索。

日夫科维奇的每部新作都是惊喜之作。2007 年，他出版了一部出乎每个读者意料的作品：一部经典的侦探惊险小说。在某种程度上，这是一部向翁贝托·埃科的《玫瑰之名》（1980）致敬的作品。有人认为，《最后的书籍》和任何谋杀之谜一样扣人心弦。尽管日夫科维奇费尽心机地按照侦探小说的套路来创作这部作品，但它却不是一部普通意义上的侦探故事。日夫科维奇为我们提供了足够多的线索来解决阅读谜团，然而，要想解决谜团，我们必须大步走出传统侦探小说的模式。在小说最后一章，侦探做出解释（“哪种侦探故事不是如此呢？不是在最后对情节有个解释呢？”），这是作者出于想象力的精心杰作。他为我们作出了逻辑一致、却是惊人逆转的解释——这是典型的日夫科维奇风格，这个解释改变了我们刚才读过的内容，把传统的惊险小说升华为引人深思的严肃文学作品。在我所读过的小说里，《最后的书籍》中的最后一个词为读者提供了最为满意的故事结局。

*　　　　*　　　　*

死亡总是萦绕在日夫科维奇的小说中——死亡并没有它本身那样的冷酷无情，也并不是无所不在的元素。这样一来，日夫科维奇的小说看上去也就不是那么阴郁沉重了。我想立即补充的是，他的许多作品都是蛮有趣味的。即便是《直至最后的四个故事》（2004）——那是日夫科维奇对死亡思考最为深刻的作品——也是如此，也是满书笑声的。

日夫科维奇本质上来说是一个乐观主义者。于他而言，欢笑和爱情总要不可避免地与死亡相关联。因为绝望是人类的命运所在，二者是存在绝望的镇痛剂：我们生而为死，是无情时间的牺牲品，是义无反顾物理之熵的牺牲品，是反复无常的机遇之牺牲品。欢笑赋予超自然力以可能性的答案，但这种超自然力却隐含在日夫科维奇的所有小说中：我们何以能够找到满足感？当我们面对不可避免的死亡时，为什么不心随欢乐而去呢？

日夫科维奇的作品适宜细品慢尝，不妨找个安静的地方，仔细品读，宛如轻抿一口小酒，而不似狂饮啤酒一般。无论故事情节是怎样的离奇，他的叙事声音从来都是静若止水的：无论是描写明媚夏日里公园中的一处长凳，还是一本让任何读到的人都会抓狂的书，他的笔调总是保持着那份优雅和平静，几近宁静。就是在这种语调的一致性中，故事中典型的现实裂隙所产生的影响得以增强。即便是那些章节很短的作品，例如《第十二个收藏》，即便在你的脑海中浮现了出乎意料的情节关联，这本书仍有几个部分值得反复阅读。如果是像我这般的读者，你就会被欲望驱使着，直到小说结尾，再重新回到小说开头，最终，你不得不拜倒在他的笔下。很显然，日夫科维奇的作品是值得反复品味的。

正如胡利奥·科塔萨尔[1]所描述的那样，日夫科维奇作品最为珍奇的地方，是让人难以置信地由小及大而开始，从个体和人类生存状况的本质写起。日夫科维奇的作品属于那种可以和博尔赫斯[2]、卡尔维诺[3]、卡夫卡和爱伦坡等人的作品并排放在书架中的书，这倒并不是因为他的小说与这些名家作品相类似，而是因为日夫科维奇像这些作家一样自成一派，是真正的原创，是因为他是当代奇幻文学艺术的杰出实践者。

选自《当代世界文学》2011 年 11—12 月刊

（金敏娜 陆道夫　译）

---

① 胡利奥·科塔萨尔（Julio Cortázar，1914—1984），短片小说家，被誉为阿根廷“短篇故事大师”，也是魔幻现实主义的代表人物，与加西亚·马尔克斯、马里奥·略萨等作家齐名。代表作有《跳房子》等。——译者注

② 豪尔赫·路易斯·博尔赫斯（Jorge Luis Borges，1899—1986），阿根廷作家，创作体裁包括短文、随笔、诗歌、文学评论、翻译文学等。最著名的短篇集《虚构集》和《阿莱夫》中就汇集了很多共同主题：梦、迷宫、图书馆、虚构的作家和作品、宗教、神祇。他的作品对幻想文学贡献巨大。——译者注

③ 伊塔洛·卡尔维诺（Italo Calvino，1923—1985），意大利新闻工作者，作家，短篇小说家。他的作品采用寓言的形式，奇特又充满想象力，这使他成为 20 世纪最重要的意大利小说家之一。其代表作有《宇宙奇趣》和《零点起始》，风格富有科幻和符号学色彩。——译者注

开辟新领域

［斯里兰卡］皮莱艾尼·桑德拉林格姆*

科学与文学的交叉领域从未这样活跃过。过去几年数量激增的选集的出版，例如《弦上的飞舞：受弦理论启发的创意写作》和《手势与幽默：药之诗》，还有常常举行的会议，众多的研究中心以及基金会也都为探寻这两个学科所分享的共有空间而作出了贡献。美国现代语言学会的文学认知方法研讨组新近增加到1200位成员，而去年单是在欧洲就有12场会议和研讨会，尝试在科学与文学之间建立联系。

然而，就像在任何追求创新的年代一样，现在出现了一种确凿无疑的自我吹捧，一种跳到正在浩荡驶过的最喧嚣嘈杂和唯利是图的宣传车上的趋势。去年的《纽约时报》（2010年3月31日）中有一篇文章提出了“英语中新的大家伙”的说法，他们采访了一组似乎能把自己在文学上点石成金的能力用在神经科学实验室里的文学学者。这些学者的说法五花八门，他们企图创建一种新的科学方法来量化文学的复杂性，以期揭示小说中出现的大量的三角恋渐进变化的基础。过去已经有一些学者关注研究这一领域，如神经学家兼诗人雷蒙德·塔利斯就警告我们不要

* 皮莱艾尼·桑德拉林格姆（Pireeni Sundaralingam），诗人、剧作家。出生于斯里兰卡，曾在牛津大学接受高等教育，目前居住在美国。她已出版很多诗集，部分作品收入牛津和剑桥诗歌选集。其新专辑《跨越忧郁的桥》通过音乐和诗歌审视了身份认同与移民主题。

盲目采用简单的还原论的方法分析文学作品（《神经科学之谬见》，载*TLS*，2008年4月9日）。在通常情况下，每一个学科中对于更加完善细节的严苛要求被促成伙伴关系的急功近利所蒙蔽，不幸的是，那些主流媒体却鲜有资格胜任对两个学科的技术性细节进行充分报道的任务，因而也就难以指出这种下滑的趋势。

因为我们正在不懈地界定这些新领域的本质，所以重视那些生活和工作在两个领域的那些人的思想和他们所做的工作就显得尤为重要了。

在本栏目所发的文章中，获奖作家将分享他们在建立两个学科间联姻的过程中所收获的欣喜和遭遇的苦恼；丹尼尔·阿布斯对韦尔什的诗歌与回忆录做了研究，试图解释他的创作是如何从自己的专业医学训练中获益，二者又是如何矛盾冲突的；剧作家肯尼思·林曾经在康奈尔接受过专业心理学的训练，他勾勒出在戏剧中科学理论与有规律的戏剧结构的结合，能共同创造道德信仰的可能与不可能的方法；物理学家艾伦·莱特曼和哲学家丽贝卡·纽伯格·戈尔茨坦讨论了他们转向写小说以便为自己原来领域的学术研究增加更深层维度思考的原因。

这些文章放在一起，激励我们作为读者去关注这些学科中的方法论或技巧，去质疑作家和科学家是如何为了满足我们阅读的愉悦感而包装信息的。这一专栏里的每一篇文章都在用自己的方式探寻做研究的实质。我们看到了从各种不同角度探索的实验理念，但或许没有比建筑师埃里克·埃林森的散文诗或文章中提到的更实际的了，在那里他以物理学的全景视角研究了通过文学模式、自助式实验来进行城市设计的局限性。当我们探寻处在科学与文学之间的这片沃土时，我们不可避免地要进行新兴语言和修辞的研究，通过这些研究，我们可以发现两者之间潜在的趋同点。本专栏里的五首诗作[①]让我们品味到全世界的当代诗人怎样在语言领域探索实验，从顽皮的计算机语言与有机结构的对应，到探究外部天气系统的语言和人体内部运转之间富含隐喻的遥相呼应。

---

① 本期《当代世界文学》中国版未收这五首诗。——译者注

动物学家兼小说家弗拉基尼尔·纳博科夫曾问道：“难道不存在一个科学知识的山坡与艺术想象的背坡相连接的山脊地带吗？”在下面的内容中，我们就邀请您加入到那些以这高峻的山脊为家的作家们的中间。

写于旧金山

选自《当代世界文学》2011年1—2月刊

（刘希原 译）

诗歌与科学：相杀或相生？

［斯里兰卡］皮莱艾尼·桑德拉林格姆

大千世界，万物众生，行于其间我们会遇到各式各样的物种间关系，从捕食和腐食关系到寄生和互惠共生关系。虽然主流思想仍将诗歌和科学视为宿敌，然而，如果我们换个角度同有机界复杂多样的物种间关系作个类比的话，或许能更好地理解这两个学科间复杂的相互关系。

第一，我们就诗歌与科学间纯粹寄生关系的观点着手讨论。当然，目前我们看到的很多诗歌都是从公认的科学发现中汲取概念，对它稍加修饰，简单描述而成。这类颂诗勉励我们去关注土星环的数量，去研究蝌蚪和青蛙的关系。确实，这些作品赞美了科学，但是这好比家庭聚会上泪眼婆娑的远房亲戚执意要重述登月一样，他们的见解实际上平淡无奇，都是陈词滥调，目的不过是竭力吸引注意，或者更不堪地想要赚些快钱。这些诗总是着眼于对自己有利的机会，自然会欢欢喜喜地将伦敦桥转售给我们。这类诗严重依附于另一学科，跛行其后，它们赞美的与其说是科学不如说是它们自己。它们很少涉及科学理论前沿，或敢于用全新的比喻重新构想科学资料。它们从科学那里吸收了语言和意象，却没有回馈多少东西。

然而，我们也可以积极地来看待诗人从科学中汲取灵感这件事。很多诗人在努力理解非科学领域时都会借助于科学的语言和图像，并赋予它们新的寓意。因此，在诗《自残》中，维斯拉瓦·辛波丝卡就挪用了海参的形象和海参遇袭时会自动防御、自断为两部分的事实。这首诗探讨的是一个人的生活和创作会造成两种截然不同的存在状态，并且对任何一个状态能否在周围黑暗环境下长久保持下来提出质疑。诗人利用科学发现并为己所用的优良传统由来已久，辛波丝卡只是其中之一。柯勒律治声称去英国科学研究所听汉弗莱·戴维的科学讲座就是为了“更新我的词汇库”。济慈完成了六年的医学培训，似乎很乐意利用所学来创作诗歌。安·汤森特曾在对济慈作品如《心灵颂》的分析中写到，一次神经解剖学研究揭示了一组意想不到的构造，济慈深受启发，创作了关于身份和记忆的作品，影射那些精细的蔓延的神经脉络。

当然，也有人反诉说，事实上如果不是直接的，那么至少间接的都是科学在迫害诗歌，就像桉树的叶子会分解出毒素防止其他物种在其周围生长一样。科学通过破坏诗歌赖以生存的环境进而摧毁了诗歌，类似的假说有以下几种：第一，有人认为科学传播一种知识霸权，灌输单一思维模式，扼杀所有其他的话语权，这其中就包括诗歌。学者们如简·鲁伯特告诫我们：“经验科学的暴政和单一的理性哲学对其他推理模式的合法性置若罔闻，这导致那些同样伟大的思想越来越少。”诗人们如切斯瓦夫·米沃什哀叹：“（诗人们）……代表全人类发出呼声，渴望从二二得四这种如算数一样冷酷无情的世界获得解放。”这些评论家或许都忽略一个事实，那就是诗歌本身也同样会被用来限制那些知识探索的真正模式。普利莫·李维在他的回忆录《如果这是一个人》中写道，在他的年轻时代，意大利的诗歌如此坚决地大肆宣传法西斯体制思想以至于扼杀其他所有思想的可能性。这迫使李维和他同时代的大部分人在数学和科学领域找到知识和创作的庇护所，因为那里是唯一保留了知识自由空间的地方。

第二，有人认为科学的简化主义架构对幻想不留余地。在其冗长的诗篇《耶路撒冷》中，威廉·布莱克一度谴责培根和牛顿的理性主义立场，指责他们葬送了精神美感：

> 培根和牛顿，他们的恐怖，在于用阴冷的刀剑，横扫了大不列颠的温情；理性如同巨蟒，缠绕着我们的肢体。

然而，相对于每个谴责科学“毁坏了彩虹”的诗人，总是有其他人支持科学事业。华兹华斯和谢里丹都曾为各自时代的科学突破高唱赞歌，布莱克本人在《耶路撒冷》结尾描绘的天堂的样子也是培根和牛顿站在莎翁和弥尔顿的身侧。那些声称科学和诗歌绝对对立的人常常争辩说，为了解释我们周围的世界，科学会使世界失去神秘色彩。然而，正是科学展示了远在莎士比亚提笔写作之前，北极星散发的光开始了自己的旅程。科学发现远非传说的那样使整个世界毫无奇迹可言，从太空的暗黑能量到人体细胞的重复密码，这些科学发现反而向我们证明了，即便是科学发现的最普通的结构也只有在梦中才会呈现。如果诗歌是要把我们所熟悉的事物陌生化，正如雪莱所说，那么它就与科学的精粹相差无几。

第三，有一种普遍的观点，至少在西方文化里，认为诗歌充满想象力的精神不可避免地会被“冰冷的”、量化的、程式化的科学所毁灭掉。但是，这样的控诉并不是建立在对同类事物进行比较的基础上的。他们将方法论与创造力，规章与灵感进行比较，好像科学就完全没有模式转换和横向思维，诗歌就完全不受限制，不必精雕细琢一样。科学或许凭借的是一丝不苟的观察，小心谨慎的记录，和对细枝末节的关注，但为了不断发展，科学同时也需要吸纳新奇的观点和革新的模式。因此，伊凡吉利斯坦·托里拆利的研究，用他 1644 年一句激进的言论作为总结，那就是“我们是生活在大气组成的海底之下的”。他的研究不仅帮助催化了气压测定法和化学研究领域的迅猛发展，而且引发了对血压性质的重新思考，最终推动了对循环系统认知的根本性进步。反之，我们看到不同文化的文学中都有明显的例子可以说明诗歌写作要遵循严格的规定，更不用说某些当代美国学术期刊常常强调如何小心恰当地运用抑扬格和行内韵的手法。（有意思的是，那些谴责科学毁掉了诗歌“自然”环境的语调同样也经常被用来谴责形式诗歌的写作方法。）

不管怎样，在判断诗歌和科学之间的联系时，我们不必把自己局限于资源竞争或寄生的模式中。更仔细地研究下有机界就会发现不同物种间存在多种形式的互惠共生的关系，比如地衣类。两个物种间关系如此错综复杂，像蓝藻细菌就生长在真菌里那样，以至于被误认为一种有机体。海藻通过光合作用把单糖转化成更复杂的化合物，这种化合物可以被二者吸收；同时外围的真菌利用自己广泛蔓延的菌丝吸收更多的矿物质，而这些矿物质更多的是被海藻细胞吸收了。

撇开当代西方文学来看，我们发现有很多科学和诗歌互惠互利关系的例子。古罗马诗人卢克莱修抓住了希腊原子论者的突破性观点——物理世界的所有物体都是由极微小的肉眼不可见的粒子组成的，在无穷无尽的虚空里和生气勃勃的诗行间随意游走。卢克莱修不仅解释了原子论的基本假说，在他灵动的诗中也着重描绘了早期的科学观点，影响力如此之大以至于世世代代流传于人类的集体记忆和想象中。直至两千年后才有数据证实这些假说的正确性，但是在此期间，这种理论却是由诗歌保留并提出的。无独有偶，古印度学者把当时的科学观点都小心措辞写成了诗文，比如《化学》、《物理》、《生物》，分别对应记载了关于化学、物理和生物的原理（《化学》描写了不同形态的水银和很多其他药剂的多种用途）。同样的，伊拉斯莫斯·达尔文[①]的诗《对植物的爱》，用足足两千行的诗文作载体来讲述当时的科学理念。写下这首诗，老达尔文目标十分明确，就是要把林奈的革命性理念通过鲜明的图像和英雄双行体的形式解释给公众。

我们应该注意一点，那就是诗歌不只是简单地来描述科学理论，它也可能是丰富的资料来源。在某些情况下，诗歌供给科学家们更广泛的空间，就像长在真菌里面的海藻一样，帮助收集科学本身很难触及的信息。这样的例子不胜枚举，诗歌也许提供案例研究的蛛丝马迹，科学家随后便会进行实验探索。比如，野外生物学家盖里·纳班说由奥哈姆部落巫医所写的著名的颂诗记载了曼陀罗属植物含有某些化学成分具有使人产生幻觉的特性，这是有关药物对人类和其他物种产生影响的首次记载。在这些诗歌公布八十年后，神经生物学家现在才开始系统分析写索诺兰沙漠的诗中阐述的神经机制。

科学和诗歌相互影响的更现代的例子就是神经美学新领域的出现。在这一领域，先驱科学家们如拉玛钱德朗探索人类大脑的未知领域，所用的监测大脑皮层功能边界的工具不再是手术刀和电极，而是比喻和意象。拉玛钱德朗指出，在检查日常英语中常用的交互感应隐喻手法时，特别是诗歌方面，并不是所有感官都一样的。有些感官组合在诗中是有意义的，有些则不然。因此，触觉形容词常常用来描述味觉感受，但是听觉形容词却极少拿来表达口味如何。所以，我们可以接受别人说奶酪是“酸的”，但是绝对不会说奶酪是“大声的”。但是，我们却可以说一件衬衫的样式很“花哨”。拉玛钱德朗说这样的语言模式也许反映出一

---

① 伊拉斯莫斯·达尔文（1731—1802），英国医学家、植物学家、诗人。——译者注

个事实，那就是触觉和味觉功能区之间，听觉和视觉功能区之间的大脑皮层区或许有更多的神经中枢连接，而味觉和听觉功能区之间的神经中枢则相对较少。比如，已经有研究发现岛叶皮层（负责接收味觉信号）相对来说距离那些处理触觉信息的皮质区更近。拉玛钱德朗还暗示说，之所以有些人文采斐然，娴于辞令，善于把不相关的对象和想法联系在一起，是因为他们的大脑皮层区密集的“超级链接”，毫无疑问这个假设对诗人们而言意义重大。

关于隐喻的研究毋庸置疑正成为认知科学的重要部分，也是诗歌与科学未来和谐靠拢的一条重要途径。亚里士多德在《诗学》中宣称，掌握了隐喻是“一种有天赋的象征，因为一个好的比喻展示的是从不同事物中发掘相似性的直觉能力”。当然，当代认知科学家像莱考夫和约翰逊认为，我们使用隐喻性语言根源就在于人类的抽象思维。他们指出我们能掌握诸如时间、道德和理性等抽象概念，是因为我们把这些概念投射到了空间关系的框架里面；我们利用比喻手法，通过对物理世界的认知来探索其他领域。例如，莱考夫和约翰逊指出当我们谈到道德，我们用到的措辞（比如“他很高尚”，“她是个正直的人”，“他坠入堕落的深渊”）对应到空间词汇上都会用更高的来形容美德，用更低的来形容悖德之举，即便我们这么说并没有什么内在或合理的理由。

为判断隐喻在组织我们思考过程中的重要性，认知科学家实施了另一项被称为“启动”效应的研究。实验者如耶鲁大学的约翰·巴赫称越来越多的证据证明，在特定条件下，人们很难分辨出字面义和比喻义的区别。巴赫和他的同事向我们展示了如果把人置于不相干的胜利感觉下，并且这种感觉又有一定隐喻的意义，这时要求他们就某事物作出评判的话，他们的判断很大程度上会受到这种感觉的影响，或者说是被启发。因此，如果参与者在前去测试的路上有一会儿握了一杯暖茶的话，那么他接下来对陌生人品格的判断很大程度上会是“热情的”。同样的，手拿厚厚文件夹的应聘者更容易显得庄重，有见地（要注意文件夹的厚度并不影响对参与者的其他性格的评价，只会影响参与者身体给人感觉的隐喻表征）。正如这些实验展示的那样，人类大脑似乎很容易混淆比喻义和字面意义。这些发现正好附和了其他研究者的结论，感官上的厌恶（比如闻到腐烂食物的反应）和精神上的厌恶都是由大脑的同一个区域即前脑岛负责的。这或许解释了为什么我们表达道德谴责意义的意象和比喻会经常被搬来表达更直接的感官反应。

最后，或许科学与诗歌只有在二者都在解决共同问题的情况下才会产生最深厚的共生利益。最佳的例证或许就是米洛斯拉夫·赫鲁伯的诗《血友病/洛杉矶》了。诗中作者把病的生理结构影射为城市的高速公路网。然而，它不是简单地把一种系统比喻成另一种系统。反而，它开创性地借用城市自毁式的内部元素意象和污染的循环来重新评判疾病模型，主张生物细胞死亡和病毒基因密码重组对多细胞物种整体健康状况具有重要的意义。当然，既是获奖诗人又是杰出流行病学家的赫鲁伯有他自己的优势，但是我们仍希望未来科学和诗歌两大学科能够重归于好，这样才会有更多类似的互惠互利的合作出现。

选自《当代世界文学》2011 年 1—2 月刊

（孙巧玲　译）

搭建文化之桥

——艾伦·莱特曼与丽贝卡·纽伯格·戈尔茨坦对话录

[美] 艾伦·莱特曼* 丽贝卡·戈尔茨坦**

物理学家艾伦·莱特曼和哲学家丽贝卡·纽伯格·戈尔茨坦在他们最近的交流中，反思了“对于人类未知道路的思考和感知”以及他们在小说中如何通过设计“情感实验”来探究理性思考的局限性的问题。

亲爱的艾伦：

首先我要感谢你对这种电子对话方式的首肯，我知道你对这种交流方式怀有严重的疑惧。你对它的厌恶正如我之于电话的排斥。（我讨厌电话是因为它不允许长时间沉默的存在。如果一个人太久没有说话，电话那边的人就会不停地问：“你还在吗？”）

我想我将会从那个相当明显的、强调我们相似性的问题开始。我们都有过那种也许会被认为是“非常规”的写作生涯，因为我们的起点都是某一科技领域的学者——你研究物理学和宇宙学，我研究分析

---

* 艾伦·莱特曼（Alan Lightman，1948—），美国物理学家、小说家及散文家，曾任教于哈佛大学及麻省理工学院，并且是麻省理工学院获得自然科学和人文社会科学双重教职的第一人。现已出版小说五部、散文集两部、长篇叙事诗一首及科学著作数部，代表作有小说《爱因斯坦之梦》（*Einstein's Dreams*，1983）及《诊断》（*The Diagnosis*，2000）。

** 丽贝卡·纽伯格·戈尔茨坦（Rebecca Newberger Goldstein，1950—），美国作家、哲学家、教育家。现已出版文学及其他类著作 9 部，曾获“麦克阿瑟天才奖”等多个奖项。近作有小说《上帝存在的 36 个理由——一部虚构作品》（*36 Arguments for the Existence of God: A Work of Fiction*，2010）。

哲学并专注于科学哲学——而且都是在那些领域获得认可之后，才转向写作。这是你一直以来的计划，还是这种职业转向也让你本人大吃一惊呢？

我不得不承认，于我而言，这次文学转向是有点让我吃惊。我一直以来都热爱文学——对我来说，定期地让自己饕餮一顿小说和诗歌几乎是一种生理需要——但我从未打算把这种激情当做职业，直到我发现自己……呃，几乎是在恍惚之中开始了小说创作。回首过去，我知道我所有的饕餮经历是如何为我成为一名小说家而做准备的，但我绝对没有任何自觉的文学意图，直到在我的第一部小说的第一句话里，一个人物角色朝我发出她自己的声音："经常有人问我，如果嫁给一个天才将会怎样。"这是亨利·詹姆斯所谓的"主题"，我就那样接受了这个概念，然后坐下来写了那部小说《身心问题》。我不得不说，我其他的书，不管是虚构性还是非虚构性的，没有一本以同样专横的方式到来。

告诉我你跨入小说领域的经历。你一直以来都意识到科学和文学是你都会涉足的道路吗？在发现自己写作那部出色的《爱因斯坦之梦》时，你感到惊讶吗？

亟盼回复的

丽贝卡

亲爱的丽贝卡：

很高兴能和你一起谈谈我们的职业生涯，尽管我希望这种对话是面对面的。但我理解你现在经常是人在旅途，而这种电子形式是唯一可能的交流方式。

对于我的文学职业生涯的勃兴，我既意外又不意外。因为自年轻时候开始，我就同时酷爱科学和文学。我制造火箭和小机器，在显微镜下观察东西。我在卧室旁边的储藏室里建造了一个小型实验室，把各种各样的化学用品放在那里，像本生灯[①]、试管、电池、电线、电阻器以及

① 原文为"Bunsen burners"，是一种以煤气作燃料的化学实验室用灯，为德国化学家本生（Robert Wilhelm Bunsen，1811—1899）发明，故名。——译者注

电容器等等。我同样热爱阅读，还创作诗歌。诗歌是我的第一种写作形式。我在那个年纪（8 岁至 16 岁）写的诗几乎都让人不忍卒读，但这是我表达情感和想法的一个途径。从很小年纪我就擅长哲思（我敢肯定你也一样），我创作关于死亡和存在之谜的诗歌，为让我着迷的 13 岁的姑娘们吟词作赋。我同样喜爱诗歌的韵律和声音。我喜爱那些有趣的词语发出的声音。

我的朋友很明显地分为两派："艺术家"（注重直觉的、自然产生的等）和"科学家"（讲求逻辑的、深思熟虑的等）。我轻松地游弋于这两派朋友（他们没有交集）之间，并发现自己跟艺术家朋友在一起时像个"艺术家"，跟科学家朋友在一起时像个"科学家"。因此，我很清楚自己拥有这两种不同的能力和兴趣，而且在这两方面的结合是非同常人的。我的朋友、父母和老师们并没有严苛地给我的"双重能力"泼冷水，但他们曾明确表示，如果我遵循这个或那个方向，而不是同时遵循两个的话，生活对于我来说将会更轻松一些。尽管在高中时我就知道了 C. P. 斯诺[①]，阅读了雷切尔·卡森[②]的书——《沉默之春》中的部分内容，并意识到"嘿，这儿有一位能用文学形式写作的科学家"，但是，我找不到一位同时身为科学家和艺术家的榜样。

我不确定自己对于职业选择有明确的想法，但是我不想放弃自己的"双重能力"。在某种程度上，这变成了一个现实问题。我不得不选择一个主修专业。我了解有几位科学家（斯诺、卡森）后来成了作家，但没听说过后来成了科学家的艺术家，所以并不了解这一事实的存在基础的我，就直接接受了这一事实，并选择物理学作为主修专业（在普林斯顿大学）。但是，我上了大量文学、哲学等方面的课程，甚至还参加了杰出的普林斯顿大学雕塑家乔·布朗的雕塑工作室课程。又一次，作为一个现实问题，我进入了物理学研究生院（加州理工学院），但甚至在那里我还是上了一些哲学课程。这时，我已经开始在不起眼的文学杂志上发表诗歌。到了 1980 年左右，我开始在写作上花费大量时间，

---

① C. P. 斯诺（C. P. Snow，1905—1980），英国物理学家、小说家。代表作是描写英国当代生活压力的 11 卷本系列小说《陌生人和兄弟们》（*Strangers and Brothers*）。——译者注

② 雷切尔·卡森（Rachel Carson，1907—1964），美国生物学家、作家。她的小说《寂静的春天》（*Silent Spring*，1962）引起大众对于化学杀虫剂危害问题的关注。——译者注

这是我拿到博士学位6年之后，而且我已经在科学领域找到一份稳定工作（在哈佛—史密松天体物理中心）。同时，我开始为一个由美国科学促进协会出版的名为《科学80》的杂志写作科学散文（我最初的几篇科学散文发表于《史密松杂志》上）。我发现散文是一种绝佳的写作形式，因为我可以同时是传播知识的、富于个性的、哲思的和诗性的。现在我仍然为我早年的一些文章感到骄傲。几年之后，我出版了一本散文合集，还在《纽约客》上发表了一些散文。《纽约客》的编辑威廉·肖恩以及约翰·麦克菲都读了我的文章并给予我鼓励。带着这些鼓励，我开始对自己的文章进行实验——突破其自身局限，增添虚构性因素。1991年左右，那是我从哈佛大学转到麻省理工学院（在这里我得到一个兼顾自然和人文科学的职位）之后不久，我产生了写作《爱因斯坦之梦》的想法，这是我的第一本虚构性作品。但正如你所能看到的那样，我是循序渐进地走向文学的。事实上，我已经发表了一些单独的“幻想”类型的文章，它们与《爱因斯坦之梦》中的章节非常相似。因此，能走到这一步并不让我感到意外，但这本书的大获成功却令我（以及所有人）大吃一惊。

针对你所提出的我是否对自己文学生涯的开端感到意外的问题，以上就是我的冗长回答。我还可以做些补充，我记得在20世纪80年代早期和中期，我曾因为担心我的科学同行们会不认同我面向大众的写作而焦虑。在那一时期，我深浸在科学团体之中，而在那里没有多少面向大众写作的在职科学家。那时候雷切尔·卡森、刘易斯·托马斯[①]、斯蒂芬·杰伊·古尔德[②]、洛伦·艾斯利[③]都没有写作很久。在科学团体中存在一种确定无疑的氛围：如果你为大众写作，而不是把时间百分之百地投入到研究上，那你就是在发疯。当然，现在的情况已经不可同日而语

① 刘易斯·托马斯（Lewis Thomas，1913—1993），美国物理学家、诗人、散文家、词源学家。其散文作品曾获1974年“美国国家图书奖”。——译者注

② 斯蒂芬·杰伊·古尔德（Stephen Jay Gould，1941—2002），美国古生物学家、历史学家、作家，曾任教于哈佛大学、纽约大学。其代表作《熊猫的指头》（*The Panda's Thumb*，1980）、《人的误测》（*The Mismeasure of Man*，1981）曾获“美国国家图书奖”。——译者注

③ 洛伦·艾斯利（Loren Eiseley，1907—1977），美国人类学家、古生物学家、作家，曾任教于宾夕法尼亚大学。被媒体称为“富于想象力和优雅气质的学者和作家”、“当代梭罗”。——译者注

了。现在有许多在职科学家也同时是文学作家，而且他们受到赞誉。记得在 80 年代中期，我跟斯蒂芬·杰伊·古尔德一起吃午饭时，还讨论过这个问题。

充满欣赏与深情的

艾　伦

亲爱的艾伦：

看来跟我相比，你对于自己的未来设计有着长远清晰的考虑。我则是不自觉地摸索着走上了这条道路。我怀疑这跟我的宗教家庭背景有关。女孩对于自己的未来有宏伟规划这种想法是不可思议的，而且从没有人教给我培养志向的艺术。我只是近乎盲目地被我所感兴趣的东西所引导。

与你相同，我的这些倾向很早就表现出来了。我的家庭不是太富裕，买不起儿童书籍。所以每个周五下午，我和兄弟姐妹们就被带到公共图书馆读安息日的阅读材料，因为从周五日落到周六日落这段时间，除了读书我们不能做任何其他事情。从可以自己读书的那时候起，我就制定了严格的规则。每次去图书馆，我都会取出两本书：一本是“于我有益的”书，通常是非虚构类的；另一本是“娱乐的”书，通常是虚构类的。而且在读完“于我有益的”书之前，我绝不允许自己去读“娱乐的”书。所以我想贯穿我一生的，喜爱但又有些疏离虚构性作品的阅读习惯，就是从那时开始养成的。

恰巧正是一本“于我有益的”的书第一次点燃了我的热情。那是一本关于原子的书，它向我传递了一条绝对让我震惊的消息，我周围的物体并非像它们表面看起来的那样，是固体形态，而是由微小无色、在空间中有序飞转的小块组成。我 6 岁的世界发生了一场地震。好像是当我看世界——包括那些我如此钟爱的好看颜色——的时候，它不再就只是存在在那儿，存在在物体中，从某种程度上，更像是存在于那些飞转的小块和我之间的互动。这个令人震惊的消息把我的世界彻底改变了。我记得自己恍恍惚惚地走来走去，思考着：“内在是这样的，但外在是……怎样的呢?”“内在”和“外在”的这一整套想法震撼了我。没有任何人可以跟我讨论这一切，所以我只是继续阅读我所能读到的任何东西。原来有人真正知道“外在”的意思，他们被称作“科学家”。伙计，这些科学家可非同常人。他们好像正在践行一项几乎不可想象的技艺，到达他们的思想之外。他们都是怎么做的呢？我对科学家的敬畏并没有使我产生当一名科学家的想法——如前所述，我很缺乏思考个人未来的艺术——但是，我的确想弄明白他们是怎样进行当前的工作的，也许甚至想在我的有生之年见到他们其中的一位，然后一直问他问题。这就是那时候我最大的抱负。但当我长大一些以后，我又的确是非常热切地渴望脱离我自己狭隘世界的“内在”，而走到“外在”，到达能够探索广阔世界知识的地方。

当我进入大学——哥伦比亚大学巴纳德学院，能够有幸进入这所学校本身就是一个传奇——我特别享受数学和物理课程，但我发现哲学课程，特别是认识论、科学哲学以及数学课程哲学，最能吸引我的兴趣。我仍然搞不懂这些问题：我们是如何知晓已知事物的；如果真能做到的话，我们是如何在“内在”与“外在”的空间之间穿梭的。我要承认：就文学和艺术而言，我从未上过一节相关课程。我仍然抱有童年时期的偏见：虚构性作品只是用于娱乐的，是那种只有我在努力掌握了“真正的”知识之后，才能让自己沉浸在其中的东西。也许因为我所获得的教育并不是想当然的，所以我感觉自己不能把它浪费在学习那些只能给予我沉醉式快乐的东西上面。

从巴纳德学院毕业之后我去了普林斯顿大学，并获得哲学学位。鉴于我童年时期对于“内在”、“外在”问题的痴迷，我的论文论题关注于我们现在所谓的“意识的难题”[①] 也就毫不奇怪了，尽管那时候我们只是简单地把它称作“心脑问题”。我带着自己将会从事科学哲学的核心工作——也许是量子机械学的基础——的想法来到普林斯顿大学，但是我被汤姆·内格尔的颇富创见的论文《做一只蝙蝠会怎样?》深深吸引，并决定与他合作（那时他还在普林斯顿大学）。我很少想过，在获得博

① 原文为“the hard problem of consciousness”。澳大利亚哲学家 D. J. 查默斯（D. J. Chalmers, 1966—）在其论文《勇敢面对意识的难题》（“Facing Up to the Problem of Consciousness”, 1994）中把意识问题分为容易的与困难的两类，“意识的难题”主要是指主观经验为什么以及怎样从大脑神经的功能活动中产生的问题。——译者注

士学位和一份满意工作的几年之后，我竟会出版一部小说——什么东西不行，竟然是小说！——它的名字是《心脑问题》。我仍然没有学会如何野心勃勃地去规划未来，或者说我从不敢这样做。我本该明白在一个男性占主导地位的领域，一位年轻女性如果想引起同事们足够重视的话，出版小说可不是什么应当做的事情。也许只有跟我一样从狭隘背景中走出来的人，才会像我这样不知其然。

我已经提到自己的宗教背景，这让我想起要问你的下一个问题，它跟我们职业生涯的另一个惊人的相似之处有关。你和我最近都出版了——粗略地说——探索理性和信仰之间的那片空间的作品。你的小说《幽灵》关注的是一个可能拥有超自然体验的人——他本人尚未准备好去相信这种体验——以及其他人利用这种模糊体验的方式。我的小说《上帝存在的36个理由——一部虚构作品》所关注的是当代关于科学与宗教的论争。我的主人公卡斯·塞尔策是一位宗教心理学家，他出版了一本在畅销书排行榜上遥遥领先的无神论作品，成为世俗主义的代言人，但是他同样表现出一种超验倾向，并被人戏称为“有灵魂的无神论者”。

我怀疑如果让你在理性/信仰之间选择的话，你会跟我一样站在理性人群这边；然而，我想我们二人也都倾向于带着同感之心去关注“另一边”，而且跟其他理性主义者相比，可能我们都更愿意去包容这两者之间的模棱两可和冲突纷争。这就是你不得不创作这个主题的小说的原因吗？是因为人类的理解力是有局限的，而小说却能展现人类的这一两难境地吗？尽管你正在做，但也许你能够解决借小说来囊括其他写作形式所不能囊括的内容这一基本问题。你在做这些时，或许也涉及了另一个问题，小说能够承载其他写作形式所不能做到的。是什么使你决定去创作一部智识或困境主题的小说或诗歌的，为什么不是一篇散文或纪实性作品呢？

满怀热忱祝愿的

丽贝卡

亲爱的丽贝卡：

不知道我是否可以先试着回答第二个问题：为什么用虚构性而不是非虚构性作品来表达观点和智识主题？首先，我会说就人类而言，并不存在纯粹的智识主题。我们关注的万事万物都拥有一个情感维度。我远非大脑方面的专家，但是杏仁体①——我们大脑中处理情感的部分——是一个在数百万年前就因生存之用而被创造出来的非常基本的器官，而且它很可能在某种程度上与我们的每一个想法都有关系，无论我们喜欢与否。智人②在智识上衍化显著，但在情感上却并非如此。看看所有那些被婚外情问题毁掉职业生涯的法官、参议员和将军们。如果你想让一个人真正地关注某种事物，不管这事物是不是智识方面的，你都需要刺激到他的杏仁体。我敢说，阅读小说跟阅读历史或天文物理或哲学类的书籍大为不同。阅读小说时，我们被带到场景之中，我们闻到亚麻籽油的味道，听到一位祖父嘶哑的嗓音，看到远处着火房屋升起的烟雾。我们感受到善良人物的喜悦与痛苦。不管是有意识还是无意识地，我们进入了一个由小说家所创造的世界，并在内心深处体验诸事物。语言、行动和场景在情感上给我们留下极为深刻的印象。当然非虚构性作品就其自身而言是极其重要的，拥有其独特优势，而且确实有一些读者不愿意抱着十英尺厚的字典去读小说。在非虚构性作品中，我们可以呈现给读者大量事实，甚至于对事实的理解。（我相信《纽约客》的第一任主编哈罗德·罗斯的话："我从未遇到过不喜欢的事实。"）但如果我们想要深入读者的原始大脑（以及他的皮肤和血液），虚构性作品则表现出了优势。简略地说，我的小说《诊断》关注的是美国人对于金钱、速度和信息的痴迷现象，但当我开始写作这部小说时，我首先列出了一部类似于乔纳森·谢尔③所写的《地球的命运》的非虚构性作品的大纲。事实上，我写出了关于这个主题的几个事实性章节，证明了诸如消费、生产力、时间损失等问题。接着，写到一半的时候，我意识到我真正想要的是一

---

① 原文为"amygdala"，是大脑颞叶内侧左右对称分布的两个形似杏仁的神经元聚集组织，具有调节内脏活动和产生情感的功能。——译者注

② 原文为"Homo sapiens"，意为"有智慧的人"，是人在生物学上的学名。——译者注

③ 乔纳森·谢尔（Jonathan Schell，1943—），美国作家。其小说《地球的命运》（*The Fate of the Earth*，1982）曾获"《洛杉矶时报》图书奖"。——译者注

种智识能力，一种生存于世的方式，一种精神的破产。我决定用小说形式来处理这些心理学层面的问题会更为合适。在虚构性作品中，我可以使读者感受到美国现代生活的疯狂，使读者进入这种疯狂的个体受害者的大脑内部。

现在到了你的第一个问题：为什么我把虚构性作品作为处理科学与宗教分歧的一种写作方法？为什么不对这两种看待世界的不同方法以及它们的光荣历史进行讨论，也许进行几个案例研究，衡量二者利弊得失，并在最后决定支持这边或那边呢？首先，我感觉科学和宗教是塑造我们已知文明的最为强大的两股力量。无论在一个人那里哪种观点占了上风，他都不能够摒弃二者中的另一个（像理查德·道金斯[①]、萨姆·哈里斯[②]及其他人所做的那样）。相反，一个人必须试着去理解为什么这两种世界观的力量会如此强大。从我个人来讲，我当然把科学世界观当做一种理解自然宇宙的必要方式。但是我同样相信存在超出科学范围的思想和有趣问题的领域，比如："爱的本质是什么？"或者："在战争中杀人是否正确？"就我个人而言，我不相信是某种智能生物创造了宇宙。但科学并不能否定这样的说法。在阅读完威廉·詹姆斯的《宗教经验的类型》这样伟大的作品之后，一个理性的人必须承认，宗教满足了我们每个人都有的情感和心理需求。在《幽灵》中，我想要更好地挖掘并试图更好地理解这些需求。我从一个理性的人起笔，让他经历一种非理性的、"超自然"的体验。他会对这种体验做出怎样的反应？他会否定它吗？或者他会满怀绝望地试图对它做出解释，为非理性事件做出一些理性解释吗？再或者他自己的世界观会改变吗？随着我的主人公对这种体验作出反应并随之发展变化，他经历了以上所有阶段。我想同时理解并传达给读者一种主要是情感性的体验，一种对于一个人对事物本质理解过程的严苛的、从心理学上来讲激烈的再考察。跟读者相比，我如何更好地

① 理查德·道金斯（Richard Dawkins，1941—），英国动物学家、行为学家。他是无神论的坚定拥护者，通过著作支持和宣传达尔文进化论，并积极参与关于宗教与无神论的公开辩论。——译者注

② 萨姆·哈里斯（Sam Harris，1967—），美国作家。他分别从斯坦福大学及加州大学洛杉矶分校获得哲学学士学位及神经科学博士学位，致力于科学知识的传播。代表作有《信仰的终结》（*The End of Faith*，2004），《给基督教国家的一封信》（*Letter to a Christian Nation*，2006）《道德图景》（*The Moral Landscape*，2010）等。——译者注

在情感上参与进文本之中？意即如何用小说家能够利用的所有技巧，以小说的形式来表现叙述？在某种程度上，这部小说和其他许多小说都像是一次次情感试验。你把人物角色放进一个艰难的环境之中，然后看他们将如何反应。作为作者的你不能提前想到他们的反应。如果你这样做的话，就不是一次诚实的实验了。这样就成了一次提前得到结论的实验，就像是那些测量了数十年错误光速的物理学家，因为他们以为自己知道了数据应该是多少，所以就不停地摆弄仪器直到得出他们所期待的数据。作为作者的你应该在把你的人物角色放进艰难的环境之后，就站在后面等着、听着，最终他会以一种真实的或者说有时是惊人的方式作出反应。当一个人物角色使作者吃惊的时候，这往往是极佳的，因为那时候你知道你已经完成一次诚实的实验，并发现了一些新东西。我本人从未有过超自然的体验，但是我想知道一个像我这样的人会对这样一种体验作出什么样的反应，所以我在小说中创造了这样一次实验。结果我对于宗教体验的意义有了更深的理解。我希望我已经把这理解的一部分传达给了读者。

你的艾伦

2010 年 10 月

选自《当代世界文学》2011 年 1—2 月刊

（李慧娟　译）

通往崇高的对角线延伸：戏剧中的科学

[美] 肯尼思·林*

一场由国家科学基金会赞助的会议在纽约城市大学研究生中心举行，会议主题为“通过表演艺术将科学传达给大众”。格雷姆·吉利斯，全校工作室剧院的斯隆项目的负责人，集合艺术界和科学界的卓越才智，宣告了一种“新兴的美国戏剧形式”的出现——科学剧。通过委托制作、培育、演出和支持新型的美国科学剧，全校工作室剧院和其他一些受人尊敬的机构，如斯隆基金会、圣芭芭拉大学、肯尼迪中心和曼哈顿戏剧俱乐部，已经使这种戏剧形式成为一种时尚，但一些重要问题被回避了。为什么是戏剧被选中成为考察科学的艺术形式？当一个阶级（科学家）高于另一个阶级（艺术家）的系统产生时，后果是什么？为什么科学家需要艺术家帮忙去向世界解释科学及其自身？

*　　　*　　　*

1959 年，查尔斯·珀西·斯诺，英国物理学家兼小说家，在剑桥发表了一个著名的演讲：“两种文化”。在演讲中，他哀悼自己在英国知识界两个阵营之间见到的越来越大的分歧。这个演讲已经成为知识界标准的一部分，概括斯诺的话，即：精通科学的聪明人和熟知人文的聪明人发现相互之间越来越谈不拢。这种现象令人担忧，因为英国的教育系统中，人文学科享受比自然科学学科更优越的待遇，这对一个科学越来越重要的世界来说是一种损害。

---

* 肯尼思·林（Kenneth Lin），剧作家，1978 年出生于美国纽约的布朗克斯区。他的戏剧话题广泛，涉及库塔计算器、语言的消亡、电击大脑，等等。他曾荣获格蕾丝王妃奖，魏丝伯格奖，美国作曲家、作家与出版商协会科尔·波特奖和埃杰顿新戏剧奖等。

毫无疑问，这次演讲引发了长期的争论、弥补和愤怒，直到今天依然存在。然而，不论攻击的是辩论的哪一方，都不能表明斯诺的归纳是没有弹性空间的。最近被封为爵士的詹姆斯·戴森拥有“真空除尘器”之名，也是英国保守党政府“非官方的科技独裁者”，他在《纽约客》上明确表示，“艺术和电视之流未必就是工业，因为它们不制造任何东西”（2010年9月20日）。

世事总有例外，难免出现上下颠倒的情况。詹姆斯·卡梅隆制作了一部电影，引发了3D摄影机构造或深海探索的革新，但是，难道我们大多数人不都是像戴森一样，认为是科学家创造出经验知识并制造出物品的吗？难道不是科学家引发创新，创造财富以刺激经济、结束能源危机、支付剧作家稿酬的吗？作家之类的人之所以存在，难道不是为了向其他人解释经验知识的吗？因此，他们打发时间最好的方式不就是聚焦于逼真性，让科学和科学家显得正确吗？

* * *

乍看之下，语言人文学科里最不具有文学特点的戏剧（即戏剧不需要被朗读来进行消费）能够成为描述科学的有效手段这点似乎有点奇怪，因为戏剧在解释复杂的、高度专业的概念方面有严重的缺陷。一个戏剧是一连串令人眼花缭乱的场景和信息，这与其本身特有的刚性时间系统是相逆行的。《剧本创作101指南》上说，如果一个概念或情节要点很重要，那么，它需要被表达至少三次或以上来使观众排除各种声响的干扰去理解它。一般来说，观众在表演期间是不能提问的。他们不能暂停一场表演作品并“倒带”重看。他们不能记笔记。他们不能使用参考材料，或者，至少可以说，他们在表演期间使用参考材料不是一件令人愉快的事。综上所述，戏剧不是帮助一个学生准备关于更加精细复杂的量子物理学突击小测验的最好办法。

再者，对于一个戏剧作品，如果观众更关注于一个科学概念的解释而不是人物之间的戏剧冲突的话，那么，这个作品多半让人觉得索然无味了。所有的戏剧交换的都是情绪。亚里士多德的观点再正确不过——最好的戏剧是为了让我们感受。能够将情绪渗入观众绝不是浅功夫，只有当戏剧的每一秒都在为发展人物或冲突服务时，才有可能达到这种效果。

当我们在观赏戏剧时，会感到或悲伤或愤怒或高兴，那是因为我们天生就有同感和同情的倾向，这种倾向是深植在我们的心理和神经之中的。不管一部戏剧的背景是在丹麦宫廷、奥地利修道院，还是意大利天文台，剧作家的职责就是使用自己的技巧，利用同感或同情的倾向，从而在观众身上引出一种情绪上的释放。

为了引发情绪而设计的舞台是一个解释科学的好舞台吗？没有人会在生物实验室研究物理学。在剧院中研究科学不就像是用陪氏培养皿破坏钚－239一样吗？[①] 也许是这样，但是，我主张科学和戏剧能够很好地结合，因为戏剧似乎是能够最合理地用陪氏培养皿破坏钚－239的艺术形式！确实，舞台不是一个好的讲台，但这并不是重点，不是吗？重点是，经过证实，戏剧是非常欢迎科学概念的加入的。为什么呢？

* * *

在我开始详细说明之前，有必要指出，“科学和艺术”的相关组织已经因为一些非常简单直接的原因将戏剧作为一种手段来传播科学。首先，戏剧能够有效地激发人们对科学的好奇心。是的，一部戏剧所有的元素都需要为人物的发展和冲突服务，但并没有哪条要求规定戏剧的背景或思想应该既能娱乐观众又能鼓励观众在观看表演之后学习（和讨论）更多相关信息。事实上，虽然没有规定，但是，戏剧背景或思想应该有这个效果！

其次，因为戏剧的制作相对简单，创作出的作品量之大能够改变时代精神。据翠贝卡电影协会的斯隆电影制作者基金的项目经理艾林·希德尔布兰德所说，平均起来，制作一部故事片需要花费7—9年的时间。而一部戏剧的编写和制作只需花费一年半的时间，通常时间还可以更短。目前全世界制作出的几十部科学剧会在将来催生几百部科学剧，而今天的这几十部剧能够以从速的方式真正影响观众，促使他们关注科学。

然而，我认为戏剧在探索科学方面的优势是源于它对人的思维能力

---

① 就算有人认为伽利略和柏拉图都使用了对话的形式来研究重要的、复杂的概念，但辩证和戏剧之间是有很大区别的。将伽利略的“关于两个主要世界系统的对话”搬上舞台，看看多久之后，这个作品更多的是关于塞尔维亚提和辛普利西奥之间的辩论，而不是哥白尼与托勒密之间的对抗。塞尔维亚提和辛普利西奥是“关于两个主要世界系统的对话”中的人物，分别支持两个系统。

和想象力提出的要求。关于舞台上的科学，柯尔斯顿·谢泼德-巴尔认为，科学剧也许能够成为斯诺所期冀的“第三文化”的一种表现形式，而这种“第三文化”将科学文化和人文文化连接起来。她表明：“戏剧的体验是双人对话式的；人物在舞台上交谈，而在很大程度上，演员与观众之间保持着一种无言的对话。”她声称这种对话是很有帮助的，因为它创造了一个由“三方”组成的沟通系统，而不是由两个对立面组成的二元系统，因此，产生了异中求同的可能性，并启发了其他可供选择的观点。她引用剧作家迈克尔·弗雷恩的话：“一个人如果不与其他人交流就无法与自己交流。”

对于演员与观众之间维持着一种隐式的对话的观点，我仍然持怀疑态度，因为存在这样一个事实，即站在房间最后面的观众可能根本未被演员注意到。但是，我可能会认为，戏剧旁白和史诗戏剧的传统使得戏剧从业者拥有许多打破第四堵墙的工具。这就使一个非强制性的三方系统成为可能，尽管不具有强制性。此外，我还赞同，演员们能够感知到观众的“能量”，但是，一般而言，这点在指示表演才能是否成功上更有帮助，而不是在讨论观点上。

我更愿意认同谢泼德-巴尔的另一个观点——正是戏剧资源的相对贫乏使得它在讨论科学时具有优势。她援引《纽约时代周刊》科学版副主编丹尼斯·奥弗比的观点，他考虑到“是否科学和艺术这两副面孔在光线模糊的舞台上会比较容易融合到一起，因为在舞台上，一点点的化妆油和我们与之共谋的想象力也许能共同创造出这样的景况”。据谢泼德-巴尔所言，“仰仗有限的资源意味着我们需要使用自己的想象力，也就意味着需要参与进去”，而这样的参与精神正是真正理解大科学问题所必需的。

想想一个空旷的舞台。一个演员站在上面，瑟瑟发抖。他举起一个指示牌，上面写着“圣彼得堡，1876年”，忽然，我们就像跟随着他穿越时光去到1876年的圣彼得堡。那是寒冷之地；那是异国他乡；那是过往时光。既然我们能随他去往1876年的圣彼得堡，我们就可以跟他去任何地方了。难道我们没有准备好跟他一起置身广袤的宇宙，去探索振动弦有没有可能修正量子理论或一般相对论？好吧，也许还没准备好，但如果你在中场休息之后再问自己这个问题，你可能会为那个答案所震惊。

* * *

在《刺猬、狐狸和传教士瘟疫》一书中，史蒂芬·杰伊·古尔德解释了弗朗西斯·培根喜欢援用的一个似是而非的隽语：“Antiquitas saeculi, juventus mundi”，大致意思是“古代是世界的青春岁月，时间本身才是‘作者中的作者’，而非权威”。培根是在评价（他所认为的）对过去大师级知识分子的过分尊崇（当人们的行为似乎让人觉得，莎士比亚之后就没人写过戏剧时，我也会有这样的反应），但是，让我们惊讶的是，知识是随着时间的推进逐渐增长的。同理，想象力也是如此。在科学剧中，一段增长是建立在另一段增长的基础之上的，即知识的增长是建立在想象力的增长之上的。

传统智慧认为想象力是无限的，而客观世界是有界的。但是，从笛卡尔到维特根斯坦的哲学家们都成功说明思维是无界的。实际上，宇宙是无边无际的，或者不妨与贫乏的人类思维相比，宇宙的“奥秘更是永远超越我们的想象”（引自遗传学家约翰·波顿·桑德森·霍尔丹）。因此，正如物理学家布莱恩·施瓦兹，研究生中心的科学和艺术项目主任所认为的，客观世界的迹象实际上是推动我们成就最高想象力的最大原因。只要不是第一次观察到的事物，科学会将我们带往我们永远无法真正想象到的地方。

至此，上述内容可被看作是复兴斯诺“两个文化”论点的宣战言论，但是，我更愿意关注的是科学与戏剧之间的合作关系是如何产生所谓的第三文化的，这种第三文化会驱使我们靠近席勒所言的崇高，我认为席勒的崇高是每个人所寻求的。弗里德里克·冯·席勒是伟大的德国思想家和剧作家，他提醒我们不要陷入仅仅能够满足感官愉悦的事物，即美好事物的诱惑。相反，他认为，一个个体只有努力追求和观察自然界中令人敬畏和害怕的事物，即崇高的事物，才能触及自己的道德潜力。

没有人会否认，与维苏威火山口下的恶劣环境相比，在巴达维亚的牧场中，人的身体能够得到更好的照顾；也无人会否认，善于理解和商议的通情达理的人在一个普通的农场中要比在一片荒凉的自然景色中获益多。但是，人在生存和确保福利，甚至是另一种命运之外，有进一步的需求，即理解他身边的各种现象。

在科学中，我们拥有的文化是纵向驱使其从业者的想象力，从而对观察到的现象产生此前无法想到的解释。在戏剧中，我们拥有的文化是横向驱使其从业者的想象力，从而留出更多故事叙述的可能性。科学剧融合了二者，产生一种对角线向的驱动。（这条对角线接近 45 度的程度取决于艺术家。）在此驱动下产生的作品也因为能够同时纵向和横向延伸而走得更远。这种指向崇高的驱动力是伟大科学剧的标志性特征。

* * *

在研究生中心举办的这次会议上，我一开始就被两件事情震惊了。第一，没有人讨论价值观，也就是说没人讨论科学剧在塑造经验知识方面所扮演的角色。第二，科学家们认为他们自己是一个十分去人性化的“群落”，希望艺术家们能够使他们在公众眼中“变得人性化”。

在近一期《纽约时代周刊》的一篇题为《经济学的未知因素——人》的文章中，大卫·西格尔提出了一个问题：为什么使用相同数据的经济学家们不能得出相同的结论（2010 年 10 月 17 日）。《经济学原理》的作者，尼古拉斯·格雷戈里·曼昆表明，经济学家不能达成一致“是因为一个答案不可避免地引起价值观问题，而这又不可避免地导致不同答案的产生”。

会议上缺少关于价值观塑造的讨论之所以让我惊讶，是因为一般来说，创造纯知识没有什么不妥，但是，知识随后必然会在这个世界上生存并被其价值观影响。就算科学学科，不像经济学，更多的是实证，难道科学家们不应该对囊括他们发现的这个世界感兴趣吗？

数千年来，戏剧在塑造价值观和道德伦理方面一直扮演着重要的角色。它擅长于此的原因，在于它能产生冲突并恳请观众运用情绪去询问和回答关于道德的问题。每次帷幕升起后，戏剧就会询问已经出现的最重要的伦理问题。“如果是我的话，我会怎么想呢？”（这就是我所说的情绪是道德的晴雨表的意思。）如果你的答案来得过于容易，并且你有些沾沾自喜，基本上就能够认定在你面前上演的艺术作品更多地与美好而不是崇高相关。

起初，在会议上，科学家的大多数注意力都放在艺术家如何精确地描述科学和“科学家群落”上，这点对我来说似乎有点过于趋向于美而不是崇高。科学家问我：“艺术必须赋予科学家人性，那么，为什么科学家通常都被描述成所作所为十分过分，甚至违反神圣规则的科学怪人呢?”我的回答是:“难道你不认为承受野心过盛的折磨正是人性所在吗?因为应对我们并不能真正理解的力量而陷入麻烦不也是人性吗?你是想被赋予人性还是想被追捧呢?”

最终我发现,科学家们有一个关于价值观的合情合理的抱怨。按照施瓦兹所说,三百个美国人中只有一个是科学家,大多数人不知道科学家。当声称对科学感兴趣的年轻女孩被要求描绘一个科学家原型时,她们几乎描绘出的都是有能力以某种方式摧毁世界的人。当哈佛激光干涉引力波观测站的领导人佛瑞德·拉伯邀请高中教师来观察站学习科学知识时,他因为教师们表现出的对科学家居然能够享受自己工作的惊讶而震惊不已。这种情形是令科学家们烦忧的,在他们的认知里,认为科学给他们带来无比的充实,也认为他们邻居的生活同样会因为接触科学而变得充实。

问题在于科学发现及其引发的结果是如此宏大而令人敬畏以至于只有用崇高才能真正地论述。一封“为科学和科学家正名并创造艺术”的信件可能会让人觉得美,但是,它不足以支撑重要科学研究所要求的天然想象力,以及想象力能够产生的大胆行为。因此,科学剧就有停留为一种戏剧形式的危险,而不是艺术形式的最高范例。科学家不能只利用戏剧来将他们的信息传达给世界。他们必须将自己融入世界。

施瓦兹博士在麻省理工期间“更加激进”,他曾在哈佛发表过一个演讲,题为:《科学方法必然是邪恶的吗?》在演讲中,施瓦兹表明:“科学并不是什么难以理解的事情。如果我们面对一个不知道答案的问题,我们找两个人来研究它。如果还是不知道答案,我们找四个人来研究它。如果还是不行,我们找八个人,依此类推。”最终,每个科学家能够研究他自己的小发现,然后,每个人都可以认为自己的小发现在道德上是合理的。当某个人收集这些发现另有图谋时,道德问题就出现了。这是真理的时刻,在这个时刻,我们的行为与价值观密不可分。(施瓦兹认为与其指望单个的学生选修科学伦理选修课程,倒不如让麻省理工每个课程的百分之十都用于伦理教育。)

希望当真理来临的时候,今天所编写的精彩科学剧将会完成自己的使命。希望它们能帮助我们趋近崇高,并由此使得我们能够更清晰地看到收集众多小发现的后果。也希望我们能够有足够的智慧产生敬畏,然后，在那个时刻，我们经由已经了解到的奇迹联合在一起，而站在我们面前展示奇迹的表演者与我们共享着这个奇迹。

选自《当代世界文学》2011 年 1—2 月刊

（沈力　译）

英语诗歌

按需印刷模式、报纸杂志、小诗集：当代英国诗歌

[英] 伊恩·布林顿*

当今英国，最动人、最鲜活的诗歌往往出自小的报纸杂志，这证明此类杂志质量上乘，活力持久。

1999年，卫斯理大学出版社出版了《他者：1970年以来英国和爱尔兰诗歌》。主编查德·卡德尔和彼得·夸特梅因提出了一个极富挑战意味的观点，他们认为典型的诗歌是“封闭的、单线性的表达”，读者只需“被动接受”。这本诗集缤纷多彩、充满活力，描绘了一个不同的世界。所选诗歌多来自蒸蒸日上的小报纸杂志，它们多数正以最有限的资源，推出最高水平的作品，能激励读者，吸引读者。

2003年，美国诗刊《语言》的诗人罗恩·西利曼说，应该把诗艺，或者诗歌评论，同奥运会相比：

> 记录创造出来就是为了被打破，诗写出来就是为了被来者超越。

* 伊恩·布林顿（Ian Brinton），诗歌评论家，是诗评集《一种表达方式：蒲林恩的诗》的编辑。他为《诗国评论》和《索尔特》杂志撰写诗评，其近作《一位安德鲁·克罗泽的读者》将由卡尔卡内特出版社出版。——译者注

我们用这个比喻来讨论英国诗坛近50年的状况，不难找出一些具有里程碑意义的事件，一个个记录被打破，其影响至今还在。《美国新诗》的出版就是早年打破记录的一个重要事件。这本诗集由唐纳德·艾伦主编，由格罗夫出版社于1960年出版。此书一出，惊醒了褊狭且自满的英格兰运动派诗人。这种褊狭在60年代初罗伯特·康奎斯特的英诗选集《新诗2》中就已表露无遗。康奎斯特在序言里摆出一副严阵以待的架势，想要压制一切推陈出新的苗头：

> 编写这本诗集时，我最关切的事莫过于——如今的英国诗坛，为了卖弄而标新立异的诗层出不穷，因而此书越是要展现出当今英国主流诗歌的坚守和多样性。

青年诗人安德鲁·克罗泽第一个作出回应，当时他还在剑桥念本科。后来他成为20世纪最后二十五年里最受瞩目的英国诗人之一，还成立了在诗歌出版界举足轻重的费里出版社。克罗泽指责《新诗》选集充斥着“令人生厌的形式主义腔调”。1987年，克罗泽在所编选的诗集《缤纷艺术》的序中写道：

> 诗歌这门艺术，向来离不开自己的一套规矩——可这套规矩却教人畏缩不前。写诗不能有新意，也别想用复杂的技巧手法来表达新意：用到意象，要么得怀疑什么论点，要么得抓住什么论点；诗行的活力，或者说诗的形态，拘泥于句法，断行不得有碍诗意；语言也总拿着一本正经的腔调——一副冷冰冰的、人云亦云的腔调。艺术的符号沦为自娱自乐的文化节目，这倒称了诗人的意。

2004年初，索尔特出版社出版了一本按需印刷的诗集《灭点：新现代主义诗选》，推动了这场论战。编辑罗德·孟翰在“导论”中提出宣言：

> 约定俗成的规矩统领一切，造就了我们的视野，灭点就在视野之外，那是超越理解，放飞想象的地方。当前的诗歌选本所收录的

诗歌大多没有跳出这个分界线，然而本书中的许多诗歌恰在传统意义建构的门槛上，就要突破该界线了。

索尔特出版社是一家独立出版公司，专营按需印刷业务，其前身是1990年由诗人约翰·金塞拉在西澳大利亚创办的《索尔特》杂志。这本杂志因刊登新诗而国际声誉大涨。2002年，金塞拉与英国剑桥的克里斯·哈密尔顿－埃默里和珍·哈密尔顿－埃默里合作，短短一年时间，就出版了40多本诗集和文学评论。金塞拉还荣获了2006年美国图书奖的优秀文学编辑奖。

希尔斯曼出版社由托尼·弗雷泽创办，2003年起，旗下多数杂志都改用按需印刷模式出版发行。接受“暗语者在线”网站的访谈时，托尼·弗雷泽说，“按需印刷模式”是必由之路，因为“将来没必要先印500多套书，然后坐等出售”。借助数字印刷技术，托尼·弗雷泽只需创建一个文档，想什么时候印成书都可以：“按需印刷模式就是数字印刷加上数字发行，发行商通过这套系统从客户那儿接收订单，再传给印刷公司，印刷公司按照需求印制书籍。”托尼·弗雷泽创办《希尔斯曼》杂志，明确从事以前的事业，不过是采取了按需印刷的渠道来发行“特刊”，“发挥美国印刷商和发行商的优势”。不同于以往的是，现在只要有需求，他随时可以补充货源。这套系统的真正优势在于，小批量印刷成本低，现金流量得到最大利用，进而，可以出版更多杂志，这在以前是无法办到的。

弗雷泽本人对“后现代的抒情边缘”颇有兴趣，这点只需看看最近希尔斯曼出版的选集《倾斜的大地》就再清楚不过了。这本选集由哈丽雅特·塔洛主编，收录了激进的山水诗。书的前言明确了界定：

> 山水诗就是关于地理、风光、“自然”（或者说我们仅剩的自然）的诗。近来的山水诗独具匠心，焕发活力，这本选集就是有力的证明。

塔洛非常关注英国诗人，她认为，这些诗人“在表现手法上大胆探索，敢于试验”，堪称激进，他们“将开拓进取的精神融入到诗歌的创作形式当中”。

由彼得·拉金（《倾斜的大地》的主要撰稿人）经营的普雷斯特鲁茨出版社在从上世纪80年代末到2003年这几十年里尤为活跃，出版了安东尼·巴尼特、彼得·赖利、西蒙·史密斯和约翰·威尔金森的小诗集。这些诗集制作精美，给读者带来的体验与按需印刷的诗集大不相同。上世纪后半叶英国兴起了诗歌革命，一些小出版社通过努力走出一条路来，普雷斯特鲁茨出版社就是其中之一。几家小社将唐纳德·艾伦1960年的《美国新诗》引入英国，可谓功不可没：支点出版社出版了埃德·多恩、加里·施耐德的诗，还有英国诗人巴里·麦克斯威尼和巴兹尔·邦廷的诗；费里出版社起初出版了菲尔丁·道森和史蒂夫·乔纳斯的诗，后来转向七八十年代的知名诗人约翰·詹姆斯、蒲龄恩、道格拉斯·奥利弗和安东尼·巴尼特。小社出版的诗集注重品质，因而活力持久，比如说蛎鹬出版社和帕蒂卡出版社，两社的诗集出版目录中就有当今英国最动人、最鲜活的诗。

蛎鹬出版社由彼得·休斯创办，曾因出版英国诗人的诗集册而荣获迈克尔·马克斯杰出出版商奖。评委主席伊恩·麦克米伦说蛎鹬出版社“像个有胆量的出版社，敢于从英国诗坛主流之外的地方发掘新老诗人，出版他们的作品。”休斯既是出版商，又是优秀的诗人。在他2009年的诗集《贝多芬》中，他用灵巧的句子记录下倾听贝多芬32首奏鸣曲的体会，诗句优美叫人难以忘怀。在这本诗集中，蛎鹬张开歌喉唱道：

我们突然不再留恋
那不堪回首的过往
扬起头眺望
这条河的远处
新码头在一旁展开
旧码头难再修护
时间可以修正观点
悄悄滑过泊位
一摇一荡游入水流
还有一个屈膝在地的身影

不断忙碌
稍作停息也只是
再捏起三颗钉子
轻轻放在
她的双唇之间

音乐产生在语言之前，就像“虚无中最原始的迸发”。蜕化到用语言来表现，以理性来解说，可以看作是人类的堕落。休斯的32首短诗不是对贝多芬的解释；只是语言层面的反应，他的思想不受束缚，自由翱翔，“不再留恋那不堪回首的过往”。

帕蒂卡出版社的创始人有马里奥·彼得鲁奇、尼克·波塔米蒂斯和彼得·布伦南。只要是有志于推动现代诗歌发展的诗人，该社就为他们出书。帕蒂卡出版社的名字取自爱琴海艾伊娜岛上的小渔村，2000年尼克和彼得曾在村里共商大计。2006年彼得鲁奇的《卡图卢斯》是他们出版的第一本书。此书确立了出版社的工作重点，就是要冲出英格兰这个小世界。保险的做法是为知名诗人出书，可他们拒绝这样做。由此看来，若问几位主编最推崇什么样的诗人，他们一定会说黑山诗人、杰克·斯派塞、弗兰克·奥哈拉，还有伯明翰的诗人罗伊·费希尔：

> 我们更喜欢语言富有冒险精神，而又不完全脱离意义和情感的作品。有的作品虽选题出彩，却盖过了诗人的技艺；20世纪的先驱激发了极为广阔的潜力，有的作品却忽视了这点；这两种诗，我们总觉得没劲。说到底，当代诗歌在某些意义应该具备现代性。我们的诗集要有活力，有热情，要让每位捧起书翻开阅读的人，恍若经历了一次愉的感官体验，这绝对是我社追求的风格。

人们认为，这种对现代性的偏好对2008年诗集《第一个梦》的出版发挥了明显的作用。作者是迈克尔·格兰特，他在开篇诗里融入了法国当代诗人伊夫·博纳富瓦的风格，让人难以忘怀：

繁星下有一棵白杨，

它能干什么？
躲在杨树梢的那只鸟儿
在做梦，头
覆在那双带他离乡背井的翅膀下，
能有什么用处
树叶与羽翼
这杂驳的交融？

寂静护佑它们，
和遗忘的盘旋，
直到太阳升起的
那一刻，记忆也睡醒了。
此时那只鸟儿
啄断躯体里美梦的丝线
那株白杨也展开身影。

和博纳富瓦一样，格兰特看重的是语言一定要带给读者一种发自肺腑的感觉，一种揭示灵性的实感，一条连接“此时”与“彼时”、具体与精神空灵的迹线。格兰特的观点与安东尼·巴尼特的近作相近。巴尼特的出版公司叫做阿勒代斯，30 年来，硕果累累。1982 年，是巴尼特最早出版了蒲龄恩的诗集。而他自己精雕细琢的作品《反义词及其他》也即将出版，这本诗集让人回想起贝克特晚年的作品，其中的几首今年将刊登在《圣母大学评论》上。

既然是介绍英格兰的诗坛现状，就不得不提及在剑桥最近创立的领悟出版社。该社由卢克·罗伯茨和乔什·斯坦利在 2007 年创建，印制各种版式的当代诗集，也出诗评。该社最近出版了里撒·帕蒂森的《几则寓言》。这本书惹人喜爱，里撒在去年《剑桥文学评论》第 3 期上发表的作品《伯特兰·德·博恩的诗四首》之上又有升华。《几则寓言》第一部分的第二首摘录如下：

正在逼近的事件缩小自身

以丈量微小的框架，这框架
打碎有猎犬站在岸边的
水流，以追求无知。呼吁时
喜怒无常的轮之辐条固定于
铑元素之力的抓握。投掷者
经历置换，乌鸦在一场久旱
之后无动于衷地飞翔。
因体积的威胁而谨小慎微的
鹅卵石是轻轻一拍所需的发明。

同一期《剑桥文学评论》全文刊登了蒲龄恩在第一届全国英语诗歌学术研讨会（2008 年 4 月，石家庄）上的发言稿。文中指出，一切仍在前进之中：

> 难懂的语言往往伴随着难懂的思想，因此语言难度是诗歌创作的整体结构组成部分，也是诗歌创作行为的组成部分。

2012 年即将到来，最严肃的英国诗歌将继续拓宽我们的视野。

选自《当代世界文学》2011 年 9—10 月刊

（向程　译）

诗歌的合作：戴纳·乔亚访谈

[美] 米歇尔·约翰逊*

戴纳·乔亚[①]著有三部诗集，其中《正午的询问》获2002年美国图书奖。他的文论集《诗歌重要吗?》摘取了美国全国书评界奖的桂冠。拥有翻译家、剧作家、国家艺术基金会前主席等身份的乔亚与《当代世界文学》编辑谈论了诗歌形式与叙事的复兴、他的“特殊诗学”及艺术间合作等话题。

米歇尔·约翰逊（以下简称米歇尔）：您往往被认为是新形式主义运动的参与者，这一文学运动复兴了格律、韵律和叙述，如今已有30年历史了。您的大部分作品都用了特定的形式，那么新形式主义在21世纪初的地位是怎样的呢？

戴纳·乔亚（以下简称戴纳）：形式与叙述的复兴是20世纪晚期美国诗歌的核心事件，而此出人意料的鉴赏方式转折仍然备受争议，这也从侧面证明了它的重要性。这一运动把文学性的诗和像歌曲与故事这样依然根植于听觉形式中的流行文化力量结合起来，在这一意义上，这一复兴是大众的和民主的。它也使现代诗歌实践与传统诗歌技巧的广泛潜在价值相协调。它在促进诗歌发展的同时，也使诗歌与它的口传性和表

* 米歇尔·约翰逊（Michelle Johnson），美国《当代世界文学》杂志编辑，同时就职于俄克拉荷马大学法学院，讲授写作课程。——译者注

① 戴纳·乔亚（Dana Gioia），1950年出生于美国，在哈佛大学获取比较文学硕士学位。乔亚曾有15年从商经历，除上述作品，他还著有《冬天的上帝》（1991）、《每日星象》（1986）两部诗集和一部歌剧脚本《诺斯法拉图》（2001）。——译者注

演性根源相联系。（形式与叙述在青年诗人中的复兴与说唱形式和口头诗（slam poetry）一起出现并非偶然。）这一运动十分有意义地扩大了当代诗歌的可能性。

我们很容易忘记20世纪70年代的情形，那时候事情很奇怪。形式和叙述几乎被普遍贬低为一种死亡的文学形式。它们被看作是倒退的、压抑的、精英主义的、反民主的、男权中心的，甚至是（可不是我编的）非美国的。大多数杂志都不可能发表形式的或叙述的诗歌。有本期刊甚至在它的征稿启事中声明“拒绝韵律或色情”。人们觉得诗歌应该是以表白或想象的风格写出的自由体的抒情表达。我很高兴杂志或出版社现在愿意接受形式或叙述的诗歌了，这是所谓“诗战”，也就是从20世纪80年代早期到90年代围绕该话题长期激烈争论的直接结果。

米歇尔：我发现您的回答中没有用到“新形式主义”这个术语。

戴纳：我从来就不在意这个名称，虽然它已经成为一个标准术语了。我不想把韵律和格律变成主要美学标准。我所争取的，也是必须斗争的，就是诗人能自由使用他或她认为适合的任意诗歌形式。我无法想象一个诗人不愿享有运用语言的无限可能性的权力，尤其是对格律、韵律，以及叙述等强大形式的运用。我从没把这个运动看作是对现代主义的抵抗。为什么要抛弃美国诗歌最伟大的时代？我和其他所谓新形式主义者感兴趣的是怎样把现代主义的遗产和被忽视的传统文学资源结合起来，还有怎样把阳春白雪的力量与诸如电影和音乐这样的大众艺术的强大力量结合起来。我们的读者体验过并且很乐意这些东西结合在一起。诗歌要反映文化现实。

米歇尔：新形式主义有没有造就一些重要作家呢？当然，不把您算在内的话。

戴纳：这一思潮造就了，或者更好的词应该是吸引了一群有意思的诗人和批评家。作为一种思潮，能够吸引到大卫·梅森[①]、葛楚德·莎

① 大卫·梅森（David Mason，1954—），美国科罗拉多桂冠诗人，出版了多部诗集。——译者注

更堡[①]、汤姆·迪施[②]、维克拉姆·塞斯[③]、蒂莫西·斯蒂尔[④]、玛丽·吉尔·索尔特[⑤]、阿·艾·斯托林斯[⑥]、克里斯汀·维曼[⑦]和玛丽琳·纳尔逊[⑧]这些卓越而风格各异的诗才们，那么它就应该受到足够的重视。请理解我不是在说一群诗人坐在仓库里谋划一场文学占领。我描述的是时代精神，是鉴赏方式的无限变化，它影响了20世纪70年代的一批对当时文学现状不满的年轻诗人。他们大多数开始并不知道彼此的存在。马克·贾曼和罗伯特·麦克道威尔这两位《收割者》杂志的编辑，在他们知道维克拉姆·塞斯、弗雷德里克·特纳、布拉德·莱特霍伊泽、安德鲁·赫金斯、大卫·梅森之前就试图重新创作叙事诗了，而格温[⑨]也另外做着同样的事情。新形式主义是一代人的鉴赏方式的转折，而不是一次共谋。当然，随着这些作家的作品被出版（和被攻击），他们发现了对方。就像现代主义早期一样，新的杂志社和小出版社开始出版被主流媒体拒绝的作品，于是很快就出现了新的集会，比如年轻诗人在西彻斯特和塞沃尼真的就会面了。我得指出这些诗人并不是全都喜欢彼此，或者他们甚至不同意对方的观点。

米歇尔：您在这段历史中处于什么位置呢？

戴纳：作为一个诗人，我只是尽力写好我的诗。作为批评家，我尽力澄清那些大事件，并让年轻作家得到认可。我还与人合作创办了西彻

---

① 葛楚德·莎更堡（Gjertrud Schnackenberg，1953—），美国女诗人，出版了六部诗集，获奖无数。——译者注

② 汤姆·迪施（Tom Disch，1940—2008），美国诗人，小说家，歌剧作家。曾被《华盛顿邮报图书世界》评为“最具才华的作家之一”。——译者注

③ 维克拉姆·塞斯（Vikram Seth，1952 —），诗人，小说家。他生于印度加尔各答，后来在东西方多个著名学府游学。作品有《金门》（1986）、《合适郎君》（1993）、《均衡的音乐》（1999）。——译者注

④ 蒂莫西·斯蒂尔（Timothy Steele，1948—），美国诗人，出版过五部诗集，目前在加州大学任教。——译者注

⑤ 玛丽·吉尔·索尔特（Mary Jo Salter，1954—），美国诗人，剧作家，散文家。著有六部诗集。——译者注

⑥ 阿·艾·斯托林斯（A. E. Stallings，1968—），美国诗人，现居希腊。——译者注

⑦ 克里斯汀·维曼（Christian Wiman，1966—），美国诗人，出版过三部诗集，现任《诗歌》杂志主编。——译者注

⑧ 玛丽琳·纳尔逊（Marilyn Nelson，1946—），美国诗人，诗集获得过全国图书奖等多个奖项，现任教于康涅狄格大学。——译者注

⑨ 格温（R. S. Gwynn，1948），美国诗人，学者，编辑和批评家。——译者注

斯特诗会，让这些诗人们能聚在一起讨论他们的作品和观点。我受过赞扬，遭过诽谤，被边缘化也被经典化过，但我从未被忽略。

米歇尔：能描述一下您现在的美学标准吗？

戴纳：我不确定我有什么美学标准，至少没有关于怎样写诗的抽象理论。灵感主要是个自然的过程。当诗歌产生时，我试着让它们自己成形。我想让我的诗有音乐性，感人而且难忘。我也试着让诗歌简练。我主要依靠直觉，而不是任何的先入之见。当诗歌以出乎我意料的方式展开时我是最高兴的。我最好的诗大多是以我没预料到的形式呈现的。

米歇尔：您说的有些东西像是美学标准。

戴纳：嗯，我写诗时的确遵循一些东西。但这些东西似乎完全远离了现在文学理论家们谈及美学标准时讨论的东西。我说说我的特殊诗学里的两个设想吧。首先，我相信诗歌先要迷人，再谈交流。诗歌的自然声音和言辞节奏得抓住读者的注意力，创造出想象释放和情感脆弱的一刻。这种魅力也使诗歌能够深度交流，没有它，语言就无力而乏味。我的第二个设想是一首好诗是文本和潜在意义之间的舞蹈。诗的表面要有力地抓住读者的意识，那么潜在意义就能自由地与读者的直觉和想象对话。这两个观念是我诗歌实践的基础。

米歇尔：您基本上都是用传统形式写作吗？

戴纳：我的诗大致平均分为三类：三分之一是自由体，三分之一用的是不押韵的格律，还有三分之一押韵。我喜欢风格的多样化。我崇拜的许多作家，例如华莱士·史蒂文斯，威·休·奥登，伊丽莎白·毕肖普，菲利普·拉金，威尔顿·基斯和唐纳德·贾斯蒂斯都用广泛的形式写作。所以可以说我大多数诗歌都是规范的，但我很少用“传统的”形式。我喜欢创造我自己的诗节或模式。我也往往用不同的格律做实验，或是把自由体和规范的诗句混起来。我对诗句的自然声音非常感兴趣。我喜欢让每首诗听起来都不同于其他的诗。有意思的是批评家们似乎从来都没注意我在做什么。不过，用诗歌技巧的目的不是被注意，而是被感受到。

米歇尔：这些年您对构成诗歌的元素的理解有变化吗？

戴纳：是的，有变化。我慢慢知道了一些我开始时不了解的东西。有许多东西我曾经会写出来，但现在不会了。诗歌不应该告诉你太多，往往暗示比直接陈述来得有力。大多数当代诗歌太长，太混乱，又太乏味了，没有足够的乐音或神秘感。诗人似乎不相信读者的智力，他们用没感觉的细节告诉我们所有东西。我觉得这太学术了，这些诗歌把我们当学生来教，而且还是不太聪明的学生。我更喜欢与读者合作的诗歌，平等对待他们，甚至视他们为至交。

米歇尔：您说和读者合作是什么意思？

戴纳：这不仅仅是对待读者的态度问题，这是你对艺术本身的理解问题。我打个比方，写一首诗就像建一间房子，有时候有多个入口，你邀请读者进入。房间设计很牢固，环境很实在，但只是半装修，实际上一些基本的素材被省去了，而需要读者从他或她自己的生活中拿来填补。人们普遍认为读诗比读小说有更强烈的体验，一个原因就是诗歌强制或诱使我们从自己的记忆与想象中完成文字的创作。相反，小说给我们一个更完整地实现了的想象世界，我们通过叙事而驰骋其中。一首好诗先诱使读者进入一个想象空间，然后让其有冲动与作者合作完成它。

米歇尔：去年我们谈话时，您说您希望您的诗是有用的。您怎样定义诗歌的功用？

戴纳：我认为诗歌在任何意义上都没必要实用。其实我开始是一个相信为艺术而艺术的人。我早期崇拜的是博尔赫斯、纳博科夫、瓦莱里和王尔德。我依然觉得艺术除了它自己存在的喜悦与光辉以外不需要任何的评判。我不喜欢拙劣地宣扬社会、政治或是理论寓意的艺术。不过这些年我开始欣赏艺术的一种力量，那就是在艺术创作者没有预料的情况下能为人类所用。例如赛谬尔·巴伯的《柔板》[①] 被广泛应用于各种文章中，这位作曲家一定会感到惊奇，但这些应用都具有人性的意义。我的诗歌被用来教演讲，作歌词，或用来出英语试卷。牧师在布道时用到它们，批评家用它们来阐释各种美学或文化的定义。我从未想过它们会被这样用，但它们都很有用。纽约市长最近在“9·11”纪念仪式上读了我翻译的里尔克的诗，这太让我惊奇了。一旦你发表一首诗，它就

① 赛谬尔·巴伯（Samuel Barber，1910—1981），美国作曲家。曾两次获得普利策创作奖与罗马奖。主要作品有歌剧三部，交响曲两部，以及流传颇广的弦乐合奏曲《柔板》（Adagio for Strings）。——译者注

独立存在了。你不再控制它会做什么，如果你幸运的话，文化会让它发挥作用。

米歇尔：除了写诗，您还大量翻译了德语、意大利语、拉丁语和罗马尼亚语等各种语言的作品。您建议其他诗人翻译诗歌吗？

戴纳：翻译应当成为任何一个诗人所受教育的一部分。诗歌是一门国际艺术，如果你只知道自己国家的诗歌，或是你所处时代的诗，你对这门艺术的了解就太少了。翻译也是理解一首诗的最激烈、最完善的方式。你必须将一首完整、原创的诗全部吸收后再创作。当然，你不能把所有东西都译过来，但是翻译的过程产生了一种深切的关联，这会像去外国旅行一样决然地改变你的鉴赏方式。进入一名伟大诗人的想象空间就有可能找到，用叶芝的话来说，“灵魂歌吟的导师”。

米歇尔：翻译其他诗人的作品如何影响了您的创作呢？

戴纳：我从开始认真写作起就在做诗歌翻译了，所以它对我成长为一名作家是有极大影响的。我早期的翻译大部分都是德语作品——里尔克、格奥尔格·特拉克尔和戈特弗里德·本恩的作品。然后我集中翻译意大利作家，例如埃乌杰尼奥·蒙塔莱、马里奥·卢兹和瓦莱里奥·马格里利等作家的作品。他们都是现代主义者，他们深奥的风格影响了我对诗歌如何言说的意识。我认为沉浸于欧洲现代主义（它的根源是象征主义）是我的诗歌与其他新形式主义者的作品大不相同的原因之一。我的诗基本上是后现代主义的，因为它尝试把现代主义诗歌的张力与完整同格律和韵律带来的感觉上的吸引及音乐的力量结合起来。甚至我对叙事诗的意识也是现代主义塑造的。我的叙事诗含有充分的叙事诗行，但它们也是含蓄而难以捉摸的，只通过潜台词来传递重要信息。塞内加对我影响得比较晚但很有特殊意义，我在写我的第一部歌剧脚本时开始翻译塞内加的《疯狂的赫拉克勒斯》，那部未受重视的黑暗经典影响了但丁和艾略特，我翻译它时学到了关于悲剧诗的东西，这也是歌剧本质的东西。

米歇尔：所以说翻译对您自己的诗歌有很大影响？

戴纳：是的，但我也要说一些别人没提到的东西。做太多的翻译也有危险。当你翻译时，你总是知道要去哪里，原诗给你提供了一张地图。但自己写诗是个神秘的过程，直到你写下来诗歌才可见，没有原型，只有冲动和直觉。很难把这种翻译的转换变成原作。

米歇尔：您也因为写评论而闻名，尤其是您1991年的论文《诗歌重要吗?》，那段时间这篇文章带给您的影响盖过了您的诗歌吗?

戴纳：是的，这篇文章的名气毫无疑问是国际化的，差不多有十年它使我作为诗人的名誉黯然失色。我突然就被看成最违背传统的诗歌批评家，像《纽约时报》曾经称呼我的，是个“标准的卫士”。由于当代文学生活太专业化，所以一个作家只能寄希望于把一件事做好。这个近来的偏见正是文学生活的学术化导致的，大学既要求也奖励专业化。因此，我也一直认为自己是在诗歌评论的传统中耕耘的评论家，这一传统对从艾伦·坡到艾略特、庞德、肯尼斯·雷克斯罗斯[①]、露易丝·博根[②]和兰德尔·贾雷尔[③]这些美国文人来说是重要的。

米歇尔：因为您评论的名声而使您的诗歌被忽略甚至有时被攻击，您对此是否感到厌恶?

戴纳：我试着平和地接受好、坏两方面的东西。像王尔德说过的，“世上只有一件事比被人议论更糟糕，那就是没有人议论你”。我很庆幸我在事业上享有一定程度的名声，而这样的经历告诉了我当代名声的本质。名气让你被简化，通常变成了一行整齐的标题。开始，我作为一名“经商的诗人”被大家议论，接着我又作为新形式主义的始作俑者而出名，之后我很快因为写了《诗歌重要吗?》而被看成一个标新立异的人。然后我又作为艺术桂冠的摘取者和国家艺术基金会的领导成了公众人物。所有的名声都包含了真实和简化的成分，但被注意总比被忽视好。并且如果恰当运用名声的话，你可以自由发展当作家的兴趣。名声也会带来真正的负担。你整天都被人包围着，大部分是陌生人，他们想向你要东西。记者、诗人、学生、老师、编辑、募捐者、求职者、艺术家、活动

① 肯尼斯·雷克斯罗斯（Kenneth Rexroth，1905—1982），作家、翻译家、评论家和哲学家。曾发起过“旧金山文学复兴”运动，又对“垮掉一代”产生很大影响，被誉为“垮掉派教父”。他曾翻译日本和中国古典诗歌，并起中文名字为王红公。——译者注

② 露易丝·博根（Louise Bogan，1897—1970），美国女诗人，主要作品包括《死亡的身体》、《黑暗的夏季》、《沉睡的愤怒》。——译者注

③ 兰德尔·贾雷尔（Randall Jarrell，1914—1965），美国诗人，主要诗集有《给一个陌生的血》、《损失》和《失去的世界》等。他的评论集《诗与时代》和《超级市场上的一颗忧郁的心》至今仍在诗歌评论界享有重要的声誉。——译者注

家、官员，有时候还有疯子，都向我寻求帮助。

米歇尔：人们觉得一个诗人是独自工作的，是离群索居的，您写诗时肯定是这样的，而您同时又和其他艺术家，尤其是作曲家有大量合作。

戴纳：写作是一件艰辛、孤独的工作，它需要孤寂与牺牲。我从未以教书为生，我要么做一份全职的工作，只是晚上写作，或是当全职作家来养家。我的日常生活往往非常私密、与世隔绝。所以我很乐意有与其他艺术家合作的机会。这会打破孤寂，给我的日常生活带来不同的能量。我也由此交了一些非常好的朋友。我与作曲家、演员、舞编、视觉艺术家、电影制作人和印刷业者都合作过。

米歇尔：这些合作和独自创作有什么不同呢？

戴纳：至少有两方面的不同。首先，有的艺术形式，如歌剧、戏剧、歌曲、电影和图书必定是合作性的。如果你想做这些，你就需要合作者。再者，当你与别人合作工作时，你通常都会切实感受到你的措词会被怎样使用和体会。写一首为音乐量身定做的诗同写一首单纯发表的诗是有不同创作可能性与责任的。在合作创作过程中也要互相让步，从而使作品最终成形。

对我来说合作不仅仅是偶然的活动。从一开始我就想扩展诗歌的潜在价值，使之超越它在当代文化中的有限角色。20 世纪 70 年代中期，我刚开始成为一名作家时，人们觉得诗人要么应该写短的自由体诗，要么该写像《诗章》或《帕特森》[①] 那样庞大的现代主义文化史诗。选择如此之少！曾经有段时间诗人们写悲剧、喜剧、故事、歌曲、赞美诗、讽刺诗、滑稽戏、史诗、诗体传奇、主题民谣、歌剧脚本和神秘剧。我希望重新获取被散文、电影和流行音乐占据的诗歌领域。

米歇尔：您与作曲家阿尔瓦·亨德森合作了《诺斯法拉图》，你们的合作是怎样的呢？

戴纳：阿尔瓦和我合作很愉快。我们花了些时间来商定歌剧的主题。他有些好点子，但对我来说不合适。我需要一个能让想象力栖居的主题，从而能创造出诗意的而不仅仅是精工细作的文本。我开始创作《诺斯法

① 《诗章》（*The Cantos*）的作者是美国著名意象派诗人庞德，创作于 1915—1969 年；《帕特森》（*Paterson*）的作者是美国诗人威廉·卡洛斯·威廉斯，写于 1940—1961 年。——译者注

拉图》时，当然它是以茂瑙[1] 1922 年的默片为蓝本的，我开始创作时准备了完整的情节，包括各种独唱、二重唱和合唱的每一场很细化的提纲。阿尔瓦帮我弄清楚这些提纲，接着就开始困难的写诗部分了。我想创作一部既能独立成诗又能与音乐配合的歌剧脚本。我不按顺序写剧本，写独唱曲的灵感来了，我就把它写成诗然后围绕它建立场景。我往往一次给阿尔瓦半场的文本——一个关键的独唱或二重唱和引向它的文字。很奇怪这种特殊的方法和他的创作过程很合拍，因为他喜欢先写出中心音乐观念，再发展成完整的一场。

米歇尔：那么这部歌剧其实不是按顺序写的？

戴纳：没按顺序，并且我们在创作终稿时还做了特殊处理，这可能很独特。我们在全国各地一次表演一场或一个独唱，地点一般是我找资料的地方或住的地方。到 2004 年在悬崖歌剧院正式公演的时候，我们已经在全国表演了十几次了，其中有一次是在科罗拉多西坡音乐节壮观的音乐会上。于是全国各种各样的观众都聆听了作品，这在当代歌剧中很少见。

米歇尔：您评论过歌剧在英语中尚未实现的潜力，阻力是什么？实现了这个潜力又会怎样呢？

戴纳：对英语世界来说歌剧不是本土的形式，于是说英语的人们几个世纪以来都体验的是外语歌剧，大部分是意大利语的。英语歌剧只有 100 多年历史，并且这最初是建立在歌剧脚本是次要的这个设想上，或者说得更清楚一点，伟大的歌剧可以使用差劲的剧院和糟糕的歌词这样一个不靠谱的设想。歌剧不是一种交响乐艺术，而是音乐剧。有力的原创戏剧结构和难忘而感人的歌词是总体效果的基础。最好的与众不同的美国歌剧，比如《波吉与贝丝》、《三幕剧中四圣人》和《尼克松在中国》，也是写得很漂亮的文学作品。而一些现代歌剧比如《温柔乡》和《仲夏婚礼》音乐华丽，却毁于它们糟糕呆板的歌词。

伟大的剧本，不论是用英语还是其他语言写成，都能精练地呈现一个好的故事，里面有威风的人物，感人的情景和难忘的台词。歌词没配

[1] 茂瑙（F. W. Murnau，1888—1931）是德国电影先驱，著名默片导演，也是 20 世纪 20 年代德国表现主义电影的代表人物。——译者注

乐就很迷人，配乐之后更让人无法抗拒。当然，歌剧脚本既可以写成散文也可以写成诗，但历史事实是几乎所有伟大歌剧都是诗体文本。我的观点很简单，对待歌剧中的文字元素得像对待音乐一样严肃。

米歇尔：歌剧作家中您崇拜谁？

戴纳：洛伦佐·达·彭特、罗马尼、雨果·冯·霍夫曼斯塔尔、贝尔托·布莱希特[①]和威·休·奥登。主要是他们构成了诗歌的传统。我也崇拜威·施·吉尔伯特[②]。他不写歌剧，写的是轻歌剧，但他的歌词极具喜剧天赋。

米歇尔：您对诗体剧有兴趣，也参与了其中两部：您翻译的塞内加的罗马悲剧《疯狂的赫拉克勒斯》和在您的诗《数孩子》基础上写成的大型舞剧。我对诗歌和舞蹈特别好奇，舞蹈演员怎样表现您的诗呢？

戴纳：《数孩子》作为一出舞剧很让我惊奇。这首长诗每一行都由一位舞蹈演员说出或由合唱队唱出来。诗的叙述者，蔡先生，同时由一男一女两位舞蹈演员扮演。男演员朗诵诗行时女演员用有亚洲风格的爵士舞把诗表现出来。总体效果和叶芝对他的《舞者之剧》所期待的那种仪式化的、神话般的戏剧效果可以媲美。《数孩子》是一首黑暗的、复杂的诗，充满了迷失、梦幻和焦虑，舞编马克·鲁哈拉就此设计出一部惊人的大型作品。观众很受震动，同时又被深深吸引。出乎大家的意料，所有场次都爆满，还加演了数场。

米歇尔：这是您和舞蹈公司的合作吗？虽然这不同于您和阿尔瓦·亨德森之间那种合作，因为我想您在写《数孩子》的时候应该不会在脑子里想着舞蹈表演吧。

戴纳：我从没把这部作品往戏剧方面想过。它纯粹是构思成诗的——是一种混合歌词和叙述模式的实验。诗发表后，马克·鲁哈拉和他的公司想将它改编成舞蹈作品。他一提出这个想法，我就知道是什么

---

① 洛伦佐·达·彭特（Lorenzo da Ponte），意大利作家，代表作品有《费加罗的婚礼》；罗马尼（Felice Romani），意大利作家，作有《意大利的土耳其人》；雨果·冯·霍夫曼斯塔尔（Hugo von Hofmannsthal），奥地利诗人，代表作品为《玫瑰骑士》；贝尔托·布莱希特（Bertolt Brecht），德国戏剧家。——译者注

② 威·施·吉尔伯特（W. S. Gilbert），英国剧作家、文学家、诗人。他与作曲家阿瑟·萨利文合作的喜剧闻名于世，其中最著名的为《皮纳福号军舰》。——译者注

吸引了他，是关于那死去的女人收集的破旧玩偶的两组诗。我很惊奇他想用我的每一行诗，那首诗有165行呢。我建议他们删除一部分，但马克坚持用完整的文本为音乐和编舞提供创造性的条理。他是对的，那些文字给了作品更丰富的肌理，既给予了舞蹈的也带来了诗剧的愉悦。可能它创作得如此之好的原因之一是我直到正式彩排时才参与到创作过程中去。创作团队把作品完全变成了自己的舞剧，我只给出了一条重要建议，他们最终采用了，除此之外我只回答演员们关于文本的问题。我得承认我的诗最有趣的对话是和演员们的讨论。他们没有一个是文人，但他们有了不起的直觉智慧。他们得成为我作品中的角色并深入思考这些虚构的身份。我从他们身上了解了我诗歌的许多东西。

米歇尔：除了舞蹈演员把诗融入舞蹈，作曲家又把诗加入音乐中。您加入了这个过程吗？

戴纳：作曲家把诗配乐时，我尽量不参与其中。他们得把词变成自己的东西。那就意味着情感、情绪或节奏的转变，这和我个人的感觉是不同的。无论什么时候听我诗歌的新配乐，我都很惊奇。文字是一样的，但情感上的潜在意思往往大不同。我得把歌曲当作和我的原诗不同的东西来处理，这要听挺多遍的。

米歇尔：2007年国家歌剧协会把《托尼·卡鲁索的最后广播》评为最佳新型美国小型歌剧，现在您在写第三个歌剧脚本，能谈谈这个新剧吗？

戴纳：《托尼·卡鲁索的最后广播》和之前的几部不会有什么不同。尽管有超自然主题，《诺斯法拉图》实质上是一部心理现实主义作品，是瓦格纳和霍夫曼斯塔尔传统的救赎悲剧。《托尼·卡鲁索的最后广播》形式上是非线性和实验性的——十个小场在过去和现在、现实和幻境之间交叉。这部歌剧以现实主义开头却以幻觉的转变结束。其中有讽刺的成分，《托尼·卡鲁索》里面有我写过的最好笑的和最悲伤的诗句。这部歌剧节奏很快，保罗·萨莱诺的音乐使歌词很有力量，观众完全被吸引了，尽管它形式新颖又有神秘的特征。

米歇尔：您以什么方式表演您的作品，独自一人还是与他人合作？

戴纳：表演对我来说是个本质概念。我写诗既要可以大声朗诵又要能默读，我希望诗歌两者皆可。这也是大部分诗人，至少文艺复兴晚期以来的诗人所理解的艺术——在纸张上用视觉理解，以听觉的或音乐的形式完全揭示出它的意思。我写作时，许多创作不是写在纸上的，而是大声读出诗行和诗节。我往往大声朗诵半小时才动笔。所以我觉得读诗是很自然的事，诗歌应该被朗诵和聆听。

米歇尔：您把音乐也加入您的诗歌朗诵中了。

戴纳：诗歌朗诵这种形式没什么神圣的。我相信混合的艺术。我尤其喜欢把诗歌和音乐结合起来。观众如果一直在听音乐，他们听诗歌就听得更清楚。他们不会边分析边听，而是投入更多的情感用直觉去听。我曾经读诗时配着奇科·汉密尔顿和宋海伦的爵士乐。许多古典乐也是我朗诵时用的。如果我在有好的声乐系的学校里朗诵，我往往会在表演的中间安排一段用我的诗写成的歌曲演唱。

米歇尔：在《消失的墨迹：印刷文化末期的诗歌》（2004）中，您写到像罗宾逊·杰弗斯[①]这样的诗人朗诵诗的不同效果。他在中老年时期进行公开朗读，他诗歌的第一次出版是朗诵出来的。声音媒介又是怎样影响了您的创作呢？

戴纳：当你听伟大的美国现代主义者们的录音时，你会发现他们公开朗诵作品时有多糟。史蒂文斯、杰弗斯、威廉姆斯、莫尔，甚至卡明斯都是糟糕的朗诵者。只有弗罗斯特和艾略特比较自信和自然。这些作家都生长于一种印刷文化中，文学作品被无声地创作、出版、传播和保存在纸上。我这代人和收音机、唱片、电视、电话、有声电影和录音机一起成长，对我们来说，语言、甚至是文学语言既是写的又是听的。我第一次“读”《失乐园》是听一张雅格黑胶老唱片，这是非常愉快的体验，让我感受到盲诗人创作的这部作品的内核。我贪婪地读书，我有时也通过聆听来接触诗歌和小说，并不一定是在宣读会上，也从收音机里、有声读物中、录音带或是网上听。这改变了人们对媒体的想法。

米歇尔：还有什么艺术合作您没有尝试过呢？

戴纳：嗯，首先，我想再合作些歌剧。写两部剧本只不过刮开了歌

---

① 罗宾逊·杰弗斯（Robinson Jeffers，1887—1962），诗人、剧作家。作品《美狄亚》、《悲剧之外的塔楼》等都堪称美国20世纪最特立独行的古典悲剧遗产。诗集有《酒壶与苹果》、《把你的心献给鹰吧》、《饥饿的原野》等。——译者注

剧的表皮。我特别想写的是生动的令人惊奇的音乐剧，而不是静止的舞台清唱剧。我想的是有小规模演员阵容和乐队的小型歌剧，其中的每个词都能听得很清楚。我也想做嵌入了诗歌、音乐和舞蹈的戏剧作品。电影应该蛮有意思的，但是费用限制了创作的自由。我在国家艺术基金会时做了一些短文艺片，他们提出了一些有趣的可能性。有位电影剧本作者用了我的两首诗，拍成了微电影，我想看看会不会被制作出来。

米歇尔：您最想做的是什么呢？

戴纳：我最想和我非常崇拜的艺术家合作。合作是建立在才华之上的，两位艺术家相互启发。莫滕·劳瑞森想一起合作一部作品，在我看来他是在世最伟大的作曲家了。这很让人兴奋。宋海伦和我想一起写一组爵士乐。作曲家威廉·博尔科姆想为一位钢琴家和一位演员将我的叙事诗《心神不宁》配乐。洛瑞·莱特曼正在写基于我翻译的蒙塔莱爱情诗的一组歌曲。保罗·萨莱诺和我草拟了一出舞剧。我已经想到我第三部歌剧的主题了，但还在初始阶段。当然，最重要的还是继续写诗。

米歇尔：您在写你的第四部诗集了，什么时候可以出版呢？您选好书名了吗？

戴纳：是的，我的新书已经完稿了。这部诗集叫做《美丽的遗憾》[①]，将于明年春天由灰狼出版社出版。我写诗很慢又很苛刻。我负责全国艺术基金会时损失了当作家的七年时间。这是为国家承担的重要工作，但自我的牺牲很大。我总担心自己不会再有诗集了，我很感激缪斯女神没有抛弃我。

2011 年 2 月

选自《当代世界文学》2011 年 9—10 月刊

（崔潇月　译）

① 《美丽的遗憾》（*Pity the Beautiful*）英文版已由灰狼出版社（Graywolf Press）于 2012 年 5 月出版。——译者注

现代美国诗歌中的美国性是什么?

[美] 简·赫丝费尔[*]

一种文化发出的声音是该文化的作家用口舌和笔墨创造的。在这个意义上，任何在美国写就的诗歌都符合“美国诗歌”的定义。然而，一些声音似乎的确比另一些更让人觉得具有美国性，我希望这次讲话能让人们了解美国诗歌的独特风味，以及语言、经验与文化转化为个人诗歌表达形式的舆论基础。我将使用一些能代表美国诗歌整体的例子，主要是让诗歌自己来言说，这些诗不能概括整体，却可能会指向整体。

首先：肯尼思·科克①是一位声音与气质都符合当前美国诗歌内核的诗人。第一首诗《迁移》是他在晚年，经过一段艰辛的水路拜访了智利南端某座岛上的一群诗人之后写的。

为何我要用手中的生命来看鱼
看那巨大的冰块
看南美的作家
我能想象没有这一切
也许能增加我生命的长度

* 简·赫丝费尔（Jane Hirshfield，1953—），毕业于美国普林斯顿大学，是美国艺术基金会和美国诗人学会成员。她的诗集包括《来吧，小偷》（2011）、《给糖，给盐》（2001）、《生命的心脏》（1997）等七部，作品被翻译成多国文字。本文是作者在南京召开的由南京邮电大学和美国纽约理工学院共同举办的“跨域会议”上的演讲稿改写而成，2011 年 4 月 19 日和 21 日就此话题她再次在上海复旦大学进行演讲。——译者注

① 肯尼思·科克（Kenneth Koch，1925—2002），美国诗人、小说家、剧作家，曾任美国哥伦比亚大学教授，纽约派著名代表人物。科克出版了约 30 部诗集，包括《爱的艺术》（1975）、《地球上的季节》（1987）、《一列火车》（1994）等。——译者注

我常想活多久并不重要
我却不知道看见的写下的
和遇见的人有多重要
现在我将再用手中的生命回去
从“这下面的”生活回去
我说“这下面的”是因为地图上它在下面
我去过东方和南方是因为那里有
我所想见的一切
终于，六十岁时我向西走，去了中国
那里有我想见却不懂的东西
我要亲身到达
这是一切意义，是生命的理由

诗歌需要生命的到达，所有的诗人都旅行，不论是亲身体验或是思想的游走。世界上许多诗人，像奥维德、但丁、白居易、切斯瓦夫·米沃什[①]、塞萨尔·巴列霍[②]由于被放逐或被迫迁移而旅行。而科克是以幸运者的方式旅行的：去看在那里的人和物，也审视和找寻自我。这首诗以一个提问开始，就酝酿了选择性的好奇与吸引这种情绪。是自我意识决定了言说者的位置：一个非英雄人物，单独的、随意的、全然独特的人类生命。这里的语言是个人的，不是来自我们通常认为是“诗意的”东西，而是对话的一部分。这首诗所发现的东西，它慢慢通过说话来告诉我们。

这是刻意为之，科克与约翰·阿什贝利[③]和弗兰克·奥哈拉[④]，还有

① 切斯瓦夫·米沃什（Czeslaw Milosz，1911—2004），波兰著名诗人、作家和散文家。他被人们称为“波兰的良知”。米沃什1970年入美国国籍。1980年获得诺贝尔文学奖。——译者注

② 塞萨尔·巴列霍（César Vallejo，1892—1938），秘鲁诗人。——译者注

③ 约翰·阿什贝利（John Ashbery，1927—），后现代诗歌代表人物。1965年前在法国任《先驱论坛报》艺术评论员，后回纽约。其诗集《凸面镜中的自画像》获得国家图书奖和普利策奖。——译者注

④ 弗兰克·奥哈拉（Frank O'Hara，1926—1966），美国当代最著名、最有影响的纽约派诗人之一。诗集包括《城市冬天及其他诗歌》、《对非常时刻的沉思》、《颂歌》、《第二大街》、《午餐诗》，以及《爱情诗》（*Love Poems*，1965）。——译者注

其他一些人创建了现在著名的纽约派。一百年前惠特曼出版了一本书，用他称为“野性的狂叫”打破了美国诗歌传统，一百年后纽约派诗人，就像他们的抽象表现主义画家朋友一样，在画布未准备好之前，凑集了各种艺术创作的观点。他们的诗过滤了思想的声音，尽管这声音存在：它们未经修饰，未被升华，不断隐秘地闲聊自身，常常像思想一样栖居于肤浅处，却无可避免地撞上现实的悬崖。不管诗歌开始表现得多随意，科克在乎并承认自己注重有影响的东西。

这首诗中有种“哇，不得了”（“Gee whiz”）的姿态，有背景音说“难道世界不是有趣的吗？难道思想不是有趣的吗？”这种姿态代表了现在纽约派的基本写作风格①。他们写的诗戴上美国帽子穿上美国裤子和舒适的步行鞋，他们喜欢真正说话的声音。他们对世界及其怎样运转很好奇。他们把自己的故事看得很轻，然而轻并不是全部，科克《迁移》这首诗表面的天真是为了表现某些更宏大的东西，像棒球运动员偷走本垒一样窃取了读者：这是一种公开却迅速的技巧。这首诗在最后不经意地几乎不能被察觉地抖出来的，是敬畏：那纯粹的令人难以置信的命运，存在于时间空间和世界中，在一个活的身体里。在这一觉悟时刻，诗歌突然变得严肃了，刚刚过去的困惑是彻底的怀疑。这首诗的诱惑是让你感觉它的时候避免多愁善感和自负。

美国诗歌的“大声想出来”谱系中另一个例子是罗伯特·克瑞里②写的《我认识一哥们儿》，任何一个在世的美国诗人都应该知道这首诗。它完美的间距和版式的变化、自我讽刺的描绘、将生死置于三美元的手编网中，这些使它既是新颖的又是主流的。

我对我哥们儿说，
我就爱说个不停，

① 有的诗人通常和纽约派没有太多关系，但他们的作品也很有影响，例如，迪安·杨（Dean Young）、比利·科林斯（Billy Collins）、玛丽·豪（Marie Howe）、托尼·侯格兰（Tony Hoagland）和罗伯特·哈斯（Robert Hass）。——译者注

② 罗伯特·克瑞里（Robert Creeley，1926—2005），美国诗人，他和查尔斯·奥尔森一起开创了黑山诗派，从1954年到1957年，他是《黑山评论》的主编。他的主要作品包括小说《岛》，诗歌《碎片》、《诗选》、《记忆花园》、《回声》、《生与死》和《恰巧》。——译者注

约翰，我说，

那并不是他的名字，
我们被黑暗
包围了，我们

该怎样来反抗，
或者干脆，我们去
买一辆该死的大轿车，

开好车啊，他说，
天哪，搞清楚，
你要去哪儿。

值得注意的是这个战战兢兢的说话者，就像他坐在车后座和不是约翰的约翰说话一样跟读者不停地说话，来到了肯尼思·科克到过的基岩附近。两首诗都提醒你，你是活着的，或许又不是。在《迁移》中，科克两次提到把生命放在手中，这是对冒死的有趣比喻，因为死亡是把我们从自己手中完全剥夺的东西。克瑞里的汽车转向更隐晦，悄悄滑进乘客的反应中，而胃却还在翻腾。

而同样值得注意的是两位诗人似乎都不太害怕死亡。他们的诗歌表现了我们在某些经典美国电影中看到的相同存在风格——想想那些由约翰·韦恩、加里·格兰特、哈里森·福特、约翰尼·德普和布拉德·皮特主演的悠然的英雄们。同样的泰然自若也在西部片、战争片、奇遇幻想片、传奇片以及关于世界一流的窃贼或间谍的电影中出现，漫不经心仅仅是美国电影的一种气质，却是普遍深入的。漫步与玩笑并不意味着没有感到恐惧，保持冷静只有在危险真的出现时才有意义。还该注意的是这些诗（和电影）表现的是动态的主角。死亡的暗门被跳过了，通过机敏、速度和动作逃离了；在跳跃的中途俯视其下才知深渊的存在。

正如美国的经典形象哈克贝利费恩喜欢说的那样，美国文化主要是建立在迁移、“奔向领土”的故事上的。《白鲸》和《看不见的人》，美国文学的两部基本小说，同样也是被迁移与迁移的故事。《迁移》和《我认识一哥们儿》都带有这样本土的朴素，在别的地方可能是英雄旅程的文学修辞在美国发生的变形，步行、坐四轮马车、坐汽车、乘船、乘飞机，隐喻的代替是一个人怎样从此处到彼处，从一种方式的存在变为另一种，一种生活换为另一种，诗也是这样。另一位纽约派诗人弗兰克·奥哈拉，有一段对写诗方式的有名描述，就是："你尽管大胆去写。如果有人在街上拿着刀追你，跑就是了，你不要回过头喊：'别追了，我可是米尼奥拉预选赛的田径明星。'"

我的意思不是说纽约派诗人很随意，想到什么说什么就是美国人的特点。相同的口吻出现在中国和罗马古诗中，尤其是写成书信的诗歌中，有时候在华兹华斯的诗歌中以更静谧的形式出现。在日常口语中（和口语中更深的层面）把握日常生活这样的目的同样也出现在 17 世纪日本诗人松尾芭蕉的诗中。对日本俳句和中国唐宋诗词的翻译反过来改变了美国诗歌的基调。在 20 世纪的最初十年，读过这些译诗的诗人们试着这样写诗：表面和内在都更朴素，集中于意象。其中一个例子是威廉·卡洛斯·威廉斯的名诗《红色手推车》。即使到现在，开篇的那句"这么多全靠"也是个观点，是个人存在的信号。就像威廉斯明显想做的，很难完全不考虑自我而写出"美国性情"。

意象主义（这一文学运动就是这么被称呼的）的完美例子是埃兹拉·庞德的《在地铁车站》，俳句的影响在其中显而易见："这几张脸在人群中幻景般闪现；/湿漉漉的黑树枝上花瓣数点。"这首诗中意象完全能够承载诗歌，但没有人说这首诗具有美国性。庞德住在国外；美国人说"地下铁"（subway）而非"地铁"（metro）。这位意象派诗人很快就做其他事去了。但是用更安静，更明晰的言说来写诗，其中主体自我缺席，这样的实验给之后的美国诗人留下一种可以回归的风格和一种呈现与并置如饥似渴地相互吸收、更复杂的诗歌技巧。

要充分认识美国诗歌的转向，还是有必要回顾一下惠特曼（1819—1892）的诗歌。惠特曼在 19 世纪中期是个住在布鲁克林的报纸印刷工，他独自创造了一种新型的美国诗歌，他认为这种诗更适合一个成长与自我认知都还像是湿黏土一般富有可塑性的国家。难以置信的是他成功了，或许是因为他的抱负刚好是美国自我塑造的产物和反映。惠特曼找到了一些线索，这里有两句引言、一篇散文、一首诗，既表现了诗人深刻的民主诉求，又体现了他力求创造的演讲、诗歌、美学和行动的紧密配合。

这是你们应该做的：热爱大地阳光和动物，看轻财富，救济每位有需要的人，支持愚蠢和疯狂，贡献你的收入和劳力，憎恶暴君，不要以上帝的名义争论，对人民有耐心和宽容，不要向出名的或不出名的，任何一个人或一群人脱帽致敬，和有力量的未受教育的人们、年轻人和母亲们自在相处，在生命的每一年每个季节在户外凝视那些树叶，重新审视学校或教堂或任何一本书教你的东西，丢弃任何侮辱你灵魂的东西，你的肉体是首伟大的诗。

由于我，许多长久缄默的人发声了：
无穷的世代的罪人与奴隶的呼声，
疾病和失望者，盗贼和佛儒的呼声，
准备和生长的循环不已的呼声，
连接群星之线、子宫和种子的呼声，
被践踏的人要求权利的呼声，
残废人、无价值的人、愚人、呆子、被蔑视的人的呼声，
空中的云雾、转着粪丸的甲虫的呼声。

这个探索就此打住，惠特曼诗歌的任何三页都可以让人感觉到所需的美国诗歌中的美国性——它的姿态、价值、特色和来源。对“是什么让美国诗歌成其为美国的?”这个问题的简单回答，就是，“惠特曼”。

有了惠特曼，诗歌摆脱了从欧洲借来的思想、韵律、意象、形式和传统，因为诗歌植根于人们行走、工作、睡觉、吃饭和相爱的日常的、本地的土壤中。有了惠特曼，美国诗歌兼容并包的时代到来了——它对民众、物体、所有存在之间的民主乐观的肯定，对下层人的忠诚和对荒僻风景的热爱，对无边界宽度和混合活力的信奉。有了惠特曼，美国诗歌发现了它的大胆、它的慈悲、它对任何命运与情绪毫不掩饰的肯定。当威廉·卡洛斯·威廉斯后来写那首关于医院走廊上碎玻璃的诗歌时，他注意力的转移方向是被惠特曼打开的，惠特曼创作的诗是要让所有人看懂的，不管是否受过教育，他的诗无一例外地赞美一切形式的存在。

惠特曼自己的方向是由美国建国理想和詹姆斯·金版的圣经塑造的。从圣经中，惠特曼吸收了把诗歌作为引导船的意识和他措辞的宽度。古希伯来、希腊、苏美尔和德意志、法兰西、印欧、盎格鲁—撒克逊的词汇让 17 世纪的英文圣经拥有了惊人的宽度，这在惠特曼对 camarado（同志），snivel（流鼻涕），kelson（内龙骨），kosmos（宇宙）等这些词的自由混合使用中反映出来。在圣经译本的诗行中他发现了自己长长的不规则的诗句。世俗的狂喜和自我庆祝——这些是惠特曼自己的，从他身处其中的国家矿石里挖掘出并协助炼就的。

像惠特曼一样，美国诗歌包含了多样性和较多的矛盾性。另一个开山鼻祖是艾米莉·狄金森（1830—1886），这位隐者生前几乎从未发表作品，然而她所写的诗歌绝不比惠特曼的缺少原创性，并且也与自己经历息息相关。她的诗在把美国诗歌引向独特的创作道路上功不可没。狄金森，在自我中发现思想和言说不可动摇的独立性，借助天赋对世界称心而无畏的纯原创感知，以及深入自我的渗透性使她的诗歌虽然短小，却比我所知的任何诗人更能深入到各种经验中。狄金森的作品包括外在的东西——鸟、蛇、海洋和天气、木工工具、对一列火车充满感情的描绘，但她探索的是内心世界。惠特曼是对广大和罗列的物什的信奉者，那么狄金森就是对单一经历的解剖者，从内部敏锐而无畏地记录。

狄金森的作品不像惠特曼的是个紧密的整体，尽管她诗歌的音乐性一看便知，一首诗的内容和态度却与另一首大相径庭。这里只能举一个例子，但是你至少能从中听出一点美国诗歌声音的源泉：简洁、隐晦、私密，有时困难。狄金森的诗不像惠特曼的，保留了声音驱动的思想引擎、格律与韵律，有时就像这首诗一样是清晰的；有时候又遥远而模糊到难以辨认。

要说出全部真理，但不能直说——
成功之道，在于迂回，
我们脆弱的感官承受不了这些真理
过分华美的宏伟
想用娓娓动听的说明解除孩子
对于雷电的惊恐

真理的强光必须逐渐释放
否则，人们会失明——

任何陌生的东西都是疏离的。狄金森的诗歌在她生前一直没有发表，而后早期的读者抱怨她的诗不能被理解、笨拙、“微小”；她的近似韵押错了，韵律磕磕绊绊的。惠特曼自己出版的书也没有立即或广泛被接受。很多人觉得他的诗可耻、过火、丑陋。诗没有押韵、随意不羁，它说到身体的每个动作与部位，它歌颂男人们的爱情也歌颂女人们的。但到1892年他去世时，惠特曼成了报纸热情赞美的“我们伟大的白发诗人”，现在所有的学生都在读狄金森的诗。他们的声音与自由注入了美国诗歌中，从说唱和嘻哈到十四行诗和自由诗。

诗歌的变形是在词语中形成的，通过“声音”，这一术语我上次看到好像是被作家使用的，它的定义却尚未出现在词典中。声音应该用类比来定义最好，这是诗歌的肢体语言，是它拿一瓶啤酒时张开眼睛、扬起眉毛的方式，是早晨起床脚着地的方式，是甩手扭屁股或不动的方式。诗歌的声音和一个人的走路姿势或指纹一样独特——这和我们生理上的声音是一样的，诗歌里的声音也是这样。声音在一般意义上有地域的口音，家族的口音，它用自己成长时或学习到的语言来说话，它是身体的共振板，确认为某人的声音就不是别人的。诗歌里的声音和诗歌传统的声音也是如此。因为特意蘸了墨水，指纹更加明显。

什么音高的音色和音质是我们至今看到的在诗歌中标志美国声音的呢？开放、好奇、渗透、存在和措辞的混合。奇怪、速度、信奉矛盾、广阔和他者与自我不分离或无不同。自我被认为是整体的一部分，同时又突出独立的自我，相信独特的声音很重要。“外在性”（outsidedness）：一方面是思想的，美国诗人从边缘，而非中心来谈论文化、传统和权力，另一方面是趋向外部世界的文学偏向：惠特曼对不锁门的著名号召，他的道路与河流；狄金森的星空下的跳板。不安、移动和对舒适的步行鞋的偏爱。既在中心又无足轻重的存在风格。友善、欢乐、情感、透明。正式的语言屈从于内心的低语、谈话、偏见和吵嚷，以这样或那样的方式与本质或真实结合。可能最具美国特征的就是：美国诗人无可否认的话多和他们通过说话来发现自我的方式。美国艺术的另一个标志是对不真实却新颖的东西的追求。艺术总体来说都是这样，一位艺术家当然是一个拒绝陈旧事物的人，不是一个用借来的眼睛看世界的人。然而在美国诗学中，创新是惠特曼、庞德、埃德娜·文森特·默蕾[①]、垮掉派和20世纪80年代早期的实验诗人们频繁宣称的目的。在一个通过特定选择建立的和特意扎根于新的（新是针对被暴力迁移的土著居民之外的所有人而言的）看似无限的土地、物种和存在可能性的国家来说这样的态度是无可避免的。

现在让我们回到这首威廉·斯坦利·默温[②]写的诗《雨光》上，20世纪60年代默温除了使用纸张的空白之外还不打标点，那时他也采用自由体写作。选择背离形式很引人注目，但也是沉寂的，默温的明晰往往是放大的寂静的明晰，越是静止感知越是敏锐。

星星整天从遥远的过往张望
母亲说我现在要走了
你独自一人时会好好的
是与不是你知道你会懂
看那黄昏雨中的老房子
所有的花都是水灵灵的
太阳用一朵白云提醒它们
触碰山上散布的零散图案
来世暗淡的颜色
在你出生前早就存在了
看它们怎样毫无疑问地苏醒
尽管整个世界正在燃烧

① 埃德娜·文森特·默蕾（Edna St. Vincent Millay，1892—1950），美国著名女诗人，31岁时因《拨竖琴者》而获普利策奖。——译者注

② 威廉·斯坦利·默温（W. S. Merwin，1927— ），美国著名诗人、“新超现实主义”诗歌流派的代表人物之一。他的诗集有十余部，其中《移动的靶子》和《搬梯者》分获美国全国图书奖和普利策诗歌奖。——译者注

默温对不同的语言和年代的诗做过广泛的翻译。作为一位很早就有环境意识的诗人，他几十年来都想从枯竭中复原美国和法国这两块土地。他练习坐禅几十年，而“这么坐着”的练习可能是这位诗人怀念他母亲的方式，哪里也不去，只是更深地沉浸于自己早已存在的地方。这里，移动是安静的饱和；没有跳跃，只有看上去平实的语言和直接的审视的风格，然而在这首诗里有种注视的温柔，呈现和保存了我们人类对所有生命的光辉的忠诚。

最后一句的意象是来自佛经。除了它的混合性，很难说出这首诗里什么是美国的，但这首诗不可能被认为来自别处。护照印章在这里仍有声音：一个人在人性化地说到他周围的事物和他生命中重要的东西时，既是一种解析也是一种放下的行为。而即使是在这首诗的内化和沉思里，也有一种外在的可听见的声音：早已消失的母亲的声音，和诗人自己的声音，直接出来了。不是很容易标记出一个说话者在哪里结束，另一个在哪里开始，就像存在从一代延续到下一代话语融合于意义的交织。

美国诗歌在最近几十年的另一种扩展是融入了一些刻意回避逻辑性、理性思维的写作风格和模式。很容易想到的早期例子是卡明斯，还有作为继承法国象征主义诗人遗风的美国作家们（前者又是爱伦·坡的继承者），但现在的诗歌实践更后现代，而对意义与语言的范围较少深入研究了。接下来是两个这种诗歌的例子，可能不是巧合，两首都是女诗人写的。第一首《曾经的夜晚》是琼·瓦伦丁[①]写的，她是和默温差不多同时代的诗人。两人都是20世纪60年代到70年代美国诗歌获得声望的运动的参与者。这种“深度意象”诗歌借用了东方的、基于意象的美学和西班牙诗歌的超现实主义，还有里尔克、荷尔德林和歌德的诗的自由。默温最终走出了这种实验的一个方向，琼·瓦伦丁的是另一个。

① 琼·瓦伦丁（Jean Valentine，1934—），美国女诗人。1965年首部诗集《梦的叫卖者》（*Dream Barker*）获得耶鲁青年诗人奖，2004年的诗集《山中之门：合集与新作（1965—2003）》获得全国图书奖。——译者注

曾经的夜晚
我飞奔过
雪畅饮生活
从一只鞋中

我所想的
我错你错
不是错
现在
黑暗中的门你的名字在其中

声音在此，又一次是个人的，不是公众的或全体的；这首诗，像默温的诗一样，放进了仿佛意外听到的修辞。无论沉默还是揭示都是混合的，并且也像罗伯特·克瑞里刚才那首诗一样，在措辞上不加掩饰地混合，在最后一行用了那遥远的、古老的“你”（thy）。

瓦伦丁的诗无疑比默温的要奇特，更多地吮吸了超现实的自由，她的意象复杂而困惑，“我飞奔过/雪畅饮生活/从一只鞋中”，我们用直觉来理解这样的陈述。它有意义，又没有；我们被给予了感觉的入口，又没有完整的事实。“现在”这个词单独浮在页面上，我们必须停下来想它到底属于上一行，还是下一行，或者它就是一个转折词，分别属于上下两行。我认为这一最后的、双面的假说是有意的，但是混淆的可能也是有意为之；在这首诗中，我们不在人与人之间关系明晰的领域里。最后一行的美是只可能在词语中而不是在世界中存在的美，而这就是我们要怎样读这首诗的关键。这里我们看到的是诗歌和语言的自我创造：“现在/黑暗中的门你的名字在其中。”开放和封闭，逻辑与梦境，亲昵与圣典演讲的正式，都在这一诗行的直觉感知的险境中达到平衡——世界构成全在于词汇的自我创建。

美国诗歌中悲伤的表达有许多声音。其中之一是破碎。在20世纪70年代后期，语言学派（l—a—n—g—u—a—g—e school）和解构主义诗人们大量练习了一段时间，几乎是暴力地拆分意义——可以看作一种伴随自我死亡的悲泣的实验，就像一个世纪前上帝死亡时一样。从这种极端的非线性写作中获取的是一种表演的、极简的、间断的和萃取的风格。这种声音的例子是有位叫凯瑟琳·巴内特[①]的年轻诗人写的一首无名诗，摘自她的第一本书，写于她年幼的侄儿侄女死于空难之后。

C 减 A 和 B 相等——
树没有树枝相等——
悲伤长什么样：
生锈的刀插入山羊侧身

不，不。
一枚硬币坠入水中

鱼猛冲向它

这首诗破碎、改变、自我冲突，无法得出总结性的标题。无法解决的它就扮演，留下一些意象来完成损坏和反光的平衡动作。这首诗中心灵自由运动的速度、概要和复制是学习了纽约派诗人，但它正式的、非口语的言说和对细节呈现的依赖，又同时学习了狄金森和意象派深远的意象传统。然而如果没有 20 世纪七八十年代美国诗歌实验诗学的非线性旅程，它的声音、结构就无处可寻。

我想介绍美国诗歌的最后一个方面是它与公众参与的关系。对这一问题的关注曾经出现了大概十年，对诗歌是否应该对社会有用或有意义的争论对美国诗人来说似乎常年无法达成一致。争辩大概是这样的，那些反对被称作“有立场的诗歌”的人觉得，在一种过分实用的文化中，我们应该想为光荣而无用的东西保留一个角落；另一些人觉得有立场的诗歌很无趣或很糟糕，语言被迫服务于某项事业。正如叶芝这位与爱尔兰独立运动紧密相关的诗人曾经说过的：“我们与他人争吵，用雄辩，但与自己争吵，用诗歌。”但认为诗歌应该有立场的人也很有力地回应

① 凯瑟琳·巴内特（Catherine Barnett，1960—），美国诗人，纽约大学讲师，曾获古根海姆基金会奖金。——译者注

说历史对个人生活里里外外的磨损是诗歌存在以来的组成部分，诗歌在我们生命中所起的一个基本作用是表现一切存在的事物都能进入它自由的领域——情感的和智力的、个人的和社会的、公众的和私人的、自然世界的和人工创造的、石头的冰冷和人道的感受、对暴力不公的了解和对抒情超验的渴望。

所以，现在美国诗歌声音综述的最后一个例子，我选了一首既有政治敏感性又完全非教条的诗。作者是尤瑟夫·科蒙亚卡①，他在越战期间服役，而以此为创作主题的诗让他在诗歌界崭露头角。这首诗题名为《面对它》，虽然和越战经历有关，却比较新颖。它源于作者参观“纪念墙”（The Wall）——越战老兵纪念馆的黑色大理石斜墙，上面刻有越战中死去的美国人的名字。

我黑色的面容消逝了，
隐藏在黑色的花岗岩中。
我说我不会，
妈的：不要哭。
我是岩石。我是血肉。
我那朦胧的倒影看着我
像一只食肉猛禽，夜的侧影
斜倚在清晨身上。我向
这边转身——岩石让我离去。
我向那边转身——再度隐入
越战老兵纪念墙，靠着光线
作出选择。
我挨个查看58022个名字，
抱着一种希望，但愿能看到
我自己那宛如烟云的名字。

① 尤瑟夫·科蒙亚卡（Yusef Komunyakaa，1947—），当代美国最杰出的黑人诗人，“战后一代”派的代表诗人，以口语爵士诗著称。他出了九本诗集，并多次获奖，其中包括1993年的普利策奖，1994年的福克纳奖，以及1997年的莱文森奖。——译者注

我触摸着安德鲁·约翰逊的名字；
看见陷阱中闪耀的白光。
一排名字在一个女人的罩衫上微微闪烁
她走开了，
名字仍然镶嵌在墙上。
笔墨飞舞，一只红鸟的翅膀
掠过我的凝视。
天空。天空中有一架飞机。
一个白人老兵的面容朝着我
飘过来，他那惨白的眼神
洞穿我的双目。我是一扇窗。
他的右臂
留在了岩石内。在黑色的镜子中
一个女人正试图抹去一些名字：
不，她是在轻抚一个男孩的头发。

这首诗的声音介于内心的破碎与公开讲话的语言之间。就像描述人的经历的纪念碑一样，这首诗把私人的和公众的经验重新编织。每一首这里讨论的诗歌，无论它们的动词时态是什么，一读它们就进入了现在时刻的设定和变化——从岩石变为血肉，从伤口变为窗户，从失去未来到仍会被温柔打动和向前走向未知的另一个世界。科蒙亚卡的诗里有个人和整体，诗的界限包含了内部的和外部的、多种逃离、反省和暂时的疏远。诗里微妙地提到了美国的种族尴尬，还有不那么微妙的美国的战争尴尬。诗把主题轻放在意象中，再遇见它们，又用声音的力量变换他们。还有一些诗我可能会选做这一概览的结尾——那些均等地展示我今天谈到的各种特质的诗歌。但对于美国面对的是什么这个复杂而敏感的问题，我选择了这一首。

这几个例子未能表现出今天美国作品的范围。有的诗人用高度巴洛克的复杂语法和句法来写诗，有的完全拒绝被读懂。有的诗人写韵诗和传统形式的诗，有的写自白的叙事诗、有的用诗体写议论文或小说，还有表演的诗歌、嘻哈、民谣和说唱。还有写后现代的歌剧脚本和写俳句的，还有的把别人作品中部分词语涂黑，让诗呈现出新的意义。

所有这些之中什么是“现代”的呢？就是扩展了诗歌在人类生活中的原始任务，扩展了在写作存在之前的口述传统和某种文化及其个体成员需要的诗歌，我想这在全世界都一样，不仅仅是在美国。当代诗歌保留了传统诗歌的持久优势——好记、生动、浓缩、变形、见证、商讨、表达，却又有不同。这些诗经过冰与火的拉伸、压缩、雾化、合铸、折叠、质询，它们被放逐又被用不同的声音唤回。它们首先被拉入当下和当下的需要中。艺术的“现代性”通过个人天赋的特质达成，也在偶然又必要的交叉渗透的不同发现中达成。

我感觉到的“美国性”并不一定是“现代的”。美国艺术的标志其实就是由移民创作的美国文化的标志，即人的流动性、人心的不安定、在新世界自我身份找寻中所要求的创造性、脱离传统答案和传统方式所需要的创新性。我宁愿这样认为，美国诗歌会继续反映出美国立国之本——个人主义精神，具体地，即单个个体、小群体所表现出的自信、对自我的定义，以及发现全新事物的能力，这些都是一个更多的建立在革命与离乡背井上的国家所留下的遗产。另外，还有话语类型的问题，某些节奏、句子、短语，以及某些词语，已经变成了便携式的、随身装的种子库。此外，移民们在旅行中频繁产生的饥饿感，以及他们把陌生变成熟悉的求知欲，对“家园”这一概念的找寻，种种这些，很多情况下，都使美国诗歌转向了本土，转向了绚烂的细节，也迈入了更沉稳、持久发展的阶段，仿佛花岗石上映射出来的画面——母亲轻抚男孩的头发。当感觉整个世界是全新的时候会形成一种思维惯式，即认为需要在心理、语言和内心的地图上不断标注——旅行者在不断地寻找未来道路上的路标，同时也在找寻一个短暂停留的地方，歇脚的时候回味一路上的震撼，也畅想着未知的前方。

选自《当代世界文学》2011 年 9—10 月刊

（崔潇月　译）

奶油三明治：新西兰诗歌近况

［新西兰］比尔·曼海尔*

说起奶油三明治，最近我看见这样一条微博："哈泰泰面包店的奶油三明治味道真好！感觉就像沉浸在珍妮·博恩霍尔德的诗篇里。"谁发的呢？是历史学家、博物馆馆长谢里尔·伯恩斯坦，当天他去了趟惠灵顿。哈泰泰又在哪？在惠灵顿市郊，诗人珍妮·博恩霍尔德的家就在那儿。

珍妮·博恩霍尔德是新西兰当今首屈一指的天才诗人，在她的诗里许多人看到了自己的人生。她描述家庭生活，描绘常有推销员上门的市郊，与人来人往的纽约有所不同——养儿育女，烧菜做饭，常挂在心头；街坊四邻的处事方式稍稍有些古怪。她笔下的平凡琐事和悲伤暗涌，与弗兰克·奥哈拉写他午后漫步在曼哈顿中心的感觉异曲同工。近来的新西兰诗歌多反映日常生活。早年让新西兰诗人颇感棘手的语调和主题，如今却正合诗人与读者的胃口。

丹尼斯·格洛佛（1912—1980）、A. R. D. 费尔伯恩（1904—1957）等人既写抒情诗，又写讽喻诗，可总把两类诗分开发表——好像诗歌与"轻松诗"是远房兄弟，见面交谈总有不便。那一代人里最有成就的诗人艾伦·科尔诺（1911—2001）甚至还有个啰唆的笔名，用以发表诗歌评论每周的时事，名叫"怪念头砰砰"——罐装潘趣酒时顺带产生的奇思妙想。科尔诺去世后，"怪念头砰砰"的名头很大，似乎比晚年的本

---

* 比尔·曼海尔（Bill Manhire），新西兰诗人、作家，惠灵顿维多利亚大学国际现代文学学院院长。2001 年出版了诗集《诗钞》，近期作品包括《提升》（2005）、《遭雷劈的人》（2010）。——译者注

名更广为人知，真有些讽刺啊！

话又说回来，科尔诺学养深厚，能驾驭各类语言，或雅或俗都能融为一体。不久前出版的《新西兰诗歌精品精选》收录了他晚年的一首诗，改写自亚历山大·普希金的一首无题诗，精妙极了，诗的结尾是这样的：

尸首不可忽视腐烂处，
而那鲜活的组织（尽力）
倚靠在那久受呵护的糜污。
矿藏也是那样的方式。

刚刚掘出。新意追逐你的
快意。大自然不看，
只思索，凭着自有的真实
或真相流溢淡然永恒的美色。

《新西兰诗歌佳作精选》由我与达米安·威尔金斯不久前共同主编，诗歌选自网络年刊《新西兰诗歌佳作》，都是创刊前十年发表的。这个网站由国际现代文学学院主办。

网站“新西兰诗歌佳作”创建之初厚着脸皮照搬《美国诗歌精选》丛书的模式。我们偷学了不少东西，包括主编年度轮值的机制——不管怎样，我们做得最成功的一步就是把新西兰诗歌刊发在互联网上，这是最成功的一步。新西兰的作家一直苦于所谓“距离的暴政”。罗德亚德·吉普林把新西兰最南端的因弗卡吉尔市称为“世界尽头的街灯柱”。从前人们总有种精神上的距离感——这种感觉恐怕至今还在——而地理上的距离感也非同小可。在新西兰以外的地方，几乎没人读新西兰诗人的诗。这些诗虽是实实在在的东西，可要怎样才能越过发行的障碍，穿越千万英里——具体来说共 12 万英里——来到世界的另一端呢？

因此我们的想法很简单：办一个网站，为新西兰诗人诗作打开窗口，开辟道路。网站很成功，至少从访问量来看的确如此。仿佛在一夜间，我们的诗歌从最初一年仅有 25 首，增加到一年 250 首，并且还能把优秀作品挑选出来印制成书。于是就有了现在的这本220页厚的选集，共收录65位诗人的65首诗，还有编辑生动的导言和作者自己的注解。

达米安·威尔金斯在导言中说他发现了一些有趣的共性：

> 不是很严肃崇高的想法，我知道。有那么一点昂扬。或者轻松，是伊塔洛·卡尔维诺刻意追求的，他写道："深思熟虑的轻松让浮浪变得乏味而沉重。"

他发现科尔诺基调哀伤的作品也有那种昂扬的意蕴，许多诗人的作品里也有所体现，比如：伊恩·韦德、路易丝·华莱士、艾伦布伦顿、蕾切尔·布什、珍妮·博恩霍尔德和安德鲁·约翰斯顿。

达米安还读出了"迷惘的症状"和"神经过敏、躁动不安"以及怀疑和玩笑。更有趣的是他体会到美国和英国诗歌所没有的感觉，这种感觉无以名状。别国诗人总认为自己从事的是一门主流艺术——诗歌创作似乎对他们来说非常重要。而新西兰诗人的种种努力好像偏向了别处：

> 偏向哪儿？偏向于假装我们不是在写诗。珍妮·博恩霍尔德的大作《装配工特纳》言辞激烈，打动人心，就道出了这一问题，但我们的诗人对整个诗歌事业的质疑声却是不绝于耳。

这种偏向继而成为全民共有的性格特点。埃德蒙·希拉里爵士登顶珠峰之后回来，应该说，"我们打败了那混蛋"；若从彻底的实用主义精神来看新西兰人，他们大多数都有些问题。写诗也好，干别的事也好，总想寻点刺激，来弄清为什么活着。完成之后如果有机会，还会非常简短地说点什么。

换个说法，就是新西兰诗人一向善于践行痴迷与幻灭。以前他们写两种诗，一种写痴迷，一种写幻灭。如今他们把两者写进一首诗里。

达米安·威尔金斯还对《新西兰诗歌佳作精选》做了一点统计。主编都是男性，但作者中女性超过了男性：38∶27。达米安说："我们的诗选反映的是诗歌创作的现状，至于诗歌发展的理想如何定位诗歌创作，不是我们的重点。"这个编选原则还有另一面，期望收录更多毛利族诗人的英文诗（目前只有海尼莫娜·贝克和罗伯特·沙利文二人），而太平洋岛国女诗人的诗作颇丰，令人惊叹。很难说这意味着什么。不过明年会出一本新集子，叫《韦图莫阿娜》（由罗伯特·沙利文、艾伯特·温特和雷纳·怀蒂里主编），有助于新西兰以外的读者更全面地了解20年来毛利族和太平洋岛国的诗歌创作。大诗人霍恩·图哈里（1922—2008）的晚年诗集《沉默中的小孔》最近刚刚出版发行，也是必读作品。

现在波利尼西亚最伟大的文学精华又能在四卷本的《加莫提提》中读到了，由奥克兰大学出版社出版，随书附赠光盘。这套书是收录口头传唱诗歌的宝库——从情歌到挽歌，应有尽有，南太平洋以外的地方没有多少人知道。可悲的是，这套书是在40多年前首次编成的，保存了最原始的毛利族文本和大量的学术注解。英译本是由著名学者佩·特·胡里努伊·琼斯完成的，多少套用了类似于丁尼生的风格。“噢，各位夫人，不要纠缠我”这一句在我脑子里怎么都摆脱不掉。甚至当代学者希里尼·莫科·米德翻译的第四卷，遣词造句也沿用古体。诗中“佳人”、“玉人”、“示下”之类的词随处都能“目见”，还有译者随性使用的“何处”、“此处”、“彼处”之类的词句：“呜呼！痛哉！上邪，触心脉！动心弦！吾亦悲。”相信总有一天那些口头流传的优美诗歌会被译成同样优美、同样能传唱的英文。只不过，还得等很久。

新西兰紧跟冰岛的脚步，成为2012年法兰克福图书博览会的主宾国。此举能否为新西兰诗人和小说家吸引更多关注？抑或只是推出更多早已泛滥成灾的旅游出版物，宣传新西兰这个“人间天堂”？无论结果怎样都将是一件趣事。“百分百纯净”的宣传口号伴随新西兰人度过了十年。对于旅游业的发展，这阵鼓噪的确成功，可如今在环保运动者的注视下，也开始瓦解了。

此外，就拿《新西兰诗歌佳作精选》来说，我们的诗人描述的却是不纯与不同，正是这种不纯与不同让文化更加繁荣。新西兰的融合烹饪法享誉全球，诗人安德鲁·约翰斯坦就说，我们写诗也得向烹饪看齐（见 andrewjohnston. org/fusion. htm）。

今年，美国诗人、福布莱特学者莱斯利·惠勒来到惠灵顿做项目，研究诗歌与促进诗歌发展的社区、网络。研究过程中她还坚持写博客

（见 thecavethehive. wordpress. com）。她的研究有很多方面，最初她调查了国际现代文学学院研究生的作品集——都是在创意写作课上写的诗——调查显示这些诗有一个特点，她说："移民和旅行是两大重要主题。"不过最让我吃惊的是她在诗中找到了大量的食物。"到处都是菜肴名称，有萨莫萨三角饺、斯帕姆午餐肉、葡萄柚、培根、野莴苣、麦卢卡蜂蜜、茶、黑布丁、蜂雀啤酒、米酒、无花果、羊肉饼、鸡油菌、姜味饼干、芒果、金酒、椰子、巨无霸汉堡，等等。"

那个单子里没有奶油三明治，如果有的话，读起来应该很有家的感觉。

选自《当代世界文学》2011 年 9—10 月刊

（向程　译）

写在苏联解体二十年后：今日之俄国与东欧文学

[美] 艾米丽・约翰逊*

当我们着手准备这期后苏联时期的文学专辑时，其纪念性目的是非常清楚的。我们试图全面了解自1991年12月苏联解体后东欧文学和文化所发生的变化。这一真正的变革性政治事件的结果是新国家的崛起。很多国家建国后通过颁布新法律、在教育文化领域推动使用本国语言（乌克兰语、拉脱维亚语、爱沙尼亚语等），力图摆脱几十年来苏联化的遗风，对某些国家来说甚至是几个世纪以来沙俄的统治和影响。很多国家的地名都被更换或重新命名了，新的民族国家纪念碑也替代了苏联时代的纪念性建筑。在过去二十年的时间里，新一轮的建设使得很多东欧城市发生了巨变，变得几乎让人们再也认不出来。文化习俗和信仰、节日庆典仪式、交流方式、国家象征以及主流的历史书写都在根本上发生了显著的变化。

我们收到的每篇投稿都强调了过去二十年中重塑东欧的那些根本性巨变。然而，很多变化也让我们去重新思考我们对1991年的假想。1991

---

* 艾米丽・约翰逊（Emily D. Johnson）是《当代世界文学》的特约编辑，是俄克拉荷马大学的俄语副教授，著有《圣彼得堡是如何学会研究它自己的：俄国人的“方志研究”》（宾夕法尼亚州立大学出版社2006年版）。

年的哪个事件是最具变革性的呢？是戈尔巴乔夫12月5日辞去苏维埃总统职务？还是12月26日苏联最高立法机构最高苏维埃政权的解散？或是1991年12月8日，俄罗斯、乌克兰和白俄罗斯三国总统在明斯克签署协议宣布苏联正式解体，并成立独立国家联合体？那1991年8月莫斯科发生的那场流产的军事政变呢？八月政变的失败对很多人来说正意味着旧的专制体制再也无法运作下去，而真正的变革是不可避免的。这不也是值得纪念的吗？

此外，这些政治上的纪念真的就是最本质上的吗？本期的很多文章都强调了在过去二十年中，更大层面上的国际潮流是如何重塑俄国和东欧的文化和生活的。从苏联时代对自由贸易的禁锢中解放出来之后，前苏联地区的居民和世界上其他地方的人一样经历了全球化及新数字技术的革命性影响。二十年前的苏联商店里，收银员用算盘计算顾客需付的金额，而在今天的东欧，手机、电脑、iPad和其他的电子产品随处可见。像在西方一样，互联网根本性地改变了信息和文化文本的交流，给非商业艺术家和有才华的人提供了一个更广阔的平台，在很多方面这种情况在过去是不可想象的。

苏联解体后，人们不再受到旅行限制，讲俄语的人也随着新一轮的移民潮遍及全球各地。大规模的俄语社群在世界各个角落出现，令世界震惊。而且，在前苏联的联盟共和国仍然有大量的封闭的俄语使用人群。这两大因素使俄语文学在来源上越来越国际化：很多重要的俄语作家都是来自俄国以外的其他国家的。

本期《当代世界文学》特刊试图显示二十年来俄国和东欧文化所发生的变化，向读者提供一个了解新文学动态和当下潮流的机会。本辑的第一篇文章是娜迭日达·阿日吉希娜关于当今俄罗斯审查制度的讨论。凯文·普拉特的文章讲述的是新颖的多人合译项目以及当今俄语诗歌的现状。普拉特介绍了他翻译团队的一些作品，包括喀汗宁、阿图尔·庞特、谢尔盖伊·提莫菲耶夫、维克多·伊万尼夫、克谢尼亚·沙尔宾诺和格里高利·克鲁兹科夫的诗歌。接着是奥列格·沃尔夫（摩拉维亚）、艾伦·罗兹德布科（乌克兰）的短篇小说，以及凯瑟琳·涅波姆尼亚奇撰写的有关最近俄罗斯电视剧如何改编19世纪和苏联时期名著的文章。同时，在我们的网站worldliteraturetoday. com上，还登出了有关俄国和东欧文化新潮流的文章、迈克尔·内丹撰写的新兴乌克兰散文女作家们的文章、塔尼亚·玛吕亚尔舒克的短篇小说和萨米语诗人阿斯科尔德·巴赞诺夫的诗选。

在集结本期特刊时，我们试着涵盖不同的研究方法，也整合了不同国家、不同年龄段的作家作品，以达到从不同角度反映当今俄国和东欧现状的目的。但是仅凭一期特刊是无法完全展现如此广阔区域内文化发展的。前苏联拥有丰富、有特色的文化，它们中的大部分今天都处于一种动态的变化中。在许多新兴国家，民主实践何时最终扎根仍是一个未知数，审查制度的复辟、独裁政府、腐败猖獗以及尖锐的民族主义话语都为未来的希望蒙上了一层阴影。不同民族、国家对自然资源、边界和少数族裔权力的潜在争夺依然是一个真正的威胁。换句话说，那些积极的现象，比如生活水平的提高、经济的发展、工业和基础设施的现代化和新的自由，是同不安和威胁并存的。

文学的前景同样充满了不确定性。在一些观察家看来，共产主义破产后，在之后十年里占主导地位的后现代文化运动正在衰落，而我们却一点也看不清楚什么将取代后现代主义。虽然涌现出了很多大有前途的年轻作家，却没有几人能像共产主义时期那些官方或非官方作家那样拥有巨大影响力或成为超级的公众偶像。结果就是文学领域细化成碎片：读者们拥有更多的选择，而且必须在缺少明确的文坛领袖、著名作家的情况下自己去评估不断出现的作家作品。而且，即便俄国和东欧的严肃文学作品越来越多样化，从各种角度看读者群却都萎缩了。共产主义崩溃后，前苏联和东欧地区的居民更容易获取各种形式的大众娱乐文化，例如侦探小说、时尚杂志、好莱坞式的动作电影以及流行音乐。而此前，这类娱乐文化产品只在小范围内传播，或者根本就不存在。如今在地铁上、公交车上，通勤的人们发短信、玩电子游戏或者听音乐：总体上讲人们见到的读者越来越少了，而且醉心于严肃文学作品和诗歌的人绝对更少，但是也许这种行为上的改变是不可避免的。在某种程度上，大众对优秀文学作品和高雅艺术的兴趣虽然可看作苏联时代不多的几项成就之一，但是大众的这种兴趣本身即是一种人为现象，因为这种现象部分恰恰是源于供给短缺和审查制度：很多人读高雅的文学作品是因为别的可选的文化娱乐活动太少了，而被禁的书籍和受到迫害的作家就像是禁果一样充满诱惑力。

在俄国和东欧，文化的功能现在更接近于一个自由市场，充满了多样性和活力，这当然是可喜的变化。我们希望本期特刊中所包含的材料能提供给您一帧宝贵的快照，它捕捉的正是这一快速发展的文化世界。

选自《当代世界文学》2011 年 11—12 月刊

（田溪　译）

昨日重现：电影中的俄国名著

［美］凯瑟琳·塞尔莫·涅波姆尼亚奇*

近来经典俄国文学和苏联时期表现不同政见的作品被大量改编成电视、电影作品。这一潮流证明了即便是对于后苏联时代那些更倾向于观看而不是阅读的观众来说，俄国文学传统仍然是一个持续存在的宝库。

人们普遍认同在过去的二十年里，俄罗斯文化机构经历了翻天覆地的变化——简单地说，市场动力替代了国家调控，意识形态被面包和马戏取代，所谓高雅文化则被低俗的犯罪小说、肥皂剧、浪漫言情小说和游戏表演所代替。事实上，情况要复杂得多。苏联时期的遗产至今仍然在多方面对当下的文化产物有着复杂的影响，对于过去，当下的反应既有反拨又有复制。在这一情况下，有一个尤为有趣而尚未被详尽研究的趋势：电影，特别是电视连续剧，对俄国和苏联“名著”的改编的繁荣。此处我所谓的“名著”是指 19 世纪的经典俄国文学和苏联时期那些因表达了不同政见而未能出版发表的虚构作品。因此，自 2003 年起俄国发行了众多名著的电影版，在此仅举一些知名的或饱受争议②的改编

* 凯瑟琳·塞尔莫·涅波姆尼亚奇（Catharine Theimer Nepomnyashchy）是巴纳德学院斯拉夫语系教授，兼任系主任，曾任哥伦比亚大学哈里曼学院院长。她的著作和研究主要集中于苏联和后苏联时代的文学及流行文化、普希金、俄国芭蕾舞、俄国移民文学和文化，以及区域研究的前景等。她目前正在撰写新书《纳博科夫和他的敌人》。此外，她在 2011 年还获得了美国斯拉夫语言文学教师协会颁发的杰出教育奖。

② 我想将改编剧的这次“繁荣”与那些颇为外行的改编电影相对比，比如 2001 年的《倾覆的房子》。这个电影是陀思妥耶夫斯基的小说《白痴》的 90 年代“新俄国人”版本，被俄国电影网（Kino Rossil）评价为“对于陀思妥耶夫斯基的《白痴》主题流氓式的喜剧改写”。这种对于经典充满不敬意味的改写更像是普京政权初期的电影风格，而不是近些年压倒多数性的严格“忠实于”原著的改编特色。

作品：陀思妥耶夫斯基的《白痴》（正是该剧的意外走红激发了改编剧这一风潮的兴起）、布尔加科夫的《大师与玛格丽特》、果戈理的《塔拉斯·布尔巴》[①]（导演弗拉基米尔·博托克的所有作品中的头三部）、陀思妥耶夫斯基的《卡拉马佐夫兄弟》、帕斯捷尔纳克的《日瓦戈医生》、莱蒙托夫的《当代英雄》、果戈理的《死魂灵》和托尔斯泰的《安娜·卡列尼娜》。这一发展潮流因为俄罗斯电视学院2006年国家电视广播奖（TEFI）的提名及获奖名单而日益流行。正如一位评论员在名为《医生与大师的对决》的文章中所说：

> 电视学院的投票结果毫无悬念，正如大家预期的，在“艺术电视剧”单元，获得提名的都是经典作品：《第一圈》（俄罗斯电视台出品）、《大师与玛格丽特》（俄罗斯电视台出品）和《日瓦戈医生》（NTV台出品）。

事实上，博托克因《大师与玛格丽特》获得最佳导演奖，而索尔仁尼琴则被俄罗斯电视学院授予了最佳剧本奖。

目前出现的这批由名著改编的大片热潮当然不是什么新事物，早在苏联时期就是有先例的——从谢尔盖伊·邦达尔丘克于1968年改编自托尔斯泰同名小说的史诗性电影《战争与和平》（这部电影的拍摄周期长达七年，如果将通货膨胀因素考虑在内的话，将会是有史以来制作成本最高的影片），到1973年的短篇电视剧《春天里的十七个瞬间》。这部电视剧改编自尤里安·谢苗诺夫1970年的同名小说，讲述了苏联时期的超级间谍马克思·奥托·冯·施季里茨的故事，此剧至今被很多人当做经典而狂热膜拜。还有导演伊戈尔·马斯连尼科夫拍摄的专门在电视上播放的福尔摩斯系列电影，这部系列剧自1979年开播，直到1986年社会改革前夕才停播。事实上，我们见证了短剧《伊沙耶夫：施季里茨的青年时代》（伊沙耶夫也是根据谢苗诺夫的施季里茨系列小说改编的，伊沙耶夫是施季里茨的真名）的首播，标志了当下改编热潮与苏联时期改编剧的直接关系。同样值得注意的是，现在作为名著改编剧的中流砥

① 这一版本的电影《塔拉斯·布尔巴》在中国又译《战国群雄》。——译者注

柱的导演博托克就是因为在1988年执导了米哈伊·布尔加科夫的《狗心》（电影版）而名声大噪的。电影《狗心》的成功引发了人们通过电影重新审视、欣赏那些在苏联时期被禁或曾经“不合口味”的名著。即便苏联时期史诗性文学作品在被改编的过程中遇到了很多困难，近期电影改编的激增似乎触动了人们极为特殊的一根神经——“新”、“旧”媒体上的批评家和观众的强烈反应都证明了这一点。互联网尤其给俄国观众提供了大量机会来发表他们对电影及其接受情况的看法。

近期改编剧的激增之所以能引发一部分观众如此强烈的情感，是因为这些电影既要考虑“忠实于”原著这一问题，又试图以电影和电视为媒介、借助经典文本来重新讲述民族历史，从而表达当下的欲望和焦虑。当我们再将视线转向近来最具争议的改编剧《塔拉斯·布尔巴》时，对于改编剧的激烈争论就变得更清楚了。弗拉基米尔·博托克的电影《塔拉斯·布尔巴》改编自果戈理的同名小说，并于2009年4月，果戈理诞辰二百周年之际在俄国各院线上映。博托克的改编作品以其对文学文本学究式的，甚至是奴性的精确性而著称。但是《塔拉斯·布尔巴》正可以作为一个教科书上的经典范例来说明在多大程度上“忠实性”这一概念本身其实就是在转移焦点。

在《塔拉斯·布尔巴》这个问题上，人们争论的焦点并不在于电影是否忠于果戈理的原著，而在于应该忠于哪个版本的原著。导演博托克本人是乌克兰裔，而且他选择了乌克兰知名演员鲍格丹·斯图普卡来主演此剧，可是他选择的原著版本却不是收入果戈理1835年短篇小说集《密尔格拉得》中的“倾乌克兰”版的《塔拉斯·布尔巴》，而是（在俄国文化部的资助下）改编自果戈理1842年修改过的极具沙文主义色彩的“倾俄罗斯”版的《塔拉斯·布尔巴》。最近的研究指出，果戈理作为一个来自帝国边远地区的文坛新贵正是借助将初版《塔拉斯·布尔巴》修改为1842年的沙俄史诗而确立了他在俄国文坛万神殿中的一席之地。[①]

但是不可否认的是，此电影在很多方面极其成功地阐释了果戈理的

① 爱狄塔·M. 波延诺夫斯卡（Edyta M. Bojanowska）在《尼古拉·果戈理：在乌克兰和俄国斯民族主义之间》（哈佛大学出版社2007年版）中对这一问题有更为细致的探讨。

原著——充分表现了果戈理对血腥和暴力的过度描述，这种过度的血腥和暴力正是他故事中代际、文化和民族冲突的主要特点，而他的主人公及其儿子则是这些冲突的具体化身。电影中忠实再现原著文字的场景远不如那些用来再创造果戈理文本的方法和手段更让我感兴趣。当我们考察电影和原著之间的差异时发现，最显著的不同是果戈理原著中的叙述人反复重申其叙述的历史真实性，同时也一再坚持那是一个过去的时代，过去的残酷已经被超越了。而博托克的电影则强调了相反的一面，即过去与现状的关联性。果戈理将塔拉斯·布尔巴的故事神化为充满了沙俄帝国精神并且鼓舞人心的作品，而博托克将过去与现在相联系在本质上也是同样的选择。在某种程度上，这意味着拿19世纪三四十年代被“同化”的乌克兰作家果戈理的创作决定所产生的相对影响去跟后苏联时代的“被同化”乌克兰电影人博托克的同样的决定相权衡、比较。那么，这两种选择有什么差异吗？有，也没有。当然，如今乌克兰是一个独立的国家，但因为与富饶广阔的俄罗斯接壤，依然被其“殖民地”历史所纠缠。

博托克在电影《塔拉斯·布尔巴》上映前不久所做的一个电视访谈中公开宣称“《塔拉斯·布尔巴》也是一部关于我们时代的电影”。从这一点看，博托克对《塔拉斯·布尔巴》的选择似乎不可避免地成为一种载体，表现的是后苏联时代的地缘政治情况——因为它恰恰讲述了在国别界限并不清楚的情况下，在民族、宗教的混合状态中帝国身份的形成。即便在果戈理的原著中，哥萨克作为边民的身份也变成了一种象征，象征超越了国家严格管制的自由和纯粹的情感驱动力——乌克兰自由人激烈地抵抗信奉天主教的波兰人，捍卫俄国东正教。可是作者对哥萨克边民身份的模糊处理尤其令人焦虑，但同时也很有说服力。正是野蛮暴力、种族宗教狂热（表现为无节制的修辞与野蛮暴力的有趣结合），以及俄式救世主观念与感官刺激的融合共同构成了这部电影的核心，同时也响应、激发了乌、俄双边观众的政治热情。当我们对比果戈理原著的结尾和电影的结局时，就会发现语言文本和视觉形象之间的巨大差异。电影结局保留了果戈理原著中塔拉斯·布尔巴临终前所发表的讲话，而此时他的哥萨克战友们已经安全脱险：

“同志们，永别了！”他站在高处向他们喊道。“不要忘记我，明年春天记得到这来跟我大醉一场。邪恶的波兰人能把我们怎么样呢？你以为世界上有什么事是哥萨克会惧怕的吗？等着吧，那一天总会到来的，总有那么一天你们会知道到底什么叫俄国东正教！即便是现在，远远近近的人们已经感觉到一位沙皇将在俄国大地上崛起，世界上将不会再有任何力量不在他的脚下臣服！”

电影运用了视觉形象来强调一种平行手法——布尔巴主动牺牲自己、被活活烧死来拯救他的哥萨克军队和基督被钉上十字架之间的相似性，但在果戈理的文本中这一手法却几乎没怎么使用。在这一场景中，观众的视线被吸引到了濒死的布尔巴所承受的痛苦上，他被高高地钉在木质的架子上，周围都是敌人，一边敦促他的同志们走向安全地带，一边如救世主先知一般地展望帝国的未来。而且，在果戈理的结尾中，哥萨克们在逃脱的同时缅怀着他们倒下的首领，过程中带有一种怀旧的色彩；如果说这是某种程度上的收敛，那么电影版的结尾则侧重视觉角度的运用，在观众面前直接展现哥萨克们战斗场面的全景镜头，整个结尾在烈士布尔巴慷慨就义时达到电影叙事的高潮。同理，博托克抓住一切机会妖魔化信奉天主教的波兰人，并因此把哥萨克人当作东正教的保卫者（这正是当前地缘政治实际情况的生动反映）并且把他们与穆斯林土耳其联系起来，同时，还（在这样一部血腥的电影中）减弱了果戈理原著中对哥萨克人身上破坏性力量的描述。所以，回到博托克所作的《塔拉斯·布尔巴》是“一部关于我们时代的电影”这一声明，我们可以清楚地发现导演是如何利用这部电影来创造或者再造复兴了的俄罗斯帝国神话的：重新宣布对那些已“丧失了”的前苏联殖民地中“外国”的所有权，替那些野蛮势力辩护，将它们描述为抵抗邻近敌国的防御力量，这些邻国对真正的俄罗斯信仰造成了威胁。

连续剧版的《日瓦戈医生》更进一步地表达了这一观点。导演亚里克山德·普罗希金也呼应了博托克的说法，他坚称：“日瓦戈的确是一幅关于我们现实的画卷。它最初是一出历史剧，但同时我们并没有从当年的那些问题中走出来。我们并没有学会如何吸取教训。”如果说博托克的《塔拉斯·布尔巴》相对说来仍然尽量地与原著保持一致，普罗希金的《日瓦戈医生》在改编帕斯捷尔纳克的作品时则毫不羞愧地表现出了巨大的自由性。不仅人物角色被大大改变了，电影的对话和叙述也背离了帕斯捷尔纳克的文本。普罗希金和他的编剧尤里·阿拉波夫明确地告诉我们，他们向当今观众展示的是依据帕斯捷尔纳克文本的“主题”而重新拍摄的电影——那就是说，没有义务忠实于原著的文本——这正充分地说明了博托克的《塔拉斯·布尔巴》所引发的一系列问题。如果说普罗希金试图给出的是他自己对于俄国历史的理解（他主动承认他更改了帕斯捷尔纳克小说的结尾，因为他觉得那个结尾不适合当今的社会现实），那么问题就是：到底为什么要改编《日瓦戈医生》呢？经典文本在当下的俄国电影中扮演了什么样的角色？更重要的是，其在重造俄国历史来为今所用的这一工程中起到了什么作用？

用文学文本来书写、叙述俄国身份并不是一个新现象。从普希金到苏联时代的作家们都把文学文本当做生活的教科书和衡量国家归属感的标尺。但在当下的改编热中令人惊诧的是，在苏联文化当局宣扬的“最博学最好读书的国家”中，当人们除了网络日志博客，已经不再有任何其他阅读时，文学文本（当然是电影中的文学）作为定义国家身份的基石竟然仍然有着极为特殊的权威——这种权威集中表现为一种极富攻击性的帝国幻想。这一趋势中尤其令人不安的因素是，考虑到电视和电影这类媒体的高投入，俄罗斯政府已经成为这种修正主义的“历史现实主义”的主要资助者。

那么，名著对于那些已经不再阅读的公众群体还有什么力量和影响呢？最直接的答案可能是这些文本作为文化资本仍然具有顽强的“名牌”价值，因此它们成了一种可以吸引人们眼球的渠道，人们试图利用它们重塑后苏联时代的国家叙述，尤其是那些阳春白雪的电影人试图将文化精英在创造国家神话过程中的作用永久化——这带有不容置疑的政治暗示性。因此，一位评论家大力赞扬了《日瓦戈医生》的改编过程中所表现的自由度，而他的理论基础正是通过对原文本的自由改编，电影导演促使当下的观众去思索那些原著读者当年思考过的问题：

> 在电视剧的结尾用电影技术表现出，米沙·戈尔东接受了死去的尤里·日瓦戈留下的盛满诗稿的箱子。诗歌让位给了令时代着迷

的电影艺术，而正是因为电影艺术将诗歌再次带回到了观众面前……帕斯捷尔纳克才能再次被人们阅读，而如果不是因为电视引起了他们的兴趣，他们是永远不会去读帕斯捷尔纳克的。

选自《当代世界文学》2011 年 11—12 月刊

（田溪　译）

俄罗斯的审查制度：新颜旧貌

［俄］娜迭日达·阿日吉希娜*

1991年苏联解体后二十年，更古老也更成熟的媒体控制取代了苏联时期的审查模式。在如今充满怀旧气息和失望感的大环境中，俄罗斯希望的曙光在哪里呢？

刚刚过去的这个八月，每个人都在谈论1991年八一九事件的二十周年纪念。在二十年前的那个夏天，整整三天我们团结在一起与极权主义战斗，粉碎了一群高层领导人试图在米哈伊·戈尔巴乔夫度假时发动的政变。（这个时机的选择会让细心的观察家想起1964年赫鲁晓夫的下台，当时也是发生在他外出度假期间。）今年，很多俄国人都感伤地怀念那些日子，那时整个国家团结起来，充满希望。有些人表达了感伤和失望；另外一些人觉得困惑和震惊。但是回首往事，每个人都清楚地意识到：俄罗斯的新历史并非始于苏联的正式解体，也未始于独联体的成立或戈尔巴乔夫的辞职。新历史是从那环绕着莫斯科白宫的八月空气开始的，是从为了保卫新生的脆弱自由而展开的民众运动开始的。

俄国新闻界在粉碎八月政变的过程中起到了举足轻重的作用。我们尽了最大的努力去做到新闻透明，并与媒体的意识形态控制作斗争。毫不夸张地说，我们中的很多人已经准备好为了新自由去牺牲自己的事业、财产、人身自由甚至是生命，正是这一信念鼓舞了生活在一个完全封闭、

---

* 娜迭日达·阿日吉希娜（Nadezhda Azhgikhina）是一名记者、作家，并担任俄罗斯记者联合会的执行秘书长。她在莫斯科国立大学新闻学院（她目前在此学院执教）获得了俄国文学博士学位。她撰写、编辑了七本著作，主题包括文化、新闻、人权和性别平等等。此外，她为《小火焰》、《独立新闻报》和《周二经济》等刊物撰稿，同时也是俄国作家协会、国际笔会俄国协会、国际记者联盟成员。

专制社会中的一代代作家、记者和编辑。

当时，我为《光》（*Ogonek*）杂志工作，整整三天三夜，我和我的同事、朋友、作家、艺术家以及一些碰巧在俄国开会的外国学者一起在莫斯科白宫外守候，在莫斯科的厨房里讨论我们的未来——俄国的未来，以及从冷战阴影和威胁中释放出来的全世界的未来。我们向往着作家、学者和普通百姓之间自由、愉快的交流与合作。我清楚地记得那些谈话，记得我们坚信我们可以轻松地建立起一个新社会，把媒体和创作从意识形态控制中释放出来，把俄国和苏联那阴暗而艰难的历史甩在身后。

今天，我们清楚地意识到那种幼稚的想法，我们在建设及保卫民主和自由（包括言论自由和出版自由）中所缺乏的实践经验给我们的历史带来了多么剧烈的影响。我们的期望并没有实现，而且在过去的二十年中，新的审查制度和各种限制取代了苏联时期的那些制度。

自媒体时代起，审查制度就在俄国文化史和思想史中起到了重要的作用，任何对俄国的过去和现代潮流有兴趣的人都不应忽略这一事实。在中世纪，和欧洲其他地区一样，抨击教会及其领袖的文章被焚毁——有时候被火焚的也包括这些文章的作者。17 世纪的俄国神父阿瓦古姆（Avvakum）因为他的言论被烧死在火刑柱上。作为那个时代最雄辩的批评家之一，几世纪以来他在俄国知识分子心中成为言论自由的象征。因为俄国的现代化进程比西欧国家更慢，同时专制政权保留得也更久，公共阶层也因此出现得更晚。新闻界就是在毫无公共阶层存在的情况下出现的。

1703 年 1 月 1 日，彼得大帝颁布了一项特殊法令，宣布开办第一份俄国报纸《圣彼得堡新闻》，这份报纸旨在宣传沙皇的决定，传播各种法令。审查制度也在同一天产生，并深深影响了几年后由莫斯科大学出版社创办的俄国第二大刊物《莫斯科新闻》。然而，《莫斯科新闻》包含了更多对政府行动的真正讨论，并发表了很多俄国知识分子的新想法。所以，即便是在最初阶段，俄国新闻史就反映出了以后所有时代都具有的两大趋势：政府的严格控制和旨在改善俄国人生活的高尚民生思考。这两大趋势通常是如此的不证自明，又结合得如此紧密，我们很难在两者之间划分出清晰的界线。俄国的艺术、文学和新闻历史充满了残酷的压制和英勇的反抗的各种例证。作家和艺术家使用了各种成熟巧妙的技巧来规避审查。一代代的俄国人熟悉那些在各种限制下仍然努力自由表达的杰出人士的名字，那些呼吁同情和公正、谴责沙皇专制和集权政府的人的名字。事实上俄国所有伟大的作家都将他们的生命和才华奉献给了这一事业。很多重要的学术文章和书籍也讨论这一问题，包括 G. V. 捷尔科夫全面而详尽的《俄国审查制度史》（2001 年）。

从很早开始，俄国新闻界就以三大趋势为特征：几乎不会令当局担心的官方主流出版物，只能在地下传抄或在海外发行出版的禁书，以及大部分经过严重删减而得以通过官方审查的作品。杰出的作家和新闻工作者经常使用“伊索式的语言”跟他们最细心的读者沟通：他们期待读者能读出字里行间的微言大义，并领会到那些最微妙的影射与典故。米哈伊·卡普斯汀在他 1988 年的著作《乌托邦的终结》中讨论了这三大趋势。大部分在沙皇时代和斯大林时代被禁的文学和新闻作品日后最终都大量发行并广为人知就完全不足为怪了。

几世纪以来俄国知识分子都将审查制度和奴隶制相提并论，并梦想着战胜它。他们将制度的牺牲品和反对者浪漫化了，引发了推崇牺牲和殉难的反抗文化。1917 年革命之后短暂的言论自由不久就被终结，所以真正意义上的、唯一的广泛言论自由时期起始于新媒体法的颁布。这一法案首先是 1990 年由苏联议会公布的，之后在 1991 年 12 月由新俄罗斯政府颁布。这一法案——顺便说一句，现在这一法律仍然存在——代表了上世纪 80 年代政府改革时期具有自由思想的法律人士所取得的巨大成就，它结束了官方审查制度，赋予任何公民或公民团体建立新媒体机构的权利，同时授权新闻工作者抵制任何形式的政治和编辑压迫。很多业内人士认为这一法律在欧洲同样的法律中是最自由、最有成果的。它是革命性的，受到了成千上万的专业人士、专家和读者的欢迎。

当然，这并不意味着今天审查制度已经消失了。甚至在上世纪 90 年代中叶，那时候出版自由更明显可见，而且媒体市场的竞争也相当地清楚，“开放化”保卫基金会主席阿里克谢·西蒙诺就注意到了审查制度在俄国存在的五种形式：政治审查、经济审查、编剧根据个人喜好做出的审查、团体审查和自我审查。有些业内人士甚至指出了更多种类的审查，包括基于性别的审查、忏悔式审查和其他多种形式。

事实是大众媒体和新闻业没有做好准备来迎接失控的资本市场，也没准备好面对媒体作为商业和政治竞争工具的趋势。传媒界没有制定出详细有效的策略来抵御这种压力，结果就是媒体工作者发现在雇主面前他们是多么的无助。国有电视网和刊物仍然从国家支持中获益，并在竞争中享受优势，而独立的媒体根本无力承担来自国有媒体的压力。新加入这一领域的媒体并没有联合或团结起来，结果只能越来越依赖于新的垄断者。

这一现象的产生是因为苏联人对世界和自由市场抱有一种深深的超现实主义看法。很多人对自由市场的看法和早期布尔什维克对共产主义的看法差不多：他们相信那会拯救全世界，让每个人幸福富裕。新闻工作者和作家对于真正的西方生活完全没有概念，只是把其想象为天堂：他们没意识到西方制度要求辛勤的工作、专业化的团队合作，以及与自由相伴而来的更多乏味、传统的责任。自由像是从天堂来的礼物一样落在了俄国人头上，而不是在议会和社会中经过长期努力和斗争得来的成果。在改革时期它以一个神迹的姿态出现，而随后又被当作恩惠由当权者赏赐下来。很多人渴望自由，但是却没有切实地意识到自我监控和质量把关仍然是必需的。这就是90年代初期很多媒体的质量急剧下滑的原因。在那一时期，每天至少有一个新的媒体机构注册成立。很多新加入新闻业的人对于职业道德和质量标准没有任何概念，而这些职业规范却存在于在苏联时期最好的新闻机构中、在地下出版社中、在改革时期最棒的新闻出版单位中。新闻工作者开始为商业和政治利益服务，在大选中充当公关人员，甚至接受贿赂。腐败在业内迅速蔓延，而改革时期对于媒体的尊重和信任却垮掉了。

到了21世纪初，当普京政权开始强化国家权力结构、联合区域精英时，新的舆论制造者抓住了这一时机。新闻工作者不再被当做重要的参与者，他们被简单地看成、描绘成服务人员。震惊俄国的第二次车臣战争和恐怖袭击促使政府发布新的“信息声明”这一法令，旨在约束媒体机构和工作者收集、发布信息。自“9·11”事件发生以后，反恐为加诸媒体的各种新限制提供了借口。批评人士强调改革时期的媒体法案没有起到应起的作用，而针对新闻业的投诉和司法案件成了一种新出现的媒体审查工具。

反极端主义法案实际上也是一种严厉的审查制度，这一法案规定任何批评政府职员、官员或警察、人大代表等团体的人都是极端主义分子。每年有超过5000起对媒体和媒体工作者的投诉提交归档（这并不需要交纳任何投诉费），而那些投诉者（通常是政府官员）所要求获得的精神赔偿大约为一百万美金。这些赔偿金额对独立媒体和新闻从业者来说难以置信的。虽然经过数月的审判，赔偿金额一般都会减少，但是这类情况毕竟给媒体造成了很多困难。

广告政策制造了另一种隐形的审查。广告公司是不会与那些严厉批评政府的媒体机构合作的。他们不想破坏他们与权力机构的不道德关系。有些媒体机构根本拿不到广告，而在经济危机出现时他们也得不到政府补助：补助只给那些甘当政权傀儡和与政府权力层有关系的“良好”媒体。毫无疑问，腐败是现今俄国各种审查形式的根源所在。国家对于发行的垄断和对数字电视的全面控制也带来了破坏性的影响。

最极端的审查方式是对自由文字的暴力和对记者、编辑人员的暴力。所幸，今天记者、博客写手不会再因为自己写的东西蹲监狱。但是十年来，每年的12月5日俄国记者联合会发起的遇害记者纪念日仍旧提醒着我们这一国家悲剧和耻辱。安娜·波利特科夫斯卡娅和娜塔莉娅·埃斯蒂米洛娃的遇害举世闻名，但仍然需要进一步的调查，而类似情况的案件更多，只是造成的影响没有那么恶劣。俄国记者联合会、“开放化”保卫基金会和国际记者联盟一起为那些被害的、死亡原因不明的或者自1993年后失踪的俄国记者建立了一个数据库（这个数据库有俄英两种文字，可查询 www.journalists-in-russia.org）。这个数据库包括了330个人名、个人故事、法律案件的法庭信息及调查信息。俄国新闻工作者把这个数据库叫做纪念那些死去的同僚的虚拟博物馆。另外一个最近建立的数据库记录了新闻工作者遭受的殴打、威胁和其他形式的袭击以及受到明确的审查的情况。

新闻业是国家现代化进程中必不可少的重要部分，新闻工作者和专业人士就新闻业的重要性问题进行了多次公开的讨论。他们希望这些数据库和公开讨论能够有助于结束那些新闻工作者们所遭受的非法袭击。

事实上，顺便说一句，在市场改革和民主发展二十年后的今天，很多俄国人仍然支持政府审查制度。民调显示50%—70%的俄国人希望能重新建立对媒体内容的控制，首要目标即为规范其伦理内容。令人惊讶的是，俄国记者联合会做出的调查显示大约20%的俄国媒体工作者并不反对政府审查（85%的记者声称他们在工作中受到了审查）。卡苏汀的一项最新调查表明，在俄国正式注册的超过90000家新闻机构中，只有10%是真正独立的。政府的直接控制和施压、各行政区的日常实际情况、缺乏由公共资助而独立于商业和政治压力的媒体（比如BBC和NPR）威胁着新闻业的未来和现代化自身的发展。新闻工作者已将这些数据递交给梅德韦杰夫总统，并提出了一系列改善情况的合理化建议。他们尤其要求新的立法，把互联网和全球化等新的现实因素都考虑进去。

俄国的政治领导根本不会公开承认任何形式的审查制度的存在。梅德韦杰夫总统愿意会见新闻工作者，并表达了他个人对奥列加·卡辛于2010年秋在莫斯科遭到殴打这一事件的关注和焦虑，而奥列加·卡辛事件仅仅是最近一系列针对一些直言不讳的新闻工作者的袭击之一。梅德韦杰夫总统对民主观念和法律治国的执著对国家而言是非常重要的。总统和所有的决策人都非常喜欢互联网，他们使用互联网，对互联网作出的回应也比对传统的媒体要频繁得多。博客写手们对政治也有很大影响，而互联网更难控制和审查，但是互联网也充斥着虚假信息。今天，已经有45%的俄国人使用互联网，而大城市的年轻人几乎每天都使用互联网。互联网也有助于克服文化中的经济审查：很多作家都把他们的作品放到网上。

但是技术显然并不能解决我们所有的问题。同样清楚的是今天的媒体领域和社会各方面都面临着更加多元的局面。审查制度在当下绝不仅仅是政府控制和检查。它渗透到了俄国大众媒体的每个方面，影响着整个俄国社会，并塑造着当今俄国人的思维方式。只有自由的人才能发展自由的传媒和文化，才能建立一个透明的社会。这不可能一蹴而就，还需要时间和我们的努力。

俄国大众媒体的多样性正是当今俄国社会的写照：新闻领域的多元化正如这个国家一样。根据一项题为“俄国民主核查”的意见调查显示，俄国各个地区之间在管理、经济发展、生活水平和对公民社会的参与度上的差异远大于欧盟各国家之间的差异。

但是让我们来试着提出一些基本问题。今天的俄国有言论自由吗？对于无限扩大的政府控制和市场压力，这些压力几乎和国家的“慈父般的关怀”一样强大，媒体有没有能力提出一些反对意见？摆在俄国新闻工作者面前的未来是什么？这些问题最近被职业记者群体广泛讨论，激起了激烈的争论和观念上的冲突，而大多数的讨论都带有清楚的悲观色彩。确实，有很多理由让我们悲观。

另一方面，我们也有理由乐观一点。虽然有来自政治和经济上的压力，全俄各地有成百上千的勇敢的独立出版物正在向读者讲述真相，成千上万的新闻工作者明白他们的职责是告诉读者发生了什么并保持公正，他们积极地介入社会生活，保护那些受骗或被剥夺了权力的公民，追究那些犯罪人的责任。在我到过的每个城镇跟这些新闻工作者见面，让我真诚地为我的同僚和整个俄国新闻界感到骄傲。

他们希望生活在一个自由、透明、开放的国家，比起他们的前辈来，他们的幻觉要少得多。他们使用互联网跟外面的精彩世界交流。他们并不认为俄国人受到的磨难是独一无二的，也并不认为俄国比别人需要更多的同情。他们不愿成为奴隶或信息雇工。他们愿意做诚实、负责的人，愿意报道真相、调查不公的情况，即便他们的薪水少得可怜。这样的人当然不是大多数，但是有很多这样的人。我相信他们一定能克服全球化带来的挑战和正在出现的新审查制度。

八月，我们怀念我们职业生涯和私人生活中那最美好的日子，在那些日子里，我们开始明白未来掌握在我们手中，在我们的决定和我们的行动中。在二十年后的今天，我们尤其应该记住不仅仅在流产的政变这种革命过渡时期，也在每个平常的日子里，我们的未来和自由是由我们决定的。安东·契诃夫一百年前著名的呐喊“每天都挤掉你的一点奴性，一点一滴地”，今天听来仍然正确无比。

选自《当代世界文学》2011年11—12月刊

（田溪　译）

云中诗：一项实验、实验结果和n+1假设

［美］凯文·普拉特*

在接下来几页中发表的七首诗，是21世纪古代诗歌艺术与互联网令人欣喜的结合。2011年3月，二十几位俄国和美国的诗人、学者、翻译家通过“云文件”在虚拟空间里相会，共同研讨俄英互译的新翻译方法。这次会议吸引了许多来自不同地区的专家学者，他们有的来自美国东海岸，有的来自俄罗斯的不同地方，他们的所在之处联合起来横跨了整个俄罗斯，从它在东欧的前哨加里宁格勒一直延伸到亚洲的新西伯利亚。两个月后，带着在虚拟空间中保存的诗歌翻译初稿，这群人又相聚费城，在一次名为“你的语言——我的耳朵”的研讨会上修改润色这些稿件。这次讨论会是由纽约一家名为CEC Artslink的非盈利文化交流组织和宾夕法尼亚大学赞助的。

如果没有互联网的帮助，此次研讨会就不会产生如此丰富的成果，而且翻译的这些诗歌远比翻译家单独完成的作品更加精美凝练。一个老生常谈的事实：把一首诗用另外一种语言呈现出来是一项复杂的工作——这是一种文学诠释的形式。你可能会觉得自己已经完成了集信达雅于一体的诗歌译作，该译作可以直接体现这首诗的本质。但是，没有什么能够和以下场景相比：你和这首诗的作者以及两三位能够给你支招的翻译家面对面地坐下来，由他们告诉你你的译稿还需要做如何修改，

* 凯文·普拉特（Kevin M. F. Platt），现任宾夕法尼亚大学比较文学与文学理论系主任。他致力于俄语诗、俄国历史编纂和俄国的历史和记忆等研究领域，最新专著有《恐惧与伟大：俄国神话中的伊万和彼得》（康奈尔大学出版社2011年版）。

才能达到对诗歌原文足够的表现力和彰显诗之为诗的内在力度。值得庆幸的是，我们能够在明媚的白天和温暖的夜晚来探讨诗歌的翻译问题。在这些犹如珍宝的时日里，我们徜徉在费城的大街小巷，在凯利·怀特楼品尝温热的咖啡，在宾大的四方院里烧烤美味的食物，而对诗歌翻译问题的探讨，有时候会令我们极端痛苦，有时候却又让我们欣喜若狂。在鲁宾书店、木鞋书店和宾大校园里进行的双语阅读，使我们可以在读者面前提前校验我们的译作。下面几首诗只是我们翻译的那些诗歌中很小的一部分；其他诗歌会发表在其他地方。

虽然以上我所描述的翻译过程有些离题，但它却为我的论文提供了实例：互联网对于诗歌的巨大功效在俄语诗坛达到巅峰。十五年前，我们就知道全球互联网通过把相距甚远的个人连接到虚拟社区内，从地理层面上解放了人类。尽管互联网还未能在人设想到的每个虚拟社区内都实现这种连接，但其在俄语诗歌世界中发挥的作用可以算作值得一提的成功案例之一。互联网对俄语诗坛的影响要远甚于英语诗坛，在俄语诗歌世界中，读者们距离绝大部分诗歌文本只有两步之遥，无论这些诗歌的作者是属于过去还是现在，无论他们住在莫斯科还是罗马。

此外，我们跨洲际的“云翻译实验”可以被认为是以部分来指代俄语诗坛的整体生存现状的举隅法。在过去的十年里，大量在线免费诗歌期刊都以强有力的态势出现在俄国。印刷的期刊一般来说都可以在稍晚的时候在网上获得，有些诗集则刚刚出版就出现在网上；一些诗歌博客的博主们则第一时间在博客上分享和评论这些出现在“直播日志”以及其他博客网站上的作品。[生活期刊，英文 Live Journal，俄国最流行的社交网站工具之一，也许是因为它鼓励真实的拓展交际——重新创造了一种茶点之后、私人厨房的夜谈气氛——俄国人曾经喜欢在推特（英文 twitter，中文指的是“微博”）上发表言论。] 从理论上说，这也就推进了这样一种观点：当代重要的俄语诗人都不会离开互联网发表作品。在这里提到的所有诗人在网上都有着重要的地位。特别是费奥多·施瓦洛夫斯基（Feodor Swarovski）在网上有一大群追随者——有人猜测，这种现象某种程度上反映了他的科学题材小说对高度依赖科技产品的当代人所具有的巨大吸引力。

这样一种事态是如何形成的呢？综合多方面因素来说，随着苏联的解体，传统文学机构的缺陷却也偶然地产生了一个令人欣慰的结果，即俄语云系统的出现。前苏联图书市场消亡之后，遍及俄国广袤领土的图书分配机制便不再发挥作用，尤其是对于一些发行量有限的书来说，其作用更是微弱。而俄国的立法机构已被腐败侵蚀，直接导致了大家对知识产权法的忽略和懈怠，这一事实也是众所周知的。并且，俄国诗人已向一个全世界范围内的现实状况妥协，妥协的程度远高于其他任何地方，而这个现实就是已经没有人打算通过诗歌创作来赚取大量钱财。除去俄国本土的这些情况，有些人会就范围问题作出补充说明，认为在所有的文学类型中，诗歌是最适合电子分配和消费的文类。正如作为小规模商业典范的 eBay 在资本主义无阻碍的新维度中把买方和卖方联系在一起，作为小规模文学完美机制的因特网，在俄国特殊的“后苏联”情况下崛起，把诗人和读者在超地理空间内联系在了一起。

毋庸置疑，诗人群体（poetosphere）是使俄语诗歌整体在过去十年里大放异彩的重要因素之一。上世纪 90 年代，俄语诗坛在最后一代苏联作家手中发扬光大，这些作家包括一些官方认可的苏联诗人，如贝拉·阿卡玛杜丽娜（Bela Akhmadulina），但俄语诗歌界可能是被那些从地下转入公开创作的诗人所控制，如德米特·普里戈夫（Dmitry Prigov）或者奥尔加·谢达科娃（Olga Sedakova）。在那些年里，诗坛生活因苏联文学中“帝国”综合征的减弱而衰微：作为苏联文化机构和通讯线路垮台的结果，莫斯科和圣彼得堡已经从极具特权的文化产地转变为与世隔绝的山头，虽然它们依然确信自身的重要性，但是几乎已经与数量远超他们的俄国大众失去了联系。在那些时日里，后苏联时期的一代诗人和少数互联网文学计划只吸引了非常少的“用户”。在这些互联网文学计划中，最著名的应属门户网站“巴比伦”（Vavilon），它是由莫斯科诗人团体的创始人和文化决策者德米特里·库茨米恩（Dmitry Kuzmin）创立的。上世纪 90 年代末期，互联网通道仅对区区百分之五的俄国民众开放，这些人大部分居住在莫斯科和圣彼得堡。现在，作为电子通讯的直接结果，这种情况已经得到改善。简言之，俄国因许多新鲜诗语的装饰而变得美丽，并且在其中任何地方，人们都在创作和阅读着大量新诗。

但我并不主张，在俄国崭新的诗歌时代，互联网是唯一的或者说是最重要的联系方式。就像“你的语言—我的耳朵”研讨会上讨论的翻译过程的例子一样，诗歌只有依靠对物理存在与人类接触的即时性呈现才能成长繁荣。诗歌的微妙之处在云技术中很容易失去。而互联网应该被视为推动诗歌相关活动的强有力的新型催化剂，而非传统模式的替代品。俄国诗歌生活得到了区域性诗歌节的大力支持，这些诗歌节数量众多，而且在逐渐增长。这正反映了本次“互联网会晤”的原则，正如我们的研讨会一样，这些诗歌节把诗人和读者在现实中联系在一起，而他们的第一次邂逅是虚拟的。诗歌的阅读和书籍的出版已经和从前大不相同。我猜测，至少在俄国，互联网对于诗歌的传播作用最终会从纸质书销量上升中体现出来，否则读者是没有其他办法邂逅作者并提问的。

但是，俄国诗歌在网络上掀起热潮的另一结果是它上升到“那些障碍之上”（引用帕斯捷尔纳克的话）。总而言之，尽管全世界焦虑的政府部门不遗余力地去维护其国家界线，这些界线却在虚拟空间中被抹去了。与此类似的是，“你的语言—我的耳朵”研讨会上所讨论的翻译实验其实是俄语诗歌文化全景的一个缩影。首先要考虑的是，在现场的俄语诗人中，有三位来自拉脱维亚，他们是塞庸·喀汗宁（Semyon Khanin）、阿图尔·庞特（Artur Punte）和瑟瑞吉·提摩费杰夫（Sergej Timofejev）。

拉脱维亚是许多前苏联共和国之一，苏联解体使得数量庞大的俄罗斯和其他少数民族后裔被留在了那里，对于这些人来说，俄语既不是他们的第一母语也不是第二母语。虽然这些零散的俄国人口分布于波罗的海、高加索山脉、东欧和中亚等地区，但是严格说来，他们不算是流散人口，因为在多数情况下，这些俄罗斯人已经在这些地方居住了几十年甚至几百年。在一定程度上可以认为，这是人口的跨国延伸。在拉脱维亚的俄罗斯人是俄罗斯社会一个重要的、不可分割的组成部分，他们只不过是由于历史的变迁而被滞留在了历史的欧洲北部的这个小国家中。

俄语诗歌群还包括俄本土文化以外的空间延伸出来的声音与读者的网络，也包括在世界各地的俄语流散者，当然这是从更传统角度来说的。在后者的联系中，我们的美国翻译团队就包括一些可以被称为俄罗斯或者后苏联的流散个体——他们是波丽娜·巴斯克瓦（Polina Barskova），尤金·奥斯塔谢夫斯基（Eugene Ostashevsky），瓦莱里亚·茨干科娃（Valeria Tsygankova）和玛雅·维诺柯沃尔（Maya Vinokour），他们的身世经历反映了海外移民浪潮的多样化，以及外国文化融入美国文化的多种模式和程度。有人也许会建议，通过互联网，俄语诗坛正在经历一种后民族性的或者全球性的转折。

与此次后民族性转折相关联，我们会再次观察到，虚拟空间是自然地理的补充，但在很大程度上却并没有取代它。俄语诗歌会被再次划分成各种区域流派和不同趋势，这些趋势证明了地理空间的接近度和当地民间文化的持续性意义。比如说，喀汗宁，庞特和提摩费杰夫是里加（拉脱维亚共和国首都）一个叫“奥比塔”（Orbita；www. orbita. lv）的诗歌团体的创始人。他们经常以小组阅读的形式一起表演，并且其作品带有鲜明的地域特征。“奥比塔”是一个二元文化项目，大量地出版俄—拉双语版本的诗歌，并且频繁地出版拉脱维亚语散文和其他形式的文学作品。那些在团体网站首页或社会媒体上登出的表演经常夹杂着周围的欢呼声，以及与音乐家或视觉艺术家的合作。[①]“奥比塔”的大部分成员创作的大多是不受格律约束的自由体诗，与其他地方的俄语诗歌写作对于格律和押韵的趋向大相径庭。

这种主流趋势以其他一些诗人的作品为典型，如伊格多尔·贝洛夫（Igor Belov），维克多·伊万尼夫（Viktor Ivaniv）以及克塞尼亚·施科尔宾诺（Ksenia Shcherbino），他们的诗歌也出现在这里。（这些诗作部分的优异性已经在翻译过程中不可避免地失去了，因为在绝大多数情况下，翻译把语法的准确性放在诗歌韵律之上；尽管如此，译文还是能够反映原文大部分的诗节和韵律模式。）与此同时，这些诗人的作品——无论是贝洛夫向波罗的海国家的作家阿特斯里德·林德格伦（Astrid Lindgren）学习，还是施科尔宾诺对于莫斯科大都市时尚典雅的描绘，抑或是伊万尼夫所表现的萨满教狂喜——都传达了地域特色。

但是，为了减弱（轻微地）本文在技术层面上的过度讨论，我需要

---

① 编者按：如果想更多地了解奥比塔的诗歌表演，请访问我们的网站 worldliteraturetoday. com。

声明的一点是，俄语诗人圈距离全球化自由文学的乌托邦还很遥远。自然地理被划分为权力边缘和权力中心，网络在某种程度上反映这种区域划分的方式，这也正是网络对经济和政治现实的一种回应。考虑到最有影响力的俄语诗歌期刊和门户网站都来自莫斯科和圣彼得堡，所以可以公允地说，无论苏联在疆域或政治上变得如何破碎，也无论以莫斯科金钱、文化机构为中心的文学帝国其阶级等级如何森严，互联网已经把部分的重建工作付诸现实了。

值得一提的是一个本部设在莫斯科的互联网计划——俄国新文学地图（网址是 www. litkarta. ru），这一计划将重建作为自己明确的目标。它是从地域角度对当代俄语文学活动所作的编目，正如它的网站头条所解释的那样，这个计划致力于“重建俄罗斯文学的完整空间”。在它首页的地图上，俄国的主要城市根据不同级别用小黑点标识出来。莫斯科则是用一个又大又圆的红点来标识的。

然而，说实话，要控制互联网几乎不可能，而控制抒情诗则更不可能。据我猜测，很多莫斯科人已经对实现后者完全失去了信心。每年都有大量富有竞争力的诗歌门户网站、网络期刊、粉丝网站出现在俄国，数量逐年增多且地理范围也在扩大。这些新生事物取代了体现文学价值的传统苏联机构，这些机构按照等级排列成金字塔形，塔顶是莫斯科，而今日俄国诗歌活动则使人想起 n+1 冗余计算原则，根据这项原则，任何已知的线路都会在一次失败事件中被另一线路取代。这是呈蛛网状而非金字塔状的。

现在无法预测下一代互联网会把诗人群体带到哪里，是俄国还是其他什么地方尚未确定。远程调阅语音、声音以及文件变得越来越普遍。致力于开发自动化翻译工具的工程师和语言学家最喜欢的实验之一是用机器来译诗，他们把诗歌输入到机器中，然后看它能够把翻译做到何种程度。就目前来看，翻译结果总体上说还是差强人意的。显然，就像深蓝去下棋和沃森参加人机智力问答一样，普希金与计算机结合的时代也会为了诗歌而到来。

虽不幸但却可能无法更改的是，在全球范围内，诗歌正迅速失去它在普通义务教育中的地位。它正在从完全和天然的文化（Culture，首字母大写）转变为“一种亚文化”。俄语诗歌案例表明互联网具有这样一种潜能，它能够把从温哥华到符拉迪沃斯托克的诗歌亚文化孤岛和全球的言语岛群联系在一起。

选自《当代世界文学》2011 年 11—12 月刊

（包安若　译）

近期意大利文学的黑暗之心

[美] 安东尼·苏嘉*

意大利给人的传统印象是集美丽与丑陋以及古老的怪异于一体，在这些对立因素形成的巨大张力下，意大利，这个怪异国家在为灵魂挣扎。

如果说有一种主乐调贯穿在过去十年的意大利文学中，我百思不得其解，禁不住想要弄清楚这条主线：到底是哪里出现了问题？

先让我列出意大利黑暗之心的一些主要线索。今年，意大利正在庆祝第一百五十个国庆日，恰好和美国南北战争爆发的时间重合。就如意大利的大多数事物一样，细节部分总是过于复杂，以至于我们无法赘述。但是，简单说来，就是当意大利开始统一的时候——这是一个长达十年的过程——南部就开始反抗北部新统治者“皮埃蒙特人”，即萨伏依王室。当时能想象到的最麻烦、最矛盾的可能性就是波旁王朝的拥护者爆发起义，但是它还是发生了，那就像南北战争于1766年8月爆发，而战争的持续时间和分裂程度又像是越南战争。

---

* 安东尼·苏嘉（Antony Shugaar）是一位多产的翻译家，他翻译过希尔维亚·阿瓦隆内，吉安里科·卡罗菲格奥、迪亚哥·德席尔瓦，乔治奥·法莱蒂、吉安尼·罗大里、保罗·索伦蒂诺等作家的作品。其代表作有《我为生存撒了谎》和《从海岸到海岸》。他还于2007年获全美教育学会翻译类研究员资助。

那次起义，也被称为“土匪起义”，兵连祸结二十年；一些历史学家估算在这次起义中，有多达一百万人直接或间接死亡。农民下田劳作时不允许携带任何武器，违者当场被处决——镰刀被视为武器。许多庄稼最后就枯死在农田中。关于这场土匪起义，卡罗·列维写道：“这些土匪的神话是……关于他们存在的唯一的诗，是其黑暗、绝望的史诗…… 在无限的忍耐之后，当他们内心深处受到震撼之后，自我保护的本能或者正义感驱使着他们，他们的叛乱没有边界，没有章法。这是一次毫无人性的叛乱，因为它的起始点和终点同样是死亡；而死亡的凶残来源于绝望。”

一个用这种方式拼凑起来的意大利，在阴谋策划下，被迫反剪着双手参加了一战，而到了第二次世界大战更是活跃，法西斯和反法联盟它都支持过：作为法西斯轴心国之一的意大利完全就是一场灾难，但是在1943 年之后，抵抗力量转而反抗德国的占领。在南部，美军把墨索里尼驱散出境的黑手党又带了回来（墨索里尼的武断判决促使一名黑手党的头目向法官强调：“法官阁下，想想那些我犯下的谋杀罪，我真正的罪是我毫不知情……”西西里岛督察查尔斯·波莱蒂（前纽约州州长，美国历史上第一个意大利裔州长），让黑手党头目热那亚的维托当他的司机和翻译。

战后二十年间，意大利基本上处于共产党人和黑手党此起彼伏的拉锯战中。20 世纪 60 年代中期，当社会主义执政党首相试着开展土地改革的时候，意大利的武装部队趁着周日的喧闹，把护送队送到每一块土地的交通要道上，暗示他们要拔刀开战，在意大利民众中散播恐惧。20 世纪 60 年代晚期，新法西斯主义者在银行、公共广场、火车上放置炸弹，但是却嫁祸给左翼。左翼则走上街头，给自己队伍起各种名字，比如说“红旅军团”就借用了当年意大利抵抗军中一个旅的名称，他们深信一个曾经被德国人占领的国家，现在被美国人、北大西洋公约组织，还有 IBM、麦当劳之类的跨国公司占领了。

当“铅弹之年”结束后，当斗争逐渐消退后，意大利落入了现在的统治者手中：希尔维奥·贝卢斯科尼。昔日的低吟歌手和电视大亨，如今的国家领导，对于意大利的作家们来说，这到底是害是利，还很难确定。但是要理解现在意大利黑暗之心中核心的黑暗，就请考虑一个简单的细节：当希尔维奥·贝卢斯科尼的孩子们年龄都还小的时候，这个未来的大亨、大人物、总理，雇佣了一个公开的黑手党成员去照顾他的孩子们所骑的马，而且还护送他的孩子们去学校。想想信任。想想人质。

1972年，起初我把意大利视为一个青少年：接下来的一年里，希尔维奥·贝卢斯科尼成功地改变了从米兰机场起飞的飞机路线，从而提升了他的卫星城——米兰2号——的市场价值。1983年，我以记者的身份回到了意大利，担任了新艺术杂志《FMR》的总编辑。那年，米兰地方调查官在一桩洗钱案中第一次把聚光灯对准了贝卢斯科尼。几年后，我为《广告时代》和《广告周刊》报道意大利大众传媒的发展：贝卢斯科尼"绕过"了法律，强行将国家垄断的电视广播公司转变成了私营企业。地方法官当即下令关闭贝卢斯科尼的这个传播平台。当时的意大利首相，贝迪诺·克拉克西，以创纪录的速度准予通过了一项特殊法令，恢复贝卢斯科尼掌控传播业的权利，打了一个法律的擦边球。而且，在贝卢斯科尼一年后与第二个妻子的婚礼中，克拉克西成了他的伴郎。

我理解那些只知道卡扎菲而不知道其他统治者的利比亚人。我就从不知道——大部分意大利人也都不知道——没有贝卢斯科尼的意大利。在意大利文学中，贝卢斯科尼通常是一个显而易见却又容易被忽略的角色。一个男人，拥有或者说是掌控着实质上整个意大利的电视行业、书籍出版行业的百分之八十，并且在过去的近二十年中一直是重要的政界人物。二十年是墨索里尼统治意大利的时间——意大利人把这二十年的法西斯统治速记为"ventennio"——然而贝卢斯科尼绝非墨索里尼，他是彻底妥协也是让别人彻底妥协的人物。

结果，意大利隐约形成了这么一种感觉，即意大利作家需要某种程度的英勇交锋。"意大利的黑心"，这个从2003年托比亚斯·琼斯的畅销书中引借来的词语，活跃在过去十年的意大利文学中。

作为一名翻译家和评论家，我通过三种方式来审阅意大利文学：首先是自己翻译、评论书籍；其次是阅读书籍；最后是阅读他人的讨论、评论文章。比如说，我最近刚翻译完的一本书就很符合这个情况。从某种方面来说，这是对自1980年到现在三十年来的一次回顾，这三十年也是贝卢斯科尼在意大利社会之上伸展触手的时期。同时，这本书也是昔日意大利的一首挽歌：抵抗中的意大利，振兴中的意大利，曾经现代的意大利，还有那个从未存在过的意大利——即没有贝卢斯科尼的意大利。

著名电影导演保罗·索伦蒂诺（《大牌明星》）的畅销书——《每个人的权利》——是小说处女作讲述一名吸毒成瘾的驻唱歌手，托尼·帕戈达的故事（他专横和自私的性格不禁让人想起安迪·科夫曼的第二自我，托尼·克里夫顿，至少读者会联想到）。托尼·帕戈达是个怪人：一个爱说话、精力过分旺盛、毫无怜悯心的观察者，他会观察生活、他人以及自己。这是他对生活的评论："我们每次都会忘记它，然后又想起，遗忘，然后又想起。这样反复来回。我们糟透的生活总是笨拙地、不停地跟我们开愚蠢至极的同一个玩笑。它偶尔会给你一点快乐，然后又立刻把那一丁点儿快乐从你身边夺走。同样的事又发生在今晚。发生在这儿，在那儿，在地球上的每个角落。"在帕戈达的叙事之弧中，他摆脱了流浪汉恶作剧的套路，从现代生活的各种诱惑中飞速逃离出来，奔赴亚马逊丛林的中心，追求一成不变的生活，最终只为了回到意大利从一名只是稍加掩饰的贝卢斯科尼式人物那里接受一份高薪职位。从某个角度上来说，帕戈达从生活中获取灵感，指出我们期待得越来越多，但是获得的却越来越少。那么主人公和读者到底以什么来作结？答案是，希尔维奥·贝卢斯科尼。

另外一个特别有趣的派别是"无名"，也就是人们熟知的卢瑟·布里塞特，是五个来自博洛尼亚的匿名作家组成的团体，他们已经成功地出版了大量的反事实历史小说，翻译成英语的有《Q》、《54》和《伟大灵魂的花园》。评论家博伊德·唐金2005年在《独立》中对《54》的评论热情洋溢：

> 半个世纪以前，《54》通过肖恩·怀特赛德生气勃勃的翻译迅速地占领了那一年的市场。在这个关键的转折期（小说中所声称的），意大利以及欧洲对于社会巨变的期待，在好莱坞的逃避现实主义、梦幻生活、冷战危机以及亲美派精英面前破灭了。某处情节中还描述了一批常泡在波罗格纳咖啡厅的游击队员和共产党员，他们在革命理想主义逐渐幻灭后，加入到黑帮集团中，参与各种危险交

易。这是滑入享乐主义、坠入贝卢斯科尼王国的最初几步。

文化观察者、作家詹尼诺·马洛斯提到：

> 如果现在在意大利出版西奥多·阿多诺的作品（顺便提一下，他的作品已经绝版了），希尔维奥·贝卢斯科尼会是他的出版商。我还需要说更多吗？实际上，有一个蛮有希望的迹象：南尼·巴莱斯特里尼和包括翁贝托·埃科在内的一群意大利老知识分子，合力将80年代的杂志《阿尔法贝塔》重新办了起来。目前《阿尔法贝塔》还创办了一个文学副刊《阿尔法小册》。该杂志是为数不多的专门为年轻作家提供的论坛之一，它们的成立非常鼓舞人心。这就很像《黄色潜水艇》那部电影里，曾经有一片土地——意大利——充满了色彩和音乐，但是后来 Biechi Blu（我们怎么用英文称呼他们呢，“蓝色反派”?）出现了，他们在接手了这片土地后把这个国度所有的色彩和欢乐吸干了。这些就是贝卢斯科尼和他的手下所做的事情。所以，这个由一群老音乐家组成的小交响乐队——《阿尔法贝塔》——派遣黄色潜水艇去寻找年轻人来拯救他们的胡椒国。

贝加莫大学比较文学专业教授丹尼尔·吉格里欧里，对意大利文学近十年如是说：“意大利已经滑入了繁华但肤浅、华丽但庸俗的时代，大致与贝卢斯科尼统治对应。”当被问到他对意大利被描述成“胡椒国”的看法时，吉格里欧里笑道：“悲伤而且没有色彩？不不不，贝卢斯科尼统治下的意大利是很悲伤，但却是非常非常五彩缤纷的。”

* * *

如果想要进一步了解贝卢斯科尼的影响，南尼·巴莱斯特里尼近期的非虚构作品《桑多坎》（2004）是一部很好的作品。这部小说是我会选择翻阅或细读的五六部小说之一，书籍内容都直接或间接地涉及贝卢斯科尼的庞大影响力。尽管批评家大多忽视它，《波普物质》却把它列为2009年十佳小说之一。这部非虚构小说的结构像是一幅拼贴画，素材来自一部关于那不勒斯周边地区居民的访谈录音。不难理解，这些访谈都是匿名的。这片地区还在那不勒斯的克莫拉秘密组织控制的封建统治下，该组织类似西西里的黑手党。在《波普物质》杂志社的克里斯·巴尔桑蒂写道："巴莱斯特里尼的故事似洪水一般，用第一人称展开叙述。故事里面，意大利南部小镇上的一个心情沮丧的居民讲述了他的社区是怎样被一群残暴的克莫拉成员侵占，怎样被他们蹂躏成为一个根本无法居住的地方……尽管他看起来似乎知道，无论他说什么或者他跟谁说这些，这个无可避免的腐败统治仍然继续着，但是他以一种不间断的，几乎没有标点的、流水般的、沮丧的，血腥的、从头条新闻里生拉硬拽的新闻报道方式讲述着，尽情吐露心声。当他咆哮般诉说着这些地区充满了缓慢又突然的死亡，说起鲜血与暴力，说起尽管如此，这片土地似乎依然在等着某种力量来结束这一切，释放它，他的声音是激愤的，但又饱含着忧伤。"

巴莱斯特里尼创作《桑多坎》时，他的研究助手是罗伯托·萨维亚诺。萨维亚诺不仅是一名极其勇敢的那不勒斯人，也是一名极具天赋的作家，他蝉联最畅销图书作家的头衔，于是荣誉和危险蜂拥而来，虽然他可能并不想要。他的作品《俄摩拉城》对意大利有组织的犯罪集团以及政府对其的纵容行为进行了猛烈的抨击。"无名"称赞该书是他们所谓的"新意大利史诗"的优秀作品。

"无名一号"是创作团体一位成员的笔名，他在伦敦的一次会议上曾经就该话题进行了演讲：

> 这些作品中最著名最成功的莫属罗伯托·萨维亚诺的《俄摩拉城》，销售量达到一百五十万部而且成功打入意大利大众文化。在这本书中，非虚构作品和自传小说的结合是非常微妙的，并且达到了不可思议的高度。这看起来很像一篇强有力的报告，详细叙述了那不勒斯的犯罪组织的结构体系，以及该组织在全球经济的运行模式。文中描述的事态是十分真实的，但是这不是一份普通的新闻报道……当这本书在英语国家出版的时候（不幸的是翻译得很糟），评论家感到很疑惑。这里引一段从雷切尔·多那迪奥在《纽约时报》的评论："对这本书做出一个定论，是异常困难的。在意大利，《俄摩拉城》被描述为'记录型小说'，这就表示萨维亚诺在运用第一人称时有一定的自由度……但是萨维亚诺对情感上真相的描述是攻不

破的。我无法把这本勇敢的书忘掉。”我猜多那迪奥在读亨特·汤普森的书的时候从未感到如此困惑。对于汤普森的写作，从未有人关心过什么是真实的，什么是虚构的。这两者之间的区别是什么？区别就是《俄摩拉城》不仅仅是一部讽刺小说；《俄摩拉城》是极其认真严肃的。

朱塞佩·格纳（生于1969年）是一位诗人和作家，也是一位从事编辑工作的企业家；他跟“无名”联系很密切。格纳创作的黑色小说中的一部《以实玛利之名》，由安·戈德斯坦翻译，2003年由米拉麦克斯出版社出版。这部作品充满折磨人的情节——涉及施虐与受虐狂俱乐部，极端教派，还有暗杀——取材于一位历史人物恩里科·马太，他是一位意大利实业家，1962年在一场可疑的飞机失事中丧生，这位集诗人和记者于于一身的作家，写作中充满紧张不紧、催人向前读下去的能量，又能够仅用一个意象就让读者戛然而止，正如作者描述的，在马太飞机失事的地点，那一片树林沾满了血迹，却又完好无损。”（《纽约客》，图书简评）。马太的死这一故事在意大利“左翼”知识分子心中，其实是符合他们对阴谋的定论的，符合他们标准的这类故事很多，但这一故事被他们看作是很关键的一部。也许格纳的《最后审判日》更能唤起共鸣，这本书被广泛认为是他最出色的作品：1981年六月，一个六岁大的男孩，阿尔费雷多·蓝彼，跌入了一口井里。这一事件就成了当时意大利的最大新闻事件，电视上连续18小时对此事件进行实况直播。小男孩死了，但是这个乱哄哄的场面证实了这场秀的营利性，让人联想起了比利·怀尔德1951年的作品《倒扣的王牌》。在同样“愤怒的一天”，神秘的共济会地方分会的成员名单被警察发现了，“上帝的银行家”罗伯托·卡尔维被以“假破产”的罪名送上了法庭，与此同时贝卢斯科尼的兄弟们开始了卫星城“米兰2号”的建造。

阿尔贝托·罗洛是意大利主流出版社菲尔特尼涅利出版社主编。当他被问起他对出版过的那么多英文书籍中哪一本书最感兴趣时，他回答道：“《特蕾莎》，它是一部来自西西里岛年轻女孩的故事，她的父亲被黑手党杀害。这部书的作者是克劳迪奥·法瓦，当然更有意味的是，作者的父亲也是被黑手党杀害的。”对于一个意大利人来说，那句“当然”

覆盖了几层含义：朱塞佩是谁？（克劳迪奥的父亲，是一名调查类记者，也是一名活动家，他因在作品中反对黑手党、反对美国在西西里岛部署导弹而为人所知）克劳迪奥·法瓦是谁？（一名五十六岁的意大利国会议员，也是其他十本书的作者，他在这些书中表达了对美国在纵容黑手党的政治氛围中所起作用的怀疑）；美国中情局、黑手党与地域政治之间有何关联。法瓦的父亲于1984年在接孙女的途中被杀害；朱塞佩·法瓦被谋杀过后还没到三年，一名由美国支持的基督教民主党政治家，西罗·西里洛被"红色旅"绑架了。在一次揭露行动中，基督教民主党人向那不勒斯的卡莫拉组织（黑手党的一个分支）寻求帮助，试图营救西里洛。政治家们写的书通常缺少情感的共鸣，但是关于这个年轻女孩的故事——她逃到意大利北部，然后偷了一把手枪，接着回到西西里岛杀掉谋杀了她父亲的人——却能给读者带来许多心灵上的共振。在作家自我陈述的部分，法瓦写道："这就是我的故事，这是我们共同的故事，'我们'是指所有领教过那个卑鄙的政治阶级及其不可容忍行为的人们，这个政治阶级不仅愿意并且急切地与黑手党妥协。"请注意一个有趣的细节，在意大利语中"卑鄙"一词"bieca"，也用于"蓝色反派"（Biechi Blue）。

意大利和美国，在过去的一百五十年中，在政治和文化上都齐头并进，就好似移植臂部般的结合，成为功能失调的一对。19世纪60年代早期，亚伯拉罕·林肯的国务卿在写给新意大利北部政府的信中，就表达过对不合时宜的"南部叛乱"的同情和对团结起来共同反抗苦难的许诺；我们可以想象希尔维诺·贝卢斯科尼和罗斯·佩罗之间的对话，他们在百慕大塔克镇上都拥有度假屋，并且彼此毗邻。（"你是对的，罗斯，为什么我不应该自己当总理呢？"）从林肯的国务卿的信件到这次想象中的谈话，美国和意大利在不同层面上都有着隐蔽的联系。但是随着柏林墙的倒塌，美国减少了对意大利反共组织（与黑手党联系密切）不加考虑的支持。但是意大利语黑手党昵称"章鱼"，仍旧暗示着那些触角虽然不是毫无消除的可能，但却是很难消除的。

这些书中的每一本，与其他许多被美国出版社忽视、不胜枚举的书一起，就像"无名一号"所提到的那样，具有"致命的严肃性"。在美丽、猥亵、古怪等意大利刻板印象的表面张力下，隐藏的是"致命的严肃”。“致命的严肃”是这个古怪的国度为灵魂而斗争。

选自2011年《当代世界文学》7—8月刊

（安凯德 译 程文 校改）

詹尼·赛拉提和意大利当代“平原”写作风格

[美] 杰米·理查兹*

什么是“让人信以为真的小说”？詹尼·赛拉提和意大利伊米利亚地区的作家们尝试通过展示平凡生活的不平凡之处，从而在信息世界恢复智慧。赛拉提的“巴达路克”十四行诗透过繁华盛世的霓虹闪烁透视当代世界的黑暗。

长久以来，詹尼·赛拉提被公认为意大利在世作家中最重要的一位，更是伊米利亚学派最杰出的代表。尽管除地域归属和情感之外，伊米利亚派作家的共同点真的很难用简单的言语来概括，但是他们的作品中却普遍表达了一种质朴的深思，不禁令人联想起卡斯帕·大卫·弗里德里希的那幅名画《海边修士》，这幅画对距离远近的革命性浓缩突显了死亡的地平线，这在詹尼·赛拉提、伊曼诺·卡瓦佐尼、丹尼尔·贝那提、乌戈·柯尼亚、帕尔罗·诺瑞等作家作品中也极为突出。这类作品可归于简约诗学名下，这种简约反映在凝望雾中风景的孤独修士形象中，也反映在这观想所衍生的故事里。

这种写作模式尽管抵触后现代风格，却也被运用在后现代作品中，它与国际文学场景中常见的文学叙述方式相对立，如侦探小说、移民流散小说，或者结构复杂的后现代小说。或许这也是只有极少数伊米利亚

---

* 吉米·理查兹（Jamie Richards）现为俄勒冈大学比较文学专业在读博士生，曾翻译过部分意大利文学作品，包括乔卡洛·帕斯托尔的《水母》（2008），尼古拉·利林的《自由落体》和乔万尼·欧雷利的《瓦拉切克的梦》等。

作家的作品被译为英语的原因之一。恰恰相反，他们的简约风格是对现代文学技巧的一种反抗，继承了早期的文学叙事传统，试图重新唤回沃尔特·本雅明在《故事叙述者》所描述的“濒临消失”的讲故事模式，而“消失”的原因是经验本身已经贬值了。现在，是大地上的共同经验奠定了文学沟通的基础。事实上，正如本雅明所写的：“在这个被创造出来的世界里，人类的声音远不及‘自然的声音’有力量。”本雅明反对这种起源于口述传统的模式，因为它将“智慧”转化为大众传媒散布的“信息”。托马斯·艾略特也发出过同样的质疑：“我们在知识中丧失的智慧在哪里？/我们在信息中丧失的知识在哪里？”伊米利亚作家们的那些故事尝试了在信息世界里恢复智慧，用那些聆听与诉说并重的叙事方式来反映一种态度，它在包容、接纳整个世界的同时，关注平淡日子中的不平凡之处。

因此，正如他们的称号一样，这些“平原作家”不仅仅是毫无人为干预的田园诗般的自然风光的观察者；更是一种对环境的体验，尤其是自然与工业化的交锋，使作家们形成了对当代生活深刻、晦涩的刻画。所谓“平原作家”中的“平原”，指的其实是坡河谷地，那是欧洲最大的平原之一，也是意大利最大的农产品种植区、加工区，此外两家核电站也位于此处，但是目前已经废弃不用了。这并非是不为人知的地方：路其洛·韦斯康提的作品《着迷》就以此地为创作背景。这里还是米开朗琪罗·安东尼奥尼《红色荒原》中五光十色的荒原，是费德瑞柯·费里尼的《月亮之声》中如梦般的反乌托邦。因此，丹尼尔·贝拉提的《伊米利亚的静默》和伊尔玛洛·卡瓦佐尼的《伊米利亚之路的探索》，还有路易基·盖瑞的摄影作品（他因为作品中的意大利风光玄学意象，以及与赛拉提的合作而出名）都是极好的例子，它们都通过奇异的手段，尝试描绘平原的壮丽与奇特。这样的平原风景对那些居住在不同作品中的人物来说，具有不可磨灭的心理影响。这也正是这类作品，特别是赛拉提和卡瓦佐尼作品的相通之处，他们总是能让我们重新认识那些早已熟知的事物。

这种可感知到的疏远感大致上构成了卡瓦佐尼的作品特点，《月亮之声》就是如此，作品标题是对费里尼电影的呼应，但它的意大利标题《狂人之诗》反映的则是平原的神秘之处所激发起的卡瓦佐尼对疯癫状态的兴趣。正是这一空间的开放和潜能催生了他小说作品的流浪汉形式，其小说中四处漂泊的主人公经历一系列奇遇。比如，他的小说《昔兰尼加》，小说将场景设定在一个“幽灵”世界或地下世界中，这点与但丁的作品《神曲》非常类似，通过讽喻来反映真实的世界。所有人物都是偶然寄居在此，或者至少他们这样认为。在这么一个超现实的炼狱中，所有的建筑物陈旧残颓，列车虽有时刻表，但却从未出发过，家庭关系只是为了生活方便而虚构出来的产品，每个人都想要诓骗别人，唯一的一所电影院里循环放映着同一部无比晦涩难解的电影——《昔兰尼加》。简言之，这部小说是对当代生活的荒诞戏仿。

尽管我们的世界是一个暗指现实世界的幻想世界，卡瓦佐尼的《傻瓜们短暂的一生》却是一个暗指幻想世界的现实世界。这些采用了圣徒传式结构的“简单”小故事，全都多少直接取自19世纪精神病院的医学论文和档案材料。这些被“发现”的故事采取了类似传统的叙述模式，叙述者扮演的是亲身经历了整个故事的“原始”的故事叙述者。在此，尽管这种幻想出来的真实很大程度上被嵌上了讽刺意味，对于“原始”故事叙述者而言，这个“傻瓜”的观点、视角永远是局限的，而他观点的全部意义只有在故事的重述中才能展现出来。在这种情况下，“傻”不仅仅变成了喜剧的伪装，更是解构叙述者观点、从荒诞中找寻真相的方法。举例来说，卡瓦佐尼的《集中营幸存者的回忆录》——采用了弗兰·奥布莱恩的《贫穷的嘴》的手法——讲述了一个男人的故事。这个男人认为毛特豪森没有那么可怕，因为他所在的小镇，被贫穷和饥饿所包围的培斯卡罗的生活似乎更加糟糕。于是，《傻瓜们短暂的一生》中那份简单的“简单性”将作品的嘲讽意味显现了出来，若非如此，文章的反讽性还隐蔽在黑暗中。

这种“发现”故事的叙述策略也同样出现在赛拉提作品的《平原的声音》中，这部作品是由一系列叙述者经过坡河谷地时听说的故事的合集。这些故事中的大多数以及赛拉提的其他作品，对于从意大利小村庄到杜撰出的非洲土地，再到洛杉矶等一系列地方，都有一种近似人类学或者更像考古学的关注，试图描述人在现代生存困境中的漂泊。他的著作《表象》中的故事《伊米利亚之路的可视状况》是对一片被烟雾模糊的风景的感知之沉思，在那里人们仿佛沉醉于烟雾。而这些烟雾正是

"发展进步"的代价，参与其中的主角们反而看不到他们周遭的环境。因此，交通的喧闹熙攘永无止境，"交通"一词正是人们看到"可视状况"这一短语时通常所联想到。

詹尼·赛拉提常引用的创作信条"要写让人信以为真的小说"，使我们开始思考"不可思议"和"日常生活"之间的关系。这一点在他最近的作品《演员维其亚托在里奥·萨利赛托剧院中的表演》和《当代意大利关于"巴达路克"的十四行诗》中表现得最为明显。在这两部作品中，他没有将自己定位为作者，而是定位为编辑，并且创作了自己的一个"第二自我"，名字叫"阿提利洛·维其亚托"，在作品中他是这些文章的虚构作者。这两本书合在一起就组成了维其亚托（这个名字有"年老"的意思）的传记。他从一支法西斯飞行中队中逃跑，上了一艘开往阿根廷的船，在阿根廷他成为一名巡游演员，并最终迅速成长为一名国际明星。他最常在舞台表演的是卡罗·葛尔东尼和莎士比亚的戏剧，并且吸收了《哈姆雷特》的一些元素（喜欢上了他的母亲，且将他的女儿命名为奥菲丽娅）；他在 1984 年回到意大利之后所写的十四行诗也有莎士比亚的风格。他的死亡也同样充满谜团，并如史诗一般雄壮：在和赛拉提本人、恩瑞柯·德·维沃一起去拜访诗人加柯莫·列奥帕迪（去他在尼泊尔的住所）的旅途（也像朝圣）中，他突然失踪，再也不曾出现。他曾存在的事实可以在苏珊·桑塔格和约翰·伯格等名人所撰写的见闻及评论中找到证据。然而，他那如史诗般辉煌的生活，名人对他的夸张陈述，例如"恩瑞柯·德·维沃的郑重发誓"，以及维其亚托"赛拉提式的专注"，都会让读者们更明白他只是虚构出来的人物这一事实。赛拉提坚持认为维其亚托不是角色，而是真正的历史人物，他的这一坚持再次证实了，这些原小说片段就是"让人信以为真的小说"。虚构与现实之间的距离也就不再重要了。

对当代意大利的批评都归结于以下传记事实，即，1984 年回意大利时维其亚托在世界上的名望完全不被意大利人知晓。维其亚托开始创作十四行诗，描述了他对于意大利文化衰退的印象，既针对了意大利，也映射了全球化了的现代性。16 世纪的意大利哲学家和天文学家乔达诺·布鲁诺在这里具有重要意义。他的著作《原因、原则和统一性》的卷首诗里的一行诗，被维其亚托拿来作为其十四行诗每一小节的首行，共五个小节因此被借用了五次：Umbrarum fluctu terras mergente，或者是“尽管幻影流溢，淹没大地。”意大利哲学家吉奥乔·阿甘本笔下的“当代”形象地表达了类似的态度，而诗人奥斯普·曼德拉司特姆也印证了这一观点，他就像是从自己的时代中跳了出来、选了一个独特的位置来观察上述景象。他转而使用星相暗喻来描述这一形象，将“当代”定义为一个“占星诗”：“（作为一个当代人）意味着你要将目光牢牢地锁定在时代的黑暗上，但同时也要感觉到黑暗中有一束光朝向我们，同时又与我们有无限的距离。”这样来看，赛拉提把自己作为一位当代人，但就如同布鲁诺一样，他的观点在他的家乡并不受欢迎：

乔达诺·布鲁诺的一生，游走的哲学家
(1548，诺拉—1600，罗马)

乔达诺·布鲁诺逃往英格兰，因为
他被指控为异教徒，
追逐、迫害，正如他一贯的遭遇
来自敌视他学说的人

在牛津，他的那不勒斯口音
也被当作是异端
他受到学究们的侮辱
说他是抄袭者，毫无真本事

他用善良来作答，到别处试探
自己的运气，跟随风的脚步，
直到下一个胡搅蛮缠的狂热分子
将他交给当局。
对于不熟悉的口音，学术界总是倾于排斥
布鲁诺回到了意大利，被烧死在了刑柱上。

这是关于布鲁诺的三首十四行诗中的第一首，布鲁诺成为维其亚托的先驱，因为同样地他也被自己的国家所遗弃，他的国家无法辨别出、并珍惜自己的文化遗产。这五十一首十四行诗的主题各有不同，包括了哲学反思和作家的（或者角色的）生活片段，但其中也不乏对当今意大利现状的严厉抨击。现今的意大利，人们对消费充满了宗教般的狂热，新时期的独裁统治依然稳固，政治成了空壳，艺术在流行娱乐占主导的市场中更是举步维艰。所有这些特点都浓缩到了“巴达路克”的形象中。“巴达路克”这个名字取来自意大利的一个地名、姓氏，同时也是动词“badaluccare”的名词形式，由动词“badare（意思是看，更准确一点，是指关注、在意）”和“alloccare（指消磨时间或者指，用佯攻和小冲突拖延敌人）”组成的合成词。因此，“巴达路克”是一种“消遣时间”的活动。这一点对于理解赛拉提的文字来说非常重要。“巴达路克”在他的作品中代表了“复波”（furbo）这种典型人物，一个愿意尝试任何解决方式的人——说到这儿，有人回想起贝卢斯科尼，但是他只是“精神力量”中的一种，每个人都臣服于他。1984 年，维其亚托回到意大利时观察到：

旅行者归来。在罗马的咖啡馆里写作
于归来的三个月之后

旅行者，现已老去，回到他的故乡
环游他的国家，不再与过去一样
而是满怀敌意，肤浅，
身处无耻堕落的暴徒手中——

巨大的下水道，恐惧之国，
对于羞耻有令人发指的理由：
电视上鼓吹着大量的傻瓜
白痴们享有最大的声名。

满脸油光的仗势欺人者手握所有的权力，
在这样污秽的世界里，你和能谁分享观点？

骗子随时掌控着着失去知觉的人们，
在他们的仁慈下，你又能做什么？

你能说什么？在这样的污秽、泥土和人群里
恶名昭彰的巴达路克一路前进。

有人也想到了有组织犯罪，当代意大利的另一个黑暗面，罗伯特·萨维阿诺的作品《俄摩拉城》对其进行过揭露和鞭笞，后来这部作品被改编为电影，由马提奥·加诺尼执导，情节令人难忘。这一社会现象在维其亚托的第二首十四行诗中也有描述：

在阿维萨平原，距离那不勒斯十五公里，拜访了
市长之后，在他明亮的办公室里遭到了
一群加莫拉分子的恐吓

现在的阿维萨，不过是
水泥骷髅，高耸的地狱之门，
兴建、拆毁、兜售废墟
只为了装满那些豪门的钱包

人们再不会想出更糟糕的悲剧：
地狱、监狱、敲诈将你逼入
沉默，还有身负恶名的恶徒们

兜售每个人的灵魂，叫嚣着："收紧你的圈套！"
这就是你的致富之道，以骇人听闻的恶行，
人对人就是狼，沿着一条黑暗的小径
直到头上的子弹通知你谢幕。

这就是社会秩序，他们如是说——
至于我，我会紧跟流浪者和逃亡者。

维其亚托，一个与时代脱节的人，作为那些既不完美契合时代又不迎合时代的同代人之一，在他的晚年，正是被强塞进这样一个社会秩序。维基亚托这一人物属于公民诗或抗议诗的传统，同时又以回响的方式复活了十四行诗的传统形式，反映了贯穿于塞拉提小说中的简约。同样的，卡瓦佐尼的“简单”叙述，虽然语气似乎更加轻松，但是却展示了所谓“正常”中的“荒谬”。

选自《当代世界文学》2011 年 7—8 月刊

（安凯德　译　　程文　校改）

对话达西卡·马罗尼

[美] 莫妮卡·塞格*

达西卡·马罗尼（Dacia Maraini），意大利著名作家、诗人、小说家。2011年4月曾被第四届布克国际文学奖提名最终入围作家。她的戏剧《巴戈利亚镇》（1993）讲述了她对生活过的西西里岛的记忆，该剧本连续两年成为意大利畅销书之一。2011年3月，马罗尼应邀来到俄克拉荷马大学访问并出席她在1980年创作的戏剧《玛丽·斯图尔特》的演出，我有幸与她共处两日，就她的创作及对意大利社会历史与现状的思考与她进行了深入交谈。还以访谈的形式，与她交流她的创作生涯，她与意大利社会的关系，以及她最近的著作——《别处的诱惑》和2010年由瑞兹理出版社出版的一部写游思的随笔集。

莫妮卡·塞格（以下简称莫）：您的第一部小说《假期》于1962年出版，至今大约50年，您如何评述这些年里您创作的变化？

达西卡·马罗尼（以下简称达）：哦，我认为我很忠实于我自己。我的改变不多，当然周围的世界改变得很多，你不得不应对它的多变性。因此，正如我自认为是时代的见证者，我必须对当下进行言说，对那些正在飞速变化的事物言说。这些变化如此之快，以至于你来不及做出调整和应对。我相信我保持着一如既往的自省、深刻的风格和敏锐的观察以及深刻的应对外部世界的方式。

---

* 莫妮卡·塞格（Monica Seger），俄克拉荷马大学意大利语系副教授，研究领域为20世纪21世纪意大利文学和电影、生态批评和性别研究。

莫：那么既然世界的大环境已经改变，对您来说，同样的问题还是始终如一的重要吗？

达：哦，是的。我想说的是对我个人与集体之间的关系——指政治性，并不是党派政治而是伦理意义上——那些基本的价值体系始终贯穿其中。当然情况可能有所不同，但是，比如，什么是自由？你的自由和他者的自由有何关联？这是伦理的基本问题。再比如什么是……暴力？究竟一个社会能够接受何种程度的暴力？两性关系如何？性别归属如何？或者说写作意味着什么？参与写作又意味着什么？这些都是最基础的问题。

莫：您的创作中还有一点不变的是您与语言的关系，您温和、有节律、引人入胜的写作基调，比如您的新作《别处的诱惑》。在创作一部文学作品时，什么促使您笔耕不辍？

达：我认为文学创作的过程类似于音乐创作。你的每一次文学创作，不管是写诗还是散文，都在和节律打交道，如你所说，节律就是音乐。所以我认为你是通过节律来区分作家的不同，而音乐性背后就是通过风格背后的节律和音乐性来区分作家的不同。我认为，抓住读者注意力的不是主题，主题可以变化万千，但是如果没有这种音乐性的建构，你是不会抓住读者的。

莫：您谈到剧作家与观众的关系，以及剧场中观众的重要作用。那么作者是如何参与戏剧话语的？你是如何看待你的创作与读者关系的？这个关系影响创作过程吗？

达：我认为在剧场里与观众的关系尤为重要。因为，首先，你要处理一个群体——演员、导演、技术人员——协作的关系。之后你要面对观众，这是临时群体，每晚都要变化的群体，并且可能参与或不参与，你的感受也会不同。相反，写作时你是独立的，你一人面对读者。这是很个人性的关系。并非集体性，也不是社会性。所以你只要对一个人讲话就行，而不是在和一个群体讲话，我想象我的面前有一群读者，一个理想的读者，他心情很好并很理解我的言说，或许和我有同感、所以我对这个读者说话，但是这是个象征性的读者，不是吗？我从来不会考虑读者的数量，因为不可能所有人都理解。在我写《沉默的公爵夫人》时，我确信这书不会吸引很多读者。结果那本书却是我最成功的作品，所以很难预料。始料未及，很幸运就是这样，有时新事物、新才华、新试验也会搁浅。

莫：《别处的诱惑》中您描述了旅行和写作像是疾病和痛苦的关系。从您的奶奶传到父亲福斯克，再传给您。对您而言，这两种疾病有什么联系？

达：我认为旅行是疾病，但又不是疾病。我的意思是，是的，这是一种疾病，因为它让你感到不安。并且你总是想着离开，不停地行走，想着探索你不知晓的世界的另一面。但同时，你感到很疲倦，你要走到下一个地点，要考虑语言、旅馆、天气，很是疲乏。旅行又是认识的过程。对我就是如此，我之所以旅行是因为想更多地了解世界。另外，这也可以解释从别处看自己的处境的一种方式。有时你需要跳出井底，日常生活如此紧张和窒息以至于你必须跳出去。当你从远处看自己时，也许会看得更清楚。我的意思是，你变得更加智慧，你开始理解生活中过分甚至可怕事情其实并非如此，或许是我们自己过于在乎它。所以对我来说，旅行是疗养的过程。旅行具有疾病和治疗的双重意义，它们同时存在，这就是我所讲的认识的过程。

莫：那么对您来说旅行和写作的行为在看待世界，获取经验的意义上有什么共同点呢？

达：是的，有很多共同点。因为写作是一次航海，你要穿越另一个世界。这个世界叫做发现。可能是你并不知道的历史时期，你从未经历过，但是你要试着理解和穿越。并且通过旅行，思想的旅行，你会在对比中同时理解当下发生的很多事情。当你对照现在的生活和生存的方式或是文化，你会学到很多。如果你没有和当下作对比的东西，你不可能理解。如果没有昨天你不会理解今天，不是吗？并且没有今天和昨天，你也不能投射到未来。

莫：您作为受邀教授和艺术家，在世界各地讲学，参加文学会议、戏剧研讨、社会公正论坛。您怎样看待您作为文化大使的作用？

达：我不觉得自己是文化大使！但是，我感到我心向祖国。我热爱我的国家，但我想自由地用审慎和批评的眼光看待它。我认为这也是知识分子的责任，一定要有批评意识。这并不是说你批评自己的国家你就不热爱它。相反，你越是热爱自己的国家你就会希望它变得更好，所以你会批判它做得不对的地方。这也可以解释为什么我会时刻关注我的国家发生的一切，叩问内心作为知识分子我该做些什么。我试着启发和说服别人一个国家可能改变什么，一个伟大的国家，伟大的人民做出了很多伟大的事情，不是吗？这个时刻才是进行政治批判、道德批判、社会批判的关键。我想说服意大利人民我们可以做得更好。这是我参与社会的使命。

莫：准备采访您之前，我订阅了您的著作的各种版本和译本。我注意到《声音》的封皮，1994 年版，把您称作“意大利最受争议的作家”。您认为自己是很有争议的人？

达：在世界上有点名气之后，我现在变得，或许是，习以为常了。但是很多年以来，有很多批评甚至挑衅的声音。我记得有篇论文，一篇右翼论文，登载了一张我和帕索里尼[①]的照片，照片下方的说明文字写着“左翼色情作家”。我不懂为什么我的作品被称为色情！并且他们还写道，这只是因为我们在谈论性，或者说，用他们不喜欢的非传统方式说话。还有一次，一本流行周刊刊载了我的诗和一封读者回信，读者居然是编造的妓女来信，这样写着：“我是一个妓女，我知道街道上发生的一切，但是达西卡·马罗尼的诗让我感到十分震惊和愤怒。”这当然不是事实，因为我去了那里，我说：“告诉我这个妓女的名字，因为我想与她当面谈谈。”但是我意识到这个妓女并不存在。他们编造了一切，为的是引发公众的争论。那是 20 世纪六七十年代的事，但他们现在不敢这么做了。

莫：那您认为是什么原因呢？

达：我更有势力，不是政治意义上的“势力”，而是我有声望。这意味着当你在一些国家有了声望，批评家开始评论你，反对你就很困难。你不会那么脆弱，你也不会那么孤立，有人和你站在一起。但是，当然是你辛苦写作了很多年之后的事。声望来自读你的作品的读者，而不是某个机构。

---

① 皮埃尔·保罗·帕索里尼（Pier Paolo Pasolini，1922—1975），意大利作家、诗人、后新现实主义时代导演。先后拍摄了《俄狄浦斯王》、《美狄亚》、《爱与愤怒》、《十日谈》以及《萨罗》（又名《索多玛 120 天》）等电影。1975 年，在罗马被人痛殴致死。——译者注

莫：最近，意大利在国际传媒中曝光率上升，但大多是负面的新闻，总理贝卢斯科尼的司法麻烦，媒体上贬低女性等问题。你认为意大利社会目前最大的问题是什么？

达：是的，意大利正在面临危机。当然，不只是经济危机，而是心理文化危机。因为我们的社会停滞不前。民主的问题是有国会就有多数派和少数派。多数派要尊重少数派；他们之间必须有对话，必须共同商议解决矛盾。现在他们并没这么做。他们只是指望多数派投票通过议案，根本不和少数派商议。这简直就是个人意愿控制全局的政府，根本不考虑别人的想法，这完全违背民主的初衷。但是同时，现在每个人都在说意大利在冬眠，他们睡着了，他们只会顺其自然，他们不会反抗，不是吗？我认为这不是事实，因为，例如，2 月 13 日①——我就在现场——举行了一次百万人的游行，波及意大利全国，三分之二的城镇被占领。每个人都参与了游行。没有（政治）派别、没有公众人物，就是老百姓。我认为这是一个信号。因为自 70 年代以来，意大利就没有过大规模游行。我认为意大利开始厌倦当下的政治局面，他们想要改变……

当然这期间也有没有变化的事情——可以说在欧洲、美国或是西方社会，妇女境况和有关妇女的法律变化非常之大，但是没变的是暴力。甚至在很发达的国家，你会发现暴力事件升级的趋势。这很奇怪，因为 70 年代我们认为，比如，修建学校、增加财富和改变生活环境会让暴力下降。相反，我们看到的是暴力在升级，尤其是针对妇女和儿童的暴力。这个问题我认为是这个社会的硬伤。所以如何放弃暴力，电影、电视如何对待暴力？这是意大利社会面临的最大问题。

莫：那么您认为我们如何调转社会的方向？

达：这很难，不容易，因为暴力趋势如此强大。它蔓延，尤其来自于图像的想象。这些图像都是基于暴力、枪击、谋杀、血溅满地。所以我认为唯一的办法就是呼吁建立一个没有暴力的世界，是现实中的，不是空想的，虽然这很难，但必须作出选择。这意味着，在这样一个世界

---

① 2011 年 2 月 13 日，意大利全国游行示威，抗议贝卢斯科尼所涉一桩未成年少女的“召妓”案件并要求其辞职，同时也对意大利媒体中有损妇女形象的问题提出抗议，抗议主题为：“不是现在，更待何时？”——译者注

里，爱更重要，人格更重要，品德更重要，生活更重要，人与人之间的关系很重要，等等。这也不容易做到，但至少，我认为，是知识分子的任务，是那些真正反对现在这个充满暴力的社会的人想要做的事情。

选自《当代世界文学》2011 年 7—8 月刊

（王楠　译）

Noir，意大利的黑色风格

[美] 詹姆斯·麦迪逊·戴维斯*

在写谋杀小说的现实主义作家所描写的世界里，歹徒可以统治国家，并几乎能够统治城市。

——雷蒙德·钱德勒：《简单的谋杀艺术》，1950年。

可怜的罪案作家开始问自己一些问题了。他说，我真的需要缝补社会这块破碎的布吗？

——安德里亚·卡米里：《意大利黑色风格》，2010年。

传统推理小说源起于爱伦·坡的《莫格街谋杀案》，在柯南·道尔及阿加莎·克里斯蒂那里继续发展，而卡洛琳·哈特及西蒙·布雷特等当代作家将其进一步发展；传统的推理小说需要对法律体系——或者至少对给罪犯评判正义的标准要树立一定的信心。然而，我们生活在一个充满怀疑的世界：即使是那些喜欢谜语，喜欢惊险刺激作品而推理的人，也不会把这类小说看作是现实主义的。即便是处在美国乐观主义的一片叫好声中也是一样不会相信。20世纪的各种事件早已让我们对法律体系及正义必胜的信心有了裂痕，甚至让我们感到了它的支离破碎；人性本善及制度本善的信念，已经因为人们在团体犯罪，大萧条时期和第二次世界大战中饱受的创伤而受到严重动摇。在这种

* 詹姆斯·麦迪逊·戴维斯（J. Madison Davis），美国推理小说家，主要作品有《福罗·舒尔滋的谋杀》（*The Murder of Frau Schütz*），《法律及秩序：死亡线》（*Law and Order: Dead Line*），后者获意大利埃德加文学奖提名。他还出版了七本非虚构作品，发表了几十篇短篇小说及论文。他的关于国际犯罪小说写作的专栏自2004年起开始在《当代世界文学》上刊登，2008年被推选为国际犯罪小说作家协会主席。

重创之下，法国批评家尼诺·弗兰克1946年所称的“Noir”，即“黑色风格”就应运而生了。

不同语境下对Noir概念的界定也会有所不同：它可以专指图书及电影特定领域的风格；也可以泛指某些犯罪故事愤世嫉俗的特点。雷蒙德·钱德勒写道，所有类型的小说都旨在揭示现实，但他指出，现实主义对他来说是远远不够的，艺术还需要救赎的特质。尽管这个世界上腐败丛生，但对钱德勒来说，“故事”中应该有一位英雄（男主人公）沿着破败的旧街道去实施些许正义。在某种程度上来说，这是乐观主义和公平正义的最后阵地。然而，即使是这种微不足道的、对正义世界的钱德勒式的妥协，也变得古怪，甚至滑稽。私家侦探一时间成为许多故事中的人物形象，几乎与小官吏形象一样频繁出现；不仅如此，随着对斯堪的纳维亚作家如亨宁·曼凯尔和阿诺德·英卓达森作品的翻译以及对一些戏剧的引进（如AMC公司对丹麦电视连续短剧《凶杀》的改编），这种黑色情绪就变得更加晦暗了。

最近，意大利黑色风格开始跨出国界；一些评论家认为，这种风格在影响力和重要性上将不亚于斯堪的纳维亚风格。“阳光意大利”似乎不再是任何黑色风格的合适背景，但是，正如阿尔弗雷德·希区柯克经常证明的那样，光明中的险恶不会少于黑暗中的险恶。19世纪末20世纪初，意大利出版商大多引进英国及美国作家的作品，一些意大利作家也用英国或美国的假名去创作。1929年，曼德多里创造了犯罪小说的出版商标“I Libri gialli”（黄皮书，由于他出版的书是黄色封皮），结果，“gialli”一词就成了推理小说的通称。直到1931年，意大利才出版第一部本土侦探系列，作者是亚历山德罗·维瑞多 。十年之后，法西斯政府宣布“黄皮”图书不合法，背离道德，虽然后来蒙达多利在战后恢复了犯罪小说的出版，但这些小说大多是翻译过来或模仿他人的①。

通常来说，最具意大利特色的黑色作品据说是1957年出版的《维尔·梅瑞拉可怕的混乱》一书，作者是卡洛·埃米利奥·加达

---

① 有关意大利犯罪小说的更多细节，可从《犯罪时代》（www. crimetime. co. uk）网站获取。

(1893—1973)，他饱受一战创伤，深受法西斯的折磨。他创造性地使用了意大利方言，以谋杀案的形式，对法西斯意大利的阴暗面及变化发展予以审视。这部小说开启了在犯罪小说中运用更多文学表现形式的大门，同时也证明了该体裁是能够表达严肃主题和严酷现实的。

在那些认为加达的作品位列"20世纪最伟大意大利小说"的人当中，现今意大利黑色风格的领军人物安德里亚·卡米莱利[①]（1925—）属于其中之一。他的作品和马西莫·卡尔洛托的作品，还有翻译过来的约翰·格里森姆，约翰·勒卡雷的作品，再加上阿图洛·贝雷兹·雷维特和弗雷德·瓦加斯的作品是最有可能瓜分意大利的畅销书架的。其中，卡米莱利的履历丰富，他的作品在欧洲和日本的销量已超过四百万册。然而，在他1994年出版《水之形》之前，他是一个几乎默默无闻的戏剧出品人兼导演，一个历史小说家。《水之形》的主角是探警萨瓦·蒙塔尔巴诺，这个名字很明显是向西班牙作家曼纽·佤斯凯泽·蒙塔班（Manual Vásquez Montalbán，1939—2003）致敬的。蒙塔尔巴诺以佩佩·卡瓦略为主角的推理作品很长一段时间都在意大利广受欢迎，而蒙塔班几乎和他小说中的人物，美食主义者卡瓦略一样，对美食及生活享受相当着迷。《水之形》的主人公蒙塔尔巴诺每每多愁感伤，对女友忠贞不渝，由于自己是西西里岛人（和卡米莱利一样），他多数时间都用来探寻与黑手党有关的犯罪行为。在一次英国广播公司的采访中，卡米莱利指出，很少有案件能够"准确无误地给予解决，而在意大利，就连惩罚犯罪的确切性也不复存在了"[②]。有个理由可用来解释为什么美国电影和图书在全球范围内广受欢迎，那就是，美国电影和图书中即便没有大团圆的结局，也都给出一个满意的解决方案。然而，卡米莱利与很多意大利作家一样，认为这类解决方案既不诚实，也不现实。或许是因为犯罪小说的代偿性理论使然：警察无法找到凶手，或者他们即便知道凶手是

① 参阅保罗·贝雷的《西西里岛的圣人》，见《卫报》2006年10月14日（www. guardian. co. uk）。

② 参阅《填补空白：佛兰西斯·巍切论意大利黑色》，见《犯罪时代》2011年4月24日（www. crimetime. co. uk）。

谁，但却无法惩罚凶手。卡米莱利还认为，描写黑手党人物，就算是把他们作为恶棍来描写，也很容易把他们抬得很崇高："马龙·白兰度难以置信的表演使我们忘了：这个人物曾下令杀害十几个人。"[①]卡米莱利力图避免这种情况，他让黑手党成为一股在幕后控制政治和罪犯、捉摸不定的怪异黑暗力量。

之前提到的马西莫·卡尔洛托（1956—）则是另一位畅销书作家，他的黑色风格比卡米莱利的色调更强烈，但也使黑色风格更加有生命气息。19 岁的卡尔洛托参加了一个名曰"不懈斗争"的左翼团体，有一次他看到一位名叫玛格丽特·玛婕诺的女子身受五十九道刀伤，于是便奋力救她，在救人过程中他沾满鲜血，后来跑向警察求救。这真是一桩"黑色"波折：因为卡尔洛托参加了政治活动，警察认为他有犯罪嫌疑，结果控告他谋杀了玛格丽特·玛婕诺。一度被宣告无罪后，卡尔洛托又一次受审并被判有罪。他先逃到巴黎，然后又逃往墨西哥，1985 年在墨西哥被出卖之后，受到警察的折磨，最终返回意大利。他成为轰动一时的人物，经历接二连三的审讯和再审，一直被囚禁在监狱中，直至 1993 年才获得赦免[②]。逃亡生涯和监狱生活成为卡尔洛托的人生大学。他的第一本书《流亡者》（*The Fugitive*）描写了他自己的这种传奇经历，后来被拍成了电影。他创造了一个叫"鳄鱼"的虚构人物，该人物与卡尔洛托本人有许多相似之处。"鳄鱼"（该名字出自一种鸡尾酒），是一名无牌侦探，有点像硬汉小说中私家侦探回归那类人。卡尔洛托说："'鳄鱼'是一个失败者，他通过发挥自身能力去为其他失败者服务"，但是，虽然这有点像其他那些穿街过巷、全靠运气破案的私家侦探，但卡尔洛托却坚持认为，他的主要关注点是要严格坚持现实主义。"我从来没有编造过一次谋杀，"卡尔洛托说，"写作是我记录当今意大利社会事件的一种方式。"[③]

蒋卡罗·德卡塔尔多（1956—）是一位罗马巡回法庭的法官和写犯

① 参阅《填补空白：佛兰西斯·巍切论意大利黑色》，见《犯罪时代》，2011 年 4 月 24 日（www. crimetime. co. uk）。

② 托拜思·琼斯：《黄色与黑色》，参阅网站 www. massimocarlotto. it。

③ 布莱恩·奥利弗：《我对好伙伴得奖不感兴趣》，参阅《观察家》2005 年 1 月 30 日（www. massimocarlotto. it）。

罪小说的畅销书作家，他是第一位使用“意大利黑色”和“地中海黑色”来形容卡尔洛托残酷小说的人。基于对一支罗马黑帮及其如何控制整个社会的了解，蒋卡罗·德卡塔尔多创作了史诗般的作品《罪恶故事》（*Romanzo Criminale*）。[①] 如今，其他许多小说家都被归为“黑色风格”小说家的范畴，其中包括法国马赛作家让－克洛德·伊佐（1945—2000）。他认为，“地中海黑色”作品的先驱是艾尔伯特·加缪的《陌生人》，加缪对卡尔洛托的写作风格影响很大。黑色风格小说家的名单每年都在增加，这并不仅仅因为黑色作品在商业上风靡一时。黑色（Noir），作为一种意大利风格，已经成为表达社会抗议的媒介，它掸除对政治体制腐败的粉饰，并从最初微不足道的娱乐形式发展成为一种严肃文学范式。

对当今从事黑色艺术创作的作家进行的一项调查显示，黑色体裁富于多样性和创造性。卢卡·迪·福尔维奥（难以置信的是，他同时还是一名儿童作品作家）在2000年因为其小说《人体模特》（*The Mannequin Man*）而被称为刚强版的托马斯·哈里斯。卡罗·卢卡莱利（1960—）是活跃于意大利电视界的一名具有煽动性的著名人物，同时也是超过20部小说的作家，包括受到高度赞誉的《近乎蓝色》（*Almost Blue*）。芭芭拉·芭娜迪在2008年发表充满暴力和血腥的女性复仇小说《玻璃眼睛女孩》（*The Girl with the Crystal Eyes*），书中对冷暴力及对意大利女性角色的描写，使得这部小说成为饱受争议的畅销作品。尼克洛·阿曼尼提在2006年出版《上帝的指挥》（*As God Commands*），因其对不正常的银行劫匪家庭给予黑色幽默式的审视（因此也被一众著名评论家恶毒攻击过）而获得了意大利最高文学奖——史特雷加奖。上述名单仅仅列举了意大利黑色流派中一些最活跃的作家，其中许多作家的作品可以在其翻译版本或作品选集《犯罪：意大利犯罪小说的苦涩柠檬书》（*Crimini: The Bitter Lemon Book of Italian Crime Fiction*）和《罗马黑色作品》（*Rome Noir*）等书中窥见一斑。

虽然意大利黑色或地中海黑色运动只算是一个花样少年，但它已经

① 阿玛达·赛蒂拉哈：《加喀罗·德·卡塔多所写的父亲和外宾》，参阅《会话季刊》（www. quarterlyconversation. com）。

影响到世界各地的犯罪小说。或许黑暗视角似乎越来越适合阐释我们这个充满腐败与暴力的世界。

选自《当代世界文学》2011年7—8月刊

（谢雨彤　译　　陆道夫　校）

当代中国文学与世界

读懂多多

[美] 麦　芒*

多多是位跨越了民族、语言和历史界限的伟大而孤独的旅者。他也是位坚定的先知，洞悉最主要、最普遍，在混乱的当代社会业已被遮蔽的人类价值观：创造性、本性、爱、梦想以及妄想。

多多 1951 年生于北京，20 世纪 70 年代初——“文化大革命”最孤独、最黑暗的时刻——开始了诗歌创作。他曾是一名孤独、理想已经幻灭的红卫兵小将，“文化大革命”中秘密阅读了波德莱尔和其他西方作家的作品并从其中得到启迪。他早期的诗歌以富有张力、抽象深奥但又栩栩如生的想象吸引读者，如短诗《无题》（1972）① 的开篇诗行：“歌声，省略了革命的血腥/八月像一张残忍的弓”；《无题》（1973）的开篇诗行：“一个阶级的血流尽了/一个阶级的箭手仍在发射”。《致太阳》一

---

* 麦芒，本名黄亦兵，1967 年生，湖南常德人，当代著名诗人。1983 年至 1993 年在北京大学中文系先后获得中国文学学士、硕士和博士学位。1993 年移居美国，2001 年获得美国加州大学洛杉矶分校比较文学博士学位。2000 年至今任教于美国康州学院，研究并讲授中国现当代文学和比较文学，现为副教授、系主任。早在上世纪 80 年代，麦芒即是闻名于北大校内外的当代诗人，移居海外之后，继续用中文和英文双语创作、翻译和朗诵，著有中文诗集《接近盲目》和中英文双语诗集《石龟》。出版了诗歌专辑《麦芒短诗选萃》、《麦芒小诗 100 首》、《麦芒抒情诗选》、《麦芒诗选》4 部。本文是麦芒在 2009 年提名多多为纽斯塔特国际文学奖候选人时，提交的大会发言。

① 在绝大多数的多多诗选中，这首诗的标题为《当人民从干酪上站起》。——译者注

诗依旧如此，然而整首诗听起来好像仍然在赞美无所不在、无所不能的太阳，矛盾地指涉了那个时代“伟大的舵手”毛泽东。最后一行强调或者揭示了太阳自身的荒诞命运：“你创造/从东方升起/你不自由，像一枚四海通用的钱!”这些深刻犀利的顿悟以一种相当精妙、辩证而又独创的风格呈现出来，从局内人的立场批判了“文化大革命”。在1976年的诗作《教诲》中，他进一步总结了自己和同时代诗人“文化大革命”中的地下艺术创作并得出了一个严肃的结论：“他们所经历的/仅仅是出生的悲剧。”

凭借此批判性的洞悉力，多多形成了自己的历史主观性和独特风格，当然他也为此付出了沉重的代价。多多的家庭出身成分不好，他是革命的弃儿，也是现代主义的弃儿。创作生涯伊始，他就预见到了自己被历史流放并被禁锢的命运：“从那个迷信的时辰起/祖国，就被另一个父亲领走”（《祝福》，1972）；“月光，暗示着楚楚在目的流放……”（《夜》，1973）；在《玛格丽和我的旅行》（1974）中，多多揭示了诗歌主人公面临的终极生存空白——在现实的中国与幻想的西方中挣扎。全诗的第一部分以下列诗行开始：“像对太阳答应过的那样/疯狂起来吧，玛格丽”，本诗模仿波德莱尔著名的《邀航》，邀请某个玛格丽加入无拘无束、随心所欲的狂想中的环游世界的旅行。但在第二部分，这种幻想中的旅行却以恳请“啊，高贵的玛格丽/无知的玛格丽”到贫寒的中国乡村做一次冷静、伤感的旅行而结束。当时的中国农村正陷入注定要失败的革命乌托邦的泥潭，玛格丽和“我”这种理想化的、浪漫的结合也就成了一条走不通的死路。因此，多多早期的诗歌经常引发人们对历史和革命进行细致入微和富有意义的反思，也包括对现代性和现代主义的反思，概括了民族与历史或者超越国界的民族与历史强加在个人身上的西西弗斯式①的命运。

多多在20世纪80年代的创作延续并深化了其诗歌实验。他证明了自己是语言形式和诗歌艺术的伟大革新者，他诗歌艺术的力量庄严崇高，

① 西西弗斯是古希腊神话人物，由于触怒了众神，诸神便惩罚他，要求他把一块巨石推上山顶，但由于那巨石太重，每每未上山顶就又滚下山去，前功尽弃，于是他就不断重复、永无止境地做这件事。——译者注

给人启迪。多多的诗歌常常关注“妄想”：“要是语言的制作来自厨房/内心就是卧室。他们说：/内心要是卧室/妄想就是厨房的主人”（《语言的制作来自厨房》，1984）。与此同时，多多诗歌的主题多为北方图景，其目的是唤醒并恢复自然与远古人类灵魂的和谐，抗拒当代历史的诱惑，抵制那缺乏自然或人性气息的刻板而又刺耳的噪声。这种基本趋向在《北方的声音》（1985）有所体现，末尾的诗行让我们想起老子的教诲“大音希声”：“一切语言/都被无言的声音粉碎”。

但若认为多多是一位放弃希望，看不到人类沟通希望的诗人则大错特错了。在净化、改造已被玷污的僵化语言的同时，多多力求以一种完全不同的方式表现和歌颂语言的伟大力量，表达对语言的敬畏之情。“北方”组诗中的另一首诗《北方的海》，描述了广袤无垠的，几乎是世界末日式的全景图：孤独、隔绝以及荒凉。但全诗结束于对人类爱的肯定，尽管这种爱仅仅是过去引发的幻象：“但是从一只高高升起的大篮子中/我看到所有爱过我的人们/是这样，紧紧地紧紧地紧紧地——搂在一起……”

1989年，多多以一种极具戏剧化的方式离开了中国。在随后的十五年中，多多过着流亡的生活，游历了西欧、北美和很多其他国家，这似乎应验了他“文化大革命”中早期创作的诗歌所暗示出的悲观预言。在旅居西方不久后所创作的诗歌，如《阿姆斯特丹的河流》（1989）、《在英格兰》（1989—1990）以及《看海》（1989—1990）中，多多利用诗歌的力量与被称作“流亡”的巨兽进行最英勇最顽强的斗争。尽管那段噩梦般的恐怖历史让他深受其苦，但多多——这位孤独的流亡旅者，“远离祖国的钉子们”（《看海》，1990）——却为他的诗歌开拓出了一片陌生而又宽广的天地，创造了一个后流亡、后历史时代业已被剥夺的、无法言说的世界。正如在1993年的诗歌《依旧是》中所说的那样，他呈现出了一种十分反叛、勇敢并且是抑制不住的“一阵奋力生长”的状态，并且“它有无处不在的说服力”，“任何排列也不能再现”。摒弃了虚无主义和流亡荒漠的危害，这种对“依旧是”所进行的萨满教式①的

① 萨满教企图以各种精神方式掌握超级生命形态的秘密和能力，获取这些秘密和神灵奇力是萨满教的一种生命实践内容。“萨满”一词源自通古斯语 Jdam man，意指兴奋的人、激动的人或壮烈的人。——译者注

重新肯定明晰地传达了一种积极、原始而又迫切需要的普遍寓意：为发掘人类语言的潜能与记忆的力量所做的坚持不懈的努力正在跨越人类语言的界限。

在那一代受人尊敬的朦胧诗人中，多多几乎是唯一还活跃在诗坛的诗人。他流亡之前在中国正式出版的唯一诗集《行礼》（1988）篇幅不长，但得到了普遍的赞誉，1988 年他获得了首届“今天诗歌奖”（迄今为止也是唯一的）便是最好的证明。给他颁发奖杯的不是别人而是北岛——朦胧诗的另一位代表人物，也是富有传奇色彩的文学期刊《今天》的创办者之一。颁奖词为：“自 70 年代初期至今，多多在诗艺上孤独而不倦的探索，一直激励着和影响着许多同时代的诗人。”[①]在 1989—2004 年旅居西方期间，多多并未辍笔，创作了大量的诗歌与散文，应邀出席了很多国际诗歌朗诵会，亲历了诸多文学事件。2004 年多多返回中国担任海南大学教授。自回国后，他就逐渐被中国年轻一代的作家和诗人“重新发现”。多多是位一丝不苟的诗歌艺术家，也是诗神缪斯的坚定追随者。和很多西方诗人一样，他不经常出版自己的诗作，也不以此为职业。然而，他喜欢给已经完成的诗作标注日期，之后将手稿搁置起来，在出版之前，有些诗歌被搁置了数十年，这种习惯源于“文化大革命”期间秘密写作的经历。另一方面，这种边缘化的倾向与匿名的习惯如同该隐的标识[②]伴随着多多，也使得他没有得到应有的认可，这实在让人遗憾。

在当代中国诗坛，多多的声音是最独特、最敏锐、最令人振奋、也最令人难以忘怀的声音之一。正如艾略特·温伯格（Eliot Weinberger）所评价的那样，多多也是“当代世界诗歌地形图中的一座山峰”。多多对当代中国和世界诗坛的贡献是巨大的，确切地说，他的贡献也是永恒的。多多是位很难读懂的诗人，他对诗歌的迷恋，有时候甚至是一种疯

① 完整内容为：“自 70 年代初期至今，多多在诗艺上孤独而不倦的探索，一直激励着和影响着许多同时代的诗人。他通过对于痛苦的认知，对于个体生命的内省，展示了人类生存的困境；他以近乎疯狂的对文化和语言的挑战，丰富了中国当代诗歌的内涵和表现力。”——译者注

② 《圣经》记载，该隐之弟亚伯深得上帝喜爱，该隐出于嫉妒将其杀害，于是上帝罚该隐四处流浪。但是该隐说，你的惩罚太重，离开了你，别人见到我都要杀我。上帝便说：谁杀你，必将遭到七倍的报应。于是，上帝还给了该隐一个记号，免得别人杀他。——译者注

狂的追求——“保持/整理老虎背上斑纹的/疯狂。”（《冬夜女人》，1985）——对读者和他其他语种的译者在智力和审美上都是一种挑战，译者对多多诗歌涉及的宽广领域和语言界限之外的长期流亡生活的艰辛并不熟悉。迄今为止，即使最优秀的译本也无法对多多中文诗歌的卓越才华做出公正的评价。从这种严肃的意义上说，我认为2010年纽斯塔特文学大奖应该属于多多这位优秀、勇敢、顽强但又未得到充分赏识的诗歌天才。纽斯塔特文学大奖给世界提供了一个倾听多多独特声音的平台和论坛，这个声音来自我们曾经居住但经常在离开后容易忘记的迷宫般的另一世界。

选自《当代世界文学》2011年3—4月刊

（肖喆　王国礼　译）

狂风狂暴灵魂的独白

——多多的诗歌与诗学：1972—1988

[美] 奚　密*

……我要让冷血的冰雪皇后听到

狂风狂暴灵魂的独白……

——多多《当春天的灵车穿过开采硫磺的流放地》(1983)

多多生于1951年，1972年开始诗歌创作，但直到1985年才在正式刊物上发表诗作。1988年3月出版了第一本诗集《行礼：诗38首》，尽管这本诗集只有82页的篇幅，收录了38首诗，但值得注意的是，在一长列诗人丛书的名单中，他排名第二，位列食指之后，但又在比他年龄略长但名气更大的诗人芒克之前。同年12月23日，多多获得了首届"今天诗歌奖"，之后又出版了包含更多作品的诗集：《里程：多多诗选1973—1988》。1989年他离开中国，从此开始了海外生活。

在到达伦敦后，多多诗歌的增补版被译成英语并出版。在随后的数

---

* 奚密（Michelle Yeh），美国加州大学戴维斯分校东亚语言与文化系中国文学教授，加州大学环太平洋研究中心主任，是著名的汉学家、翻译家和散文家。主要论著包括《现代汉诗：1917年以来的理论与实践》(*Modern Chinese Poetry: Theory and Practice since 1917*)(2008)、《现代诗文录》(1998)、《从边缘出发：现代汉诗的另类传统》(2000)、《诗生活》(2004)、《谁与我诗奔》(2004)、《芳香诗学》(2005)。编译了《现代汉诗选》(*Anthology of Modern Chinese Poetry*)(1992)、《杨牧诗选》(*No Trace of the Gardener: Poems of Yang Mu*)(1998)、《20世纪台湾诗选》(*Frontier Taiwan: An Anthology of Modern Chinese Poetry*)(中、英文，合编，合译)(2001)、《海的圣像学：沃克特诗选》(中文)(2001)、《心也会流泪》(中文)(2003)和《诗想台湾》(*Sailing to Formosa: A Poetic Companion to Taiwan*)(2005)。本文是奚密在2010年10月22日纽斯塔特国际文学奖颁奖典礼上发言的扩展稿。她认为多多诗学的核心就是强调诗歌的崇高——总体而言，诗歌高于社会，但同时又远离社会。

十年，至少存在两个独立的英文译本。1999 年，他获得首届“安高诗歌奖”，2000 年他的第二本汉语诗集《阿姆斯特丹的河流》出版。2004 年，多多返回中国担任海南大学的讲座教授，同年，他获得了另一项诗歌大奖——“华语文学传媒大奖”。2005 年，多多汉语诗歌收录最全的诗集《多多诗选》出版。

尽管获得过各种诗歌大奖，尽管媒体大肆炒作，尽管他是首位被一种西方语言以专著篇幅研究的诗人①，但中国读者对多多知之甚少。终其一生，多多是位非主流诗人，这是一种选择而非必然。与其他自 20 世纪 70 年代起活跃在中国诗坛的同龄诗人不同，多多未将自己划入某种诗派，没有创办并担任诗歌期刊的编辑，也没有从事文学批评，参与文学争论。然而，其相对的“隐身”与“缄默”并未削减他在年轻一代诗人中的影响力。事实上，自 20 世纪 90 年代末期以来，他的追随者与日俱增，多多依然是“诗人中的诗人”。

我认为这种情形本质上和多多所提倡的诗学观念及其独特的风格紧密相关，本文就 1972—1988 年期间多多与同时代其他诗人的显著区别展开论述。若将他的作品置于后毛泽东时代诗歌的两次思潮——“朦胧诗”与“后朦胧诗”——之中，我们可以看出多多在文学领域的地位与其成就并不相称：名誉来得太迟，而其作品却超前于时代。他是一位致力于诗歌艺术的独孤诗人，但在“朦胧诗”思潮中被边缘化了；在某种程度上，他又是“后朦胧诗”的老前辈，但过去——现在依然——未得到认可。

多多与朦胧诗

多多并非“朦胧诗”派诗人，首部朦胧诗诗集于 1985 年出版，其中并未收录多多的诗歌。同年，北京大学“五四文学社”编录了对“年轻诗人”的评论与访谈文集，包括所有重要的朦胧派诗人和很多年轻诗人，但多多不在其中。然而，近几年，随着多多认知度的提高和影响力的扩大，批评家和史学家们迫不及待地将多多纳入某种运动或流派，最

① Maghiel van Crevel, *Language Shattered: Contemporary Chinese Poetry and Duoduo*, Leiden: Research School cnws, 1996.

近的几本诗集和文学史将多多归于“朦胧诗”派。[1]

自相矛盾的是，将多多视作朦胧诗人的做法或许源出诗人自己。1988 年他发表了一篇名为《被埋葬的中国诗人》的文章，追忆了 20 世纪 70 年代初期和中期至《今天》发行之前的地下诗歌[2]。多多曾被下放到距北京一百二十多公里之外的渔村，和其他对文学感兴趣的青年一起开始了诗歌创作，并在友好的氛围中相互竞争。或许由于青年诗人中的芒克（《今天》杂志的创始人之一），多多开始与这份地下期刊发生联系，而这份期刊便是朦胧诗的摇篮。最近几年，这个诗群得到了广泛的关注，相关诗人的回忆录、访谈、学术文章和诗集已陆续出版。此诗群的名称由诗人插队的渔村（白洋淀）而来。作为“朦胧诗”的先驱，“白洋淀诗群”在文学史中受到高度评价。

当我们回想起朦胧诗某些最著名的诗句时，我们会情不自禁地被那种回归人性的热切渴望和抨击“文化大革命”（1966—1976）中非人道行为的愤慨之情所打动。遇罗克（1942—1970）因批判出身论而被处以死刑，在纪念他的诗文中，北岛（1949—）写道：“我并不是英雄/在没有英雄的年代里，/我只想做一个人。”[3]江河（1950—）则歌颂另一位罹难者——张志新（1930—1975）[4]，在《没有写完的诗》中，他将张志新刻画成被钉死在墙上的勇士，并预言其飘动的衣襟成为一面正在升起的旗帜。而舒婷（1952—）在《致橡树》中歌唱浪漫的爱情（此种主题是“文化大革命”中的禁忌），她将男性和女性比作根枝相连但又彼此分离的两棵树。在《自画像》中她将自己描述为“小林妖”和“小阴谋家”，在那样的年代，这些意象是难以置信的。顾城（1956—1993）将安徒生（1805—1875）视为导师，对洛尔迦（1898—1936）[5]《哑孩子》中刻画

① 例如在洪子诚、程光炜编选的《朦胧诗新编》中（武汉：长江文艺出版社 2004 年版），收录了多多的 28 首诗作，同选集中其他诗人的作品相比，数目相当庞大。

② 多多：《被埋葬的中国诗人，1970—1978》，《开拓》1988 年第 3 期，第 166—168 页。

③ 北岛：《宣告》，阎月君等编著《朦胧诗选》，春风文艺出版社 1985 年版，第 19 页。

④ 张志新（1930—1975），女，天津人，因在“文化大革命”中批评对毛泽东的个人崇拜而被迫害致死，后被平反，并被追认为烈士。

⑤ 洛尔迦（Federico Garcia Lorca），20 世纪最伟大的西班牙诗人。他的诗节奏优美哀婉，形式多样，词句形象，想象丰富，民间色彩浓郁，同时又显示出超凡的诗艺。主要作品有《诗集》（1921）、《吉普赛人谣曲集》（1924—1927）、《十四行诗》（1936）等。——译者注

的在水滴中寻找自己丢失的声音的哑男孩寄予同情。[①]

在强调集体主义的社会中，朦胧诗表达着对个人主义的渴望，在黑暗的时代表达着对意义的追寻。顾城的两行诗是此心声的最好总结："黑夜给了我黑色的眼睛，/我却用它寻找光明。"[②] 这两行诗也是"一代人"（那些在他们生命的成长期经历了"文化大革命"的青年男女）的宣言。与此类似，梁小斌（1954—）的《中国，我的钥匙丢了》哀叹了诗人踏上追寻自我的旅途时纯真的迷失，钥匙象征了纯真。

朦胧诗可以纳入20世纪70年代末80年代初出现的"伤痕文学"之列[③]，其共同点是以饱含哀伤、谴责的语气和痛彻心扉的基调猛烈抨击"文化大革命"，表达对尊严和自由的渴望。"伤痕文学"强调群体性情感的宣泄而非个人的信念。而与此相反，多多20世纪70年代的诗歌超越了哀怨与抨击的范畴。这些诗歌的主题或许具有公众性和政治性；然而，其语言却极富实验性，自成一格。

从其早期的诗歌《当人民从干酪上站起》（1972），我们可以看出多多如何以一种陌生化的风格表达人们熟悉的主题：

歌声，省略了革命的血腥
八月像一张残忍的弓
恶毒的儿子走出农舍
携带着烟草和干燥的喉咙
牲口被蒙上了野蛮的眼罩
屁股上挂着发黑的尸体像肿大的鼓
直到篱笆后面的牺牲也渐渐模糊
远远地，又开来冒烟的队伍……[④]

---

① 顾城曾说："洛尔迦的哑孩子写得纯美之极，他的谣曲写得非常动人，我喜欢洛尔迦，因为他的纯粹。"——译者注

② 洪子诚、程光炜：《朦胧诗新编》，春风文艺出版社1985年版，第164页。

③ 相关论述参见 Michelle Yeh，"Chinese Literature from 1937 to 2008"，*Cambridge History of Chinese Literature*，ed. Kang-i Sun Chang & Stephen Owen（Cambridge：Cambridge University Press，2010），pp. 565－696。

④ 多多：《多多诗选》，花城出版社2005年版，第1页。本文其余作品均选自该诗集。

读者立刻会被这奇怪的标题吸引：一个人如何看得见人民从干酪上站起？如果说“人民”是最熟悉、最神圣，“文化大革命”期间被随意滥用的一个词，那么“奶酪”对中国人来说是很陌生的[①]。这两个词的并置嘲讽了所谓的人民革命，句法使标题中这个荒诞的意象复杂化了。倘若我们认为这首诗的首行从标题开始，则完整的句子应为：“当人民从干酪上站起/歌声，省略了革命的血腥”。如此一来，这首诗便富有意义了：前半句显而易见的荒诞便推导出了隐藏在后半句的荒诞。正如无人能从干酪上站起，高亢的革命歌曲也无法掩饰“文化大革命”的恐怖。

全诗的其余部分仍能找到怪诞的意象：是“恶毒的儿子”给牲口蒙上了眼罩以免它们被腐烂的尸体吓到吗？他应该对这些人的死负责吗？“篱笆后的牺牲”究竟指什么？它是否暗示另外一支队伍开来后会有更多的人死亡？但有一点明确无误：这些意象都是消极的，充满了凶兆。事实上，当我们把本诗所有的形容词——革命的、残忍的、邪恶的、干燥的、野蛮的、肿大的、模糊的以及冒烟的（枪）等——串联在一起时它们就拼接成了“文化大革命”的缩影，伴随着其狂热与极端、无意义的暴力和无法言表的痛楚。从开头的名词“歌声”到最后一句的名词“队伍”，这首诗呈现了一幅令人不寒而栗的现实图景。

与朦胧诗派不同，多多很少站在受害者的角度写诗。他从不简单地以善恶分辨事物，而是指出受害者与加害者的矛盾心理以及他们之间的秘密共谋关系。《从死亡的方向看》（1983）便是一个极佳的例证：

从死亡的方向看总会看到
一生不应见到的人
总会随便地埋到一个地点
随便嗅嗅，就把自己埋在那里
埋在让他们恨的地点
他们把铲中的土倒在你脸上
要谢谢他们。再谢一次

① 2010年10月20—22日纽斯塔特颁奖期间与多多的谈话中，他解释说因为他父母的美国背景，他在青少年时期就能吃到奶酪。

你的眼睛就再也看不到敌人
就会从死亡的方向传来
他们陷入敌意时的叫喊
你却再也听不见
那完全是痛苦的叫喊！

“你”和“他们”之间的关系颇为复杂。表面上，“你”和“他们”是敌人，但“你”感谢“他们”将你活埋。铲中的土倒在脸上，“你”再也看不到“他们”，但他依然能听到他们的叫喊。这首诗有意将显而易见的敌对人物和矛盾情绪相混合，“你”在某种呈上是受害者；然而，即使被“他们”活埋，最终，是“你”取得了最后的胜利。无论是选择自己死亡地点的随意方式，激怒“他们”的意图，还是向“他们”不加抵抗的屈服都暗示了角色的逆转。是“你”如此冷漠，几乎在搞恶作剧，面无恐惧之色，毫无愤怒之情，完全掌控了形势。以如此方式叙述一次无情的杀戮反倒使杀戮本身更恐怖。

《从死亡的方向看》并未谴责对悲剧负有主要责任的压迫者，而是看出了压迫者（“他们”）和被压迫者（“你”）之间的共谋关系。与朦胧派诗人不同，多多的诗歌没有浪漫主义的倾向。荒诞主义者、怪异的意象以及尖刻强烈的反讽语气没有传达轻松欢快的信息，也没有表达任何共鸣、任何怜悯。倘若反讽使诗人在感情上对所观察的对象和所剖析的现实保持客观的话，超现实主义则是诗人呈现现实的方式。

类似地，朦胧诗中代表天真无邪和纯洁率直的孩童，在多多的诗中却并非如此。《在秋天》（1973）便是一个典型的例子：

秋天，米黄色的洋楼下
一个法国老太婆，死去了，慢慢地
在离祖国很远很远的地方
跑来了孩子们，一起，牵走她身旁的狗

把它的脖子系住，把它吊上白桦树
在离主人尸体不远的地方

慢慢地，死去了
一只纯种的法兰西狗

在变得陌生的土地上
是这些孩子，这些分吃过老太婆糖果的孩子
一起，牵着她身旁的狗
把它吊上高高的白桦树

一起，死去了，慢慢地
一个法国老太婆，一只纯种的法兰西狗
一些孩子们，一些中国的孩子们
在米黄色的洋楼下，在秋天……

重复与循环结构（首行与末行相同）具有多重作用。首先，它们构建了全诗的叙述，诗篇开端客观如实描地写了法国老太太的房子，孩子们过去常常在房前玩耍。在全诗结束时同样的描述再次出现，然而，读者已听完了整个故事，重复暗示出某种灾难性的弦外之音。人们一看到米黄色的洋楼就想起那些孩子惨无人道的行为。

重复也有助于形成缓慢的节奏，缓慢的节奏通过频繁使用的逗号得以强化。节奏与副词“慢慢地”相对应，在诗中出现了三次。狗慢慢地被杀死，同样地，老太太也慢慢地死去了，但最后一个诗节的开始作者使用了“一起”一词。我们怀疑老太太是否也死于孩子之手。在“文化大革命”期间，当针对外国人和外来物——尤其是来自西方帝国主义国家的人和物——的暴行被纵容时，孩子们的行为也就毫不奇怪了。

最后，循环的结构也强化了秋天的美景与谋杀者（们）邪恶行为之间的对比。如果狗与老太太的亲密关系，不论活着还是死后，都暗示着忠诚，孩子们的残忍行为则意味着背叛。背叛不仅是孩子的所作所为，诗篇末，背叛也成了一个民族总体的病症。依据情理推测，法国老太太可能旅居中国多年，她将中国视作自己的家，但中国和中国人“正变得陌生”。老太太曾是那么慈爱，那么好客地对待孩子们，但他们以毛主席的名义戕害生命，背叛了从前的自我。最后一个诗节的第一行诗（一起，死去了，慢慢地）中句法的不确定性也具有语义的不确定性。但“他们”的意义很明确，“他们”包括孩子。他们在失去纯真与人性时也“死去了，慢慢地”。在最后的分析中，一个拥有冷漠、残酷民众的国家就变成了一片寒冷而陌生的土地。这首诗暗示了罪恶的集体性，孩子们和大人一样在其中扮演着施暴者的角色。

同20世纪七八十年代的朦胧诗相比，多多以一种完全不同的视角描述同样的历史现实。他的诗中没有英雄式的烈士，没有对普通人的赞美，没有对爱与人性复苏的呼唤。相反，多多对历史采取了一种客观冷静的立场，凸显了其无法逃脱的荒诞性与人民的集体罪恶。《我记得》（1981）一诗可看作多多对历史态度的概括：“历史也如石人一般，/默默注视灰房子的倒塌”。被下放到白洋淀六年后，多多回到了北京，1976年他写下了《教诲》一诗，概括了他们那一代人理想的破灭：“悲惨/就成了他们一生的义务”，他们的理想“仅仅是出生的悲剧”。在《北方的土地中》（1988）他把年轻人比作在永不消逝的纪律的季节播种在历史中的树苗，表达了被弃置于历史苦难时的存在主义式的痛苦。

多多与“后朦胧”诗派

后朦胧诗形成于20世纪80年代中期，主要由自称为新生代诗人的作家构成，他们也被称为“第三代诗人”。总体而言，后朦胧派诗人要比朦胧派诗人年轻五岁到十岁，他们受到过更良好的教育，在中国文学与世界文学方面造诣更深。尽管只有极少数精通外语，但很多诗人都翻译过外语诗歌。他们中大多数人都是大学毕业，有些还获得了硕士学位。同朦胧诗相比，后朦胧诗更丰富多元，异彩纷呈。后毛泽东时代诗歌的第二次思潮有三种主要趋向：寻根、生命意识以及意识流。①

多多的诗歌与后朦胧派诗人的诗歌差距甚大。首先，尽管他们都以通俗的语言描写日常生活，但他们诗歌的基调相去甚远。很多后朦胧派诗人的诗歌透露出一种富有青春活力的，无忧无虑的气息，其鲜明特点是自我抨击式的幽默。而多多的基调更沉郁，风格更具讽刺性。其次，

① Michelle Yeh, “Light a Lamp in a Rock: Experimental Poetry in Contemporary China”, *Modern China*, Vol. 18, No. 4, Oct. 1992, pp. 379 - 409.

尽管多多诗歌的很多题材和意象来自北方农村，但和后朦胧诗人不同，他的诗歌毫无怀旧之情。后朦胧派诗人从民族神话、古代遗址以及古典文学汲取营养并以此重新界定中国文化身份，但多多对此毫无兴趣。

但其相似性或许更有意义，因为他们至少在一定程度上阐释了多多的作品对年轻一代诗人日趋增强的影响力。首先，很多后朦胧诗人赞同多多对英雄、哀怨以及崇高的拒绝，反崇高是他们作品的共同心声。其次，通过广泛使用意识流技巧，很多后朦胧诗人深入探讨人类灵魂的黑暗面。就女性诗人而言，尤其以翟永明（1955— ）和陆忆敏（1962— ）为代表的女诗人，她们的诗歌充斥着死亡，而死亡是多多早期诗歌中反复出现的主题和意象。和多多一样，后朦胧派诗人从西尔维娅·普拉斯[①]那儿寻找灵感。

最后，很多朦胧派诗人对诗学不感兴趣或无诗学意识，后朦胧诗人更注重诗歌理论，从他们的宣言或文章中就可以看出这一点。正如我们所见，即使是在反“文化大革命”题材的诗歌中，多多极具张力的语言，复杂、超现实的意象和他反讽的基调已经使他区别于朦胧诗人。他具有一种强烈的意识——将诗歌作为艺术，而他同辈的诗人很少有此主张。例如，在《手艺——致茨维塔耶娃玛琳娜[②]》中他写道：

我写青春沦落的诗
（写不贞的诗）
写在窄长的房间中
被诗人奸污
被咖啡馆辞退街头的诗
我那冷漠的
再无怨恨的诗
（本身就是一个故事）

---

① 西尔维亚·普拉斯（Sylvia Plath，1932—1963），美国20世纪最有影响力的女诗人，自白派的代表人物之一，曾获得普利策文学奖。主要作品有《冬天的船》（1960）、《巨人的石像及其他》（1960）和《爱丽尔》（1965）。——译者注

② 玛琳娜·茨维塔耶娃（Marina Tsvetaeva，1892—1941），是20世纪俄罗斯最伟大的诗人之一、小说家、剧作家。主要作品有《魔灯》（1912）和《选自两本书》（1913）、《里程碑》（1921）、《俄国以后》（1928）等。

我那没有人读的诗
正如一个故事的历史
我那失去骄傲
失去爱情的
(我那贵族的诗)
她，终会被农民娶走
她，就是我荒废的时日……

在那个政治动荡、人无法掌握自己命运的年代，这首诗仅仅关注内心世界的忧虑，表达一种孤独感。在一个文学基于“样板”人物，缺乏个性的时代，诗人反复强调“我的诗歌”。“我”和“我的”在这首只有十五行的诗中反复出现了七次。

多多将诗歌定义为“手艺”，按字面理解是“手工制作的艺术”，他为此花费了很多“荒废的时日”，即使无人去读。无怪乎这首诗用了一连串否定性的词语和意象描述诗歌创作，它本身也表达了一种蔑视。屈辱与孤独背后是诗人不屈不挠的创作意愿。

多多的独立与反叛中所体现的勇气与玛琳娜·茨维塔耶娃的《致诸位文学督察官》(1913)相呼应，对他而言，“手艺”值得奉献一生。时至今日，《手艺》被认为是多多的佳作之一，20世纪七八十年代茨维塔耶娃在中国青年诗人中非常流行，或许，此诗起了推波助澜的作用。[①]

诗歌高于社会，但同时又远离社会，这是多多诗学的核心观念。在此背景下，我们就可以将《那是我们不能攀登的大石》(1982)解读为他对诗歌艺术的追求：

那是我们不能攀登的大石
为了造出它
我们议论了六年
我们造出它又向上攀登
你说大约还要七年

① Michelle Yeh, "The 'Cult of Poetry' in Contemporary China", *Journal of Asian Studies*, Vol. 55, No. 1, Feb 1996, pp. 51 – 80.

大约还要八年
一个更长的时间
还来得及得一次阑尾炎
手术进行了十年
好像刀光
一闪

大石明显是比喻性的，因为它是人造的。持续了数年的争论暗指实际的创作进行之前的激烈的思想历程。一旦建成，大石便挑战我们去攀登，攀登或许要持续数年，或许终其一生。在《黄昏》（1993）中，艺术创作被喻为生孩子，这一过程同样充满了痛苦，同阑尾炎之苦一样煎熬。事实上，这首诗暗示一个人不可能攀登大石。

漫长的岁月与短暂瞬间的并置，如同大石与外科手术刀的并置，说明了艺术的矛盾性。艺术需要诗人如此多的付出，需要若干年的勤奋工作，但可能还是无法达到他期盼的高度。然而，在此艰辛的过程中，他或许会瞥见光明，忽然获得灵感，这就是多多赋予自己的重任，也是他献身精神与虚心谦逊的体现。

在《冬夜女人》（1985）中，多多写道：

……诗人
的原义是：保持
整理老虎背上斑纹的
　　疯狂

这些诗行恰如其分地概括了多多在1972—1988年之间的诗歌创作："已整理的疯狂"，这种疯狂和老虎一样强大，一样可怕。

选自《当代世界文学》2011年3—4月刊

（王国礼　译）

绵延的理由

——2010 年在纽斯塔特国际文学奖授奖晚宴上的致辞

［中］多　多

女士们，先生们：

今夜面对诸位，我仅愿望低调地言说，以便让感谢这个词能够听得更为真切。这是一个必须说出的词，且在很久以前就应当说出。

当初次听到波德莱尔、洛尔迦、茨维塔耶娃、爱伦堡诗行的音节，一代中国诗人已经在感谢——这严厉岁月里创造之手的传递。词语，已在接受者手中直接成为命运。

诗，以其瞬间就能击中的力量袭击我们，在击中处，我信此力也能从我们传递回去。

自此，我的国界只是两排树。

在我如此讲述之际，70 年代的残响还在回荡，里面有重塑人格的全部回声。从这一点——一个国家一个声音，诗人把自己开除出去。写作开始，流亡开始。立场，便自动向我移近，只不过是一个人，并以此确立自身，只不过是人。

我说的不是历史，是出现在历史这个词中被争论过的人。在这个词中，生命被诗歌带走，去寻找“一个像健康一样遥远的国度”（西尔维亚·普拉斯语）。

我说的是写作，那首艰难的练习曲。

其间，非说不可的遇到了说不出来的。每一个词是一个原因，要求写作者从另一个故事，从历史，社会，政治所汇集的原始营地强行突围，去触及那个什么，那个谁。在触及中，找到词所隐瞒的人的无限边界。

从这一点，每个词写出了一半，可理解的一半。语法，仍在对词叩问的另一半进行。每一个词都不是符号，每一个词内有一个孤儿的大脑。说不出更年轻的词，但在苦难这个词中有人的全部秘密。

也许，叩问词也就追问了正义。如独白能引来和声，也许就是代言。诗，以其无用而自足，并以此蔑视权力。

至少，诗歌理想是这样要求的：当诗人尚未跟上自己，已把最具尊严的部分暴露给它。是它，让光投在光必须照射并移动的刻度上。光，也就在人可抵达处抵达人，以便把爱重新辨认出来。

照亮我们的是踌躇，行动便总是在谴责，黑暗就更加充分，以致愈合了它所遗漏的缝隙，尚不知光也源其自身。而那是由词语洞穿的。

当下就更为隐蔽，等级说不出这统治——一个被写出来的咒语。

当道路，已成为一个读不出重音的词，即使在对其高谱系的追溯中，传来的也只是本次文明的回声。我们便一路停在那里，停在我们以为返回可以让我们经历全程的地点，追问那个与昏迷的远古一道封闭在矿石中的词，一个被封闭的谜，只考验它的倾听者。

在诗人的倾听中，在他诚实的极限，逻辑的尽头，会有什么被打开，那个什么——那个当下。从它更深更深的根据里，谜崩出词。词，也许就是由暗示所揭露出来的接近，相遇，对话。

道路只在当下，而我们把回声当里程。

我说的是诗人经验怎样被带入词语。

在经历了革命、颠覆、试验、拆解的喧嚣之后，诗人还能听到什么。这从谜崩出的词——沉默，里面有我们共同的处境：在一种完全形而下的水平上，在人的物理的水平上，任坏死的智力啄食风景，这是口号的继续，一种可持续的暴力把记忆当了燃料，填回去的是我们处境的回声，因为词的流亡是从这里开始的。

但从诗学典范所创造的词语空间，持久鸣响的却是从未与沉默分开过的言说：只有记忆，没有遗忘，因为没有山峰，只有高峰……

中国古典诗人的群像浮现了，带着字里行间一路而来的山脉，河流，重量与压力，和我们在一起，不只在语文的中断处，也在地质的断层，等待我们接说——这生命草坪的又一季。在另一个故事里，同一个寓言里，我们怎样重归壁画的音响，光也就怎样创造我们的视野。

从这一点，就要由一个总体故事的说者说下去了。

说东方——西方，西方——东方，说这共同出场的舞台——大地，向前的星空与居所——我们书写的联盟，我们的读者——我们的海底草原……

大自然已没有另外的水墨，危险已被找到，诗歌已沦为边缘，而边缘靠近家园。诗歌享用这边缘，并继续为生病的河流提供仪式，为心灵提供可阅读的风景。

这是我们绵延的理由。

英译文刊登于《当代世界文学》2011年3—4月刊

从地图上消失：韩少功的马桥

［英］蓝诗玲[*]

韩少功（1953—）是兼具非凡的艺术性与原创性的作家，他对人性的洞察既是本土的、也是全球的，他的生涯是华语文学自 1976 年以来创新性变革的例证。韩少功的代表作《马桥词典》获得盛誉，因为它的叙述者的幽默与悲悯，因为他冷静地描绘了赤贫农民的生活，因为他以高妙的艺术技巧，叙述了现当代中国的一幕幕悲剧；也因为他的艺术形式实验和对中国文化、语言与社会的深刻理解。

《马桥词典》一再出人意料地融合了小说、回忆录、随笔等文类，化合成短篇小说集的多样性，情节连贯，结构深刻而复杂。在 1970 年“文化大革命”期间，作为成千上万城市知识分子上山下乡的毛泽东乌托邦宏图的一部分，16 岁的韩少功被作为“知识青年”送到湘北农村，靠种田采茶为生。这一计划在 1976 年随着“文化大革命”结束而结束（毛亦在这一年去世），韩少功返回湖南省会长沙，在那里，他进了大学，并开始了作为小说家的生涯。到 20 世纪 80 年代早期，他致力于后毛泽东时代早期的政治解冻思潮所允许的新文学批判潮流，创作了一系列的短篇小说，这些小说大都反映了那个特殊年代对个体造成的悲剧。在 1985 年，他成为寻根文学运动的首席代言人，这个先锋作家团体，共同致力于通过地方历史和传奇，探索奇幻的中国文化之根，并创造了一种暗黑的现代主义小说风格，使之能够清晰地反映特殊时期的人性黑暗

* 蓝诗玲（Julia Lovell），伦敦大学现代中国历史与文学教授。她的著作有《文化资本政治：中国对诺贝尔文学奖的追求》、《长城：抵御世界的中国》。她同时也是一位文学翻译家，翻译的作品包括韩少功的《马桥词典》、鲁迅的《阿 Q 正传及其他中国故事》。本文是蓝诗玲在 2011 年纽曼华语文学奖颁奖典礼上的主题发言，论述了韩少功《马桥词典》中的“地方普遍主义”。

与暴力。十年后，韩少功对中国南方（尤其是对先楚异教文化传统）的迷恋，和对20世纪政治灾难的关注在写于1996年的代表作《马桥词典》中达到顶点，这部作品是一部关于韩少功“文化大革命”时期被下放的村庄的虚构体传记。

初读这部作品，留意的是它提供的大量湘北社会、文化和种族的信息。正如小说标题所提示的，小说以词典的形式安排结构（它的诸多词条由地方方言构成），由知识青年韩少功叙述，记录了“文化大革命”之前、其间、其后的地区历史、语言和习俗。从按照人、地方到狗、蚊子的序列的切入口，韩少功给我们介绍了盲目追求现代化的毛泽东时代及其后大量幸存下来的奇特的地方事物：深深刻印在马桥方言中的厌女症，食物崇拜，由频繁饥荒威胁所引起的与村民密切相关的吃，以及对线条的模糊理解，时间的民族观念。这些细节深深地根植于马桥，以及整个中国，从遥远的过去到当下：在公元前第一个千年的传奇大迁移中；在清朝的太平天国运动中；在共产主义革命的背叛与混乱中；在20世纪60年代初期恐怖的大饥荒中；在“文化大革命”的政治运动中。

但是，韩少功小说的内涵远比干巴巴的历史与语言学词典提供的要多得多。随着小说的逐渐展开，各个词条开始呈现人与词的知识：老村长罗大伯、戏迷万玉、对“科学的”或“觉醒的”的马桥式颠三倒四的理解，这些构成了线性的阅读。该小说用低调的同情与幽默将宏大、传统的历史叙事变转变为细腻的人性关怀。在“文化大革命”时期，村民们明显不喜欢省宣传队单调的“无产阶级”戏剧：“你怎么直接让我拎一个屎尿桶，如果戏里有这个剧情?”当地戏剧表演家嘲讽地询问着，抱怨着样板戏的“写实主义”舞台风格。政治迫害将盐早，地主的儿子，变成了一个哑巴，甚至在关键时刻都喊不出“毛主席万岁”！最重要的是，《马桥词典》用一种沙哑旷野、肆无忌惮的语气讲述这个偏僻的小乡村对性的探寻与欲望。想想本义，村里那个大嘴巴书记，是一个双性恋；或者，再想想铁香，他的荡妇妻子，在大大方方地怀孕之后强行征用了本义做自己的丈夫；结婚几年后，她和马桥最不成器的光棍汉，三耳朵有染。

韩少功受到中国南部人文、地理、语言环境的启发，但并不被这些因素所局限，因为同时他也是20世纪中国文学都市传统的继承者。鲁迅，现代中国文学的奠基者，在20世纪10—20年代期间，通过他对外国文学的阅读和翻译，有力地推动了文学语言的重塑和翻译。韩少功，与许多他的同辈作家不同，继承了五四传统，掌握了一门外语（英语），使他在英文原著中发现了许多非中国的文学家；他也翻译了一些外国作家评论家的作品，例如米兰·昆德拉。在异国的旅行中（由于他在国内、国际的文学地位，他经常到国外参加会议和研讨会），韩少功的外语功底使他可以在书店驻足、阅读不同的文学世界，这一点就超越了许多只懂汉语的同辈作家。

像韩少功本人一样，《马桥词典》既是本土的和特殊的，又是国际的。韩少功将自己置于广泛受影响的渠道中，从孔子到弗洛伊德。他常常思考，一种普遍化、正常化的语言是不可能存在的，以及当你试图认为它存在时的荒诞与悲剧性。在思考这些时，他从不畏惧，自己的思想在不同国家和时代之间跳跃。他的学识涵盖了中西两个世界的历史与文化——道教、美国反共主义、现代主义艺术与文学——于是他的作品不仅在话语世界中颇受好评，同时也能够使西方读者理解和接受。他对传统现实主义和魔幻现实主义都驾轻就熟，善于故事叙述以及言语措辞。韩少功的马桥村民是普世的、立体的，也正是读者所期待的。志煌：粗鲁的“宝气”专家；兆青：古怪的吝啬鬼，最终以神秘和暴力的结局结束一生；仲琪：村里的大忙人，后来由于不堪贫穷和羞耻自杀；盐午：“鬼才”，但又太自作聪明。尽管韩少功的人物生活在马桥，“地图几乎寻不见的小山村”，却让我们更加确信现代爱尔兰诗人卡瓦纳的诗句：“狭隘主义是普世存在的；它强调的是那些根基。”正如韩少功《马桥词典》的探索，马桥的方言、生活和村民们完全可以在世界文学中赢得一席之地。

伦敦大学

选自《当代世界文学》2011年3—4月刊

（刘洪涛　贾燕芹　译）

文学有付多疑的面孔

——2011 年 2 月在纽曼华语文学奖授奖晚宴上的致辞

[中] 韩少功

各位女士、各位先生：晚上好！

我非常荣幸地站在这里，接受各位评委的鼓励，领取第二届纽曼华语文学奖。我知道，有资格获此殊荣的作家远不止我一个，因此这个奖意外地降临于我，与其说是对我的肯定，不如说更代表该奖的资助者、组织者以及全球众多读者朋友对华语文学的关注与支持。

谢谢你们！

对不起，我在这里只能用汉语来表达感激——尽管我希望自己有一天也能用法语、日语、俄语、西班牙语、阿拉伯语等其他语言来自由地表达自己和结交各位朋友。但这当然是太难了。全世界五千多种语言使任何一位语言天才都只能望洋兴叹。

其实，任何人甚至也无法穷尽自己的母语。英语单词量据说已近五十万，而且每年还在增加数千新词。《康熙字典》里收集了四万七千个汉字，由这些字所组合的词更是变化多端无穷无尽。我们哪怕在大学读上一辈子甚至三辈子，其实都只能熟悉母语的很少一部分。

更为重要的是，在人类复杂丰富的生存实践中，每一种语言既是公共性的，又是非公共性的，以致不少常用词在具体语境那里总是歧义丛生。一个小毛孩与一个成年人对“结婚”缺乏共同的体验，不可能有共同的词义理解。同样道理，分别住在寒带和热带的居民对“太阳”一词会有相同的感受？终身定居者与频繁迁居者对“家乡”一词会有相同的联想？当下全球化的现实，是富人在无国界地发财，穷人在有国界地打工；全世界的富人富得几乎一个样，全世界的穷人穷得很不一样——那么我们所说的“全球化”是哪一些人生故事？这种五花八门的复数“全球化”能否借助一本词典而获得统一的定义？

十多年前，我正是在中国南方的一个村庄开始这类困惑，从而获得了写作《马桥词典》的最初动力。语言是生活之门。一张张门后面的“马桥”是一片无限纵深，需要我们小心地冒险深入。今天，由千万个“马桥”所组成的中国故事构成了争议不休的难题，现有的各种理论似乎都不足以描述这个巨大而莫名的现实，不足以诊断它不可思议的重重困局和勃勃生机。在这种情况下，我们是应该删除这种现实，还是应该对我们既有语言——以及各种语言产品——的局限性保持更多警惕？

这本获奖的小书当然不是真正的“词典”——虽然很多书店职员曾把它误列在工具书柜，甚至以为“马桥”是与“牛津”有意对偶和比拼的品牌。这本书只是一本小说，并不许诺永恒和普适的权威解释，无意冒充理论、史学、工具书。像其他文学作品，它对生活中各种现场、细节、差异、个别、另类、模糊性的守护，也许只是重申怀疑的权利，让人们的定见向真相的更多可能性开放。

从这个意义来说，文学总是有一付多疑的面孔，或者说文学总是以非公共性方式来再造公共性，一再用新的粉碎以促成新的聚合，用新的茫然以引导新的明晰。这个过程大概永远难以完结——因此这也是我们不管多少次听到“文学将要灭亡”的预告，其实用不着过于担心文学的理由之一。

谢谢！

英译文刊登于《当代世界文学》2011 年 7—8 月刊

对话安娜·玛利亚·莫伊斯

［美］桑德拉·金格瑞*

安娜·玛利亚·莫伊斯（Ana Maria Moix），1947年出生于巴塞罗那，很早就确立了自己的文学声名：她25岁时，就已发表了两部受到高度赞誉的小说，一部短篇小说集和三部诗歌。她还被选为西班牙九大诗人之一——而且是其中唯一的女性诗人——她的作品也被收入当代诗歌选集《九位新生代西班牙诗人》（1970）中。

在其职业生涯早期，即20世纪60年代末到70年代初，莫伊斯是巴塞罗那先锋文学和文化运动“笨拙神”的成员，他们联合起来，反对佛朗哥独裁专政，以及政府强加的保守紧身衣，普遍要求各方面的自由：艺术、政治和个人。跟一直用西班牙语写作的莫伊斯不同，很多“笨拙神”派的作家——包括莫伊斯的哥哥特伦西·莫伊斯（畅销书作家）——都选择使用弗朗哥设法压制的加泰罗尼亚语来写作。巴塞罗那足球俱乐部在加泰罗尼亚地区不仅是一家具有独特风格的俱乐部，并且至今仍然颂扬加泰罗尼亚的语言和文化。尽管在世界足球中大名鼎鼎，但它一直高举着加泰罗尼亚的民族主

* 桑德拉·金格瑞（Sandra Kingery），美国莱康明学院西班牙语教授，翻译作品有安娜·玛利亚·莫伊斯所著小说《茱莉亚》和《对真实生活，我一无所知》，古巴作家雷纳·瓦兹奎斯·迪亚斯的小说《里尔博士，欢迎到迈阿密来》。

义大旗。

自1975年弗朗哥独裁统治结束后，莫伊斯只是偶尔发表些零星作品，但却获得更大赞誉。她的短篇小说集《危险的美德》（1997）和长篇小说《黑色华尔兹》获得了巴塞罗那城市奖。她最新的小说集《对真实生活，我一无所知》（2008）收录了两篇探讨足球的故事。小说《某天，它突然发生了》描写一个男人痛苦的社会遭遇，他突然难以理解地失去了对足球队的兴趣，而该球队是他、他的家人还有朋友一直支持的。在另一篇小说《少量的激情》中，一位男子看到他的球队输给了更大的竞争对手，从此之后性情变得日益狂暴，这些作品都为读者了解球迷，以及足球所引发的丑陋激情提供了非常滑稽的场景。以下是作者对莫伊斯的访谈。

桑德拉·金格瑞（以下简称“桑”）：你在足球和文学之间找到了什么共同之处吗？最近你在《国家日报》上撰写了一篇文章，把天才作家安娜·玛利亚·马图特和巴萨球员莱昂内尔·梅西作了个比较。一位伟大的足球运动员是否是一位艺术家，就像伟大的作家马图特那样？

安娜·玛利亚·莫伊斯（以下简称“安”）：超现实主义者说过：“艺术无处不在。”当然我还没有走到那样的极端，但我认为，任何人，不论其职业如何，都可能受到瞬间的“启发”而突然顿悟，不管他或她在做什么（做鞋子、写书、弹奏乐谱……）。但我在描写马图特和梅西的文章中试图解释的是天才的脆弱。天赋是人生来就有的，所以我的文章提到了梅西小时候踢足球的录像，马图特小时候写的故事，还有法国国王小时候的故事——引用亨利·米修[①]的话——他不做艺术家后就“刚好”当国王。一个人可以生来就是天才，然而他们的天赋可能会消失。令人遗憾的是，天赋不是毕生的素质。在足球方面，当这个现象发生时，球员最终显得“软弱”或“慌乱”（比如，罗纳尔迪尼奥）。但这样的解释是否符合“天才”这整个概念呢？我不知道。我喜欢米洛斯·

① 亨利·米修（Henri Michaux，1899—1984），生于比利时，是个具有较高成就的诗人、作家和画家，擅长用法语创作，后来成为法国公民。其作品包括诗歌、游记和艺术评论。——译者注

弗尔曼拍摄的电影《莫扎特传》。正如有的作家是伟大的小说家，出色的小说家，而不一定是天才那样，撒利略[①]是个伟大的音乐家。但他知道他不是天才；他知道他没有莫扎特的才华。真是一出悲剧。

桑：你能告诉我们你与巴塞罗那足球俱乐部的关系吗，你最初是如何意识到这个球队存在于你生活中的？你其他家人也是支持者吗？你一直喜欢看足球吗？你最初是出现在足球场还是听广播呢？现在，你是喜欢到诺坎普球场，还是看电视、听广播、上互联网来追踪比赛消息？

安：我父亲曾是个巴萨球迷。我还小的时候，我的家人就问："你支持哪个球队？巴塞罗那，对吗？"那么我呢，可能有点困难，就回答说："马德踢。"我当时还太小，就把"马德里"最后一个字母"d"，说成了"t"。这个特点，即我发音困难的事情，没有持续太长。我父亲、我母亲和我第二个哥哥每个周日都要到巴塞罗那体育场去看比赛。我们不去的人就在收音机里听比赛转播。说实话，我不是很想回忆当时的事情。

米克尔，我的第二个哥哥，死了。他死时18岁，而我当时是15岁，我的大哥特伦西20岁。米克尔死后，我开始代替他随父母到体育场去看球。我父亲患有神经官能症和强迫症，不能站着看现场比赛，就一直坐着，有时他也会绕到体育场的酒吧里去。我母亲是个狂热的球迷，特别喜欢拉斯洛·库巴拉，她与坐在我们前排的一位女士一起，大声叫骂鲁伊斯·苏亚雷斯，因为他常常与库巴拉发生冲突。苏亚雷斯是唯一一个获得国际足联金球奖的西班牙球员。当埃拉尼奥·埃雷拉——一个具有独特天赋的出色教练，离开巴萨到国际米兰后，他带走了苏亚雷斯。

无论如何，我无法相信那样的话会出自我母亲和另外那位女士之口，她是一位寡妇，带着她十几岁的儿子，从萨瓦德尔（一个工业城市，离巴塞罗那两三个小时路程）来到体育场看球。我记得当时我一直坐在位子上，吃着花生；当比赛结束后，我从座位上站起来，往地面上看，到处都撒满了花生壳，由于把地板弄得太脏，我感到有些羞愧，但也很愉快。当我十五六岁时，我去球场看过两个或三个赛季……

---

① 撒利略（Antonio Salieri，1750—1825），出生于意大利维罗纳，著名的威尼斯古典音乐作曲家、乐队指挥。——译者注

直到后来我才成为一个真正的巴萨球迷。现在我在电视上看球。

桑： 20 世纪 70 年代你开始发表文章时，也在巴塞罗那文学和文化界中看球或踢球，这种追求有何意义？在叙述加泰罗尼亚身份方面，作家能从巴塞罗那足球俱乐部中得到什么启示呢？

安： 我为巴萨和加泰罗尼亚身份之间的联系感到不安有好几年的时间了。70 年代时，知识分子都看不起足球。但是，也有一些例外（我能记得的有）：作家曼纽尔·巴斯克斯·蒙塔尔万、建筑师奥斯卡·塔斯奎茨、作家贡萨罗·苏亚雷斯、出版商乔治·赫拉德。后来，一位真正的马德里球迷哈维·马利亚斯开始描写足球，然后其他作家，比如阿道夫·加西亚·奥特加开始承认他们也喜欢足球。但即使现在，我们的人数也不太多。

在巴塞罗那，有些作家，如哲学家尤吉尼奥·特里阿斯和约瑟·拉莫尼达就宣称支持西班牙人队（巴萨的对手，巴塞罗那另一支球队），坚决反对巴萨与加泰罗尼亚的联合以及加泰保守主义。很多知识分子和作家基于那个理由也反对足球，因为他们认为巴萨是加泰罗尼亚的旗手和民族主义的需求。从我个人来说，我对这些问题没什么兴趣，但他们也没有破坏我对足球的感受。

桑： 你觉得你与巴萨的关系跟你作为一个加泰罗尼亚人的身份有联系吗？当巴萨明确反对佛朗哥和皇家马德里时，你与这个球队的关系发生了什么变化吗？

安： 这对我一点影响都没有。我不是民族主义者，不是加泰罗尼亚民族主义者，也不是西班牙民族主义者。我不相信旗帜，或者要求一种语言优越于其他语言的权利。我只接受在表面上进行抨击的民族主义思想。

从传统上来说，皇家马德里一直是西班牙右翼和极端右翼支持的球队：佛朗哥、他的整个政权，而今，西班牙社会的保守派是反巴萨、挺皇马的。另外，两个球队之间还存在着不可避免的冲突，他们是永久的对手（这种事情到处都发生——每个国家都有两派充满仇恨的对手）而且当然还有西班牙联赛里最好的球员。

桑： 过去几年来，足球文学似乎在出版界很盛行。你认为这种书写的流行是什么原因造成的？如今足球无所不在，你赞成“世界足球化”

这种说法吗？是否如博格斯[①]所暗示的那样，那些知识分子和球迷之间，存在着不可逾越的界线？

安：我认为这种出版趋势不会赚很多钱。事实是，出版商为了卖出更多的书而在努力创造新的流行趋势。他们一直在设法创造足球文学潮流，同时还有妇女文学、内战文学，等等。

世界足球化是个全球化问题：现在每样事情都在全球化。然而，实际上，全球化的东西是社会中最糟糕的部分：贫穷、金融危机、无知、平庸、政治和经济上的犬儒哲学……

对于很多知识分子来说，足球是法西斯运动：力量、肌肉、犯规、击球，等等。可能博格斯是对的。

桑：你的一篇小说《某天，它突然发生了》被选入乔治·瓦尔达诺主编的足球文学选集《足球文集》（2），要不都被男作家所主导了。你是如何决定开始把足球纳入你作品中的？某些女性作家（比如说，阿帕奇[②]的索尼娅·布达西）就为了足球的大男子氛围而批评过市民和市民话语。作为一个女人，你是否觉得描写和支持“男人的运动”有些令人战栗？

安：没有，当我描写足球时，没有感到任何紧张。管理这个世界的人比那些足球运动员更恶劣。到处都有大男子氛围：办公室里、人们的家里、政治活动中、学校里……我曾被邀请到一个电视节目中谈论足球，四个男人和我。问题是：“足球是否是一个男性至上的运动？”那四个男人几乎没让我说话。“先生们，足球是男性至上运动的证据就是，你们四个人没让我说话。但百分之三十五的巴塞罗那足球俱乐部会员是女性。”我在此需要补充一句，在关于文学的电视节目中，如果他们能做到的话，男性作家们不会让你插一句话。

桑：你与足球有关的两个短篇小说以幽默的方式反映了球迷在支持他或她的球队时，表现出来的“病态”的一面、客观性的缺失和遭受的极端情绪。是什么使我们对自己的球队表现得如此情绪化？当巴塞罗那

---

① 博格斯（Jorge Luis Borges，1899—1986），阿根廷作家，以其深奥和富于想象力的短篇小说而出名。——译者注

② 阿帕奇：美洲印第安人的一个种族。——译者注

成为2010年欧洲冠军的时候，我在兰布拉斯广场目睹了某些真正混乱的时刻。当你支持巴萨时，是否也经受过类似的“无理性”时刻？若非“无理性”的话，你或许只是称之为“爱”吧？

安： 球迷——我自己也要包括在这个称号内——是病态的，是某种极端的、非理性情感的牺牲品。当我看球的时候，我变得难以忍受，特别当巴萨踢得很糟糕的时候，当球员让我们失望的时候。我们为什么支持一支球队而不是另一支？这是无理性的；这是纯粹的情感。否则，我们就会支持那支客观上踢得最好的球队。如果有客观性的话，那么就不会有球迷或激情或足球了。

桑： 你经历过西班牙在2010年世界杯比赛中的胜利，当西班牙或加泰罗尼亚球员品尝这一伟大功绩时，你认为卡尔斯·普约尔、安德雷斯·伊涅斯塔、哈维、维克托·巴尔德斯和巴萨球员是队中的核心吗？

安： 我确实为世界杯感到非常激动。确实，球队中有七名巴萨球员，但在其他世界杯或欧洲杯中，即使没有那么多巴萨球员，我仍然观看足球赛并且支持西班牙。每当“红军”[①] 赢球时，我都喜欢。

我还想提一提，有一段时间里，我对足球的激情陷入了低潮。当时努涅斯[②]和加斯帕特[③]把俱乐部管理得一团糟，有人说他们利用职位暗地里赚钱，我有几个赛季都不支持这个球队了，不支持巴萨或任何别的球队。如果一个俱乐部的财政管理很可疑的话，我会很“心寒”。

选自《当代世界文学》2011年5—6月刊
（桑德拉·金格瑞译自加泰罗尼亚语，姚本标译自英语）

---

① 红军（La Roja）：西班牙国家男子足球队的别称，也被称为“红色狂热”。——译者注
② 努涅斯（Josep Lluís Núñez）：前巴萨足球俱乐部主席，任期1978—2000年。——译者注
③ 加斯帕特（Joan Gaspart）：前巴萨足球俱乐部主席，任期2000—2003年。——译者注

对话胡安·维约罗

[美] 莱安·龙*

胡安·维约罗（Juan Villoro），1956 年生于墨西哥城，是一位小说家、短篇小说家、散文家和编年史家，他的作品具有深刻洞察力，兼具黑色幽默和反讽文风，涉及一系列感人的主题：墨西哥经典文学、萨帕塔主义者在恰帕斯的暴动、墨西哥克里斯特罗战争遗产、流行电视和小说体裁的交叉、体育比赛（比如，拳击和足球等能够吸引大量观众的体育项目）的社会和文化功能。就主题和风格而言，维约罗是一位多才多艺的作家，而且长期坚持他那深思熟虑的文风。他对问题的讨论常常就是评价（或敏锐地提出）那个问题应当如何处理，或者传统上是如何处理的。

维约罗获得过多种奖项，包括他的小说《目击证人》（2004）所获得的赫雷尔德奖。他出版了 17 本书，主要有小说《氢光速》（1991）和《聪明的物质》（1997），短篇小说集《农村的将军》（1978）和《失去的房屋》（1999），编年史集《流逝的时光》（1986）和《十一人的部落》（1995），多部散文集，包括最新作品《事实真相》（2008），还有儿童文学，包括中篇小说《西佩尔教授和电吉他的传说》（1992）。当我有机会采访维约罗时，我们的对话涉及多个领域，从足球迷这个严肃的话题谈到保持自己幽默感的重

* 莱安·龙（Ryan Long），俄克拉荷马大学西班牙语副教授。他的研究领域是墨西哥文化和政治，尤其关注 20 世纪晚期墨西哥文化。他发表过系列话题的文章，包括恰帕斯的冲突、墨西哥电影等，以及大量作家如伊戈纳西奥·曼纽尔·阿尔塔米拉诺、阿尔瓦洛·穆迪斯和罗贝托·博拉诺的评论。他的专著《整体小说：墨西哥小说，1968，以及民族—通俗状态》于 2008 年由普度大学出版社出版。

要性。

莱安·龙（以下简称为“莱”）：在你的创作生涯里，你创作了大量有关体育运动的作品，我感到好奇的是，你是如何把写作比喻为观看或从事体育运动的？比如，在一部关于足球的小说《十一人的部落》中，你聚焦于体育场的空间和在那儿度过的时间。体育运动和进行体育运动的空间是如何帮助你思考文学的？

胡安·维约罗（以下简称“胡”）：我对体育运动的兴趣（不是球迷，而是作为作家）在于体育运动代表着一种清晰表达的激情。观看体育运动的时候，我们可以理解在当代社会里，我们如何表达相关行为、又如何宣泄我们的情感。当谈到足球时，我对足球迷特别感兴趣。我不会去记住场地里发生了什么，而更愿意去调查，那里发生的事情为什么可以如此地吸引众人，以至于人们可以在那里宣扬迷信、信仰，宣泄希望、失望、反抗等情绪。比赛所产生的所有具象的力量和幻想，才是吸引我这个叙述者，这个文学见证人的地方。当然作为一个球迷又不一样了：我只希望我的球队赢球。

莱：隶属于某支球队的球迷往往与你小说里的主人公不同，比如《氢光速》里的弗南多·巴尔默斯或《目击证人》里的朱利奥·瓦尔迪维索。他们都是非常独特的人物，是吗？

胡：是的，他们是球迷的对立面——孤立、忧郁、很消极——而且似乎他们的内心是平静的。他们不以物喜，不以己悲。所以起初，他们相当愚钝，但正是愚钝和脆弱让他们了解到了另一片世界，那些在生活或者行动领域永远占据中心地位的人永远无法了解到的世界，而这片世界才是关键。

莱：他们是见证人，是他们自己体验的过滤器。

胡：是的，在小说《目击证人》中，我很有兴趣地问道，谁是事件的最佳文学见证人？从司法的观点来看，一个人在法庭说的话是由某些条件决定的。但从道德、心理学和文学的观点来看，使某人成为一位合适证人的主观过程更为复杂。所以，《目击证人》是关于一位目击证人的塑造过程，和他所看到的事情对他本人产生影响的程度。我不相信目击证人都是完全被动或冷淡的。目击证人必然参与了旁观的实验。但在

《目击证人》中，主人公的态度与我看球时注意到的那人完全不同，那人要更加喧闹欢快，更无拘无束。

莱：所以，这也是一个距离的问题。

胡：确实如此。当我创作一部小说时，小说里的人物独一无二，而且与现实有一点疏远，但他们却发现了自我；如果他们觉得在那样的现实中感到不自在的话，我所寻找的就是这种个人化的独特的声音。相比之下，在足球比赛中，我寻找的是群体的声音，共同的声音，是在体育场表达自己的当代希腊大合唱。

莱：群体和个体之间的关系在《目击证人》中是如何运行的？比如说，我在思考这么一个特别引人注目的场面，在小说中，主人公仔细检查了“阵亡的队伍”，那是一个偏僻的地方，埋葬着死去的克里斯特罗人的衬衫。很显然，这部小说讲述的是民族身份问题，一个几乎消失但非常重要的主题。在小说中，是否有一个仍然起作用的群体形象？

胡：嗯，那是一个破裂的群体，其破裂原因与墨西哥历史上一个非常特别的时刻有关：即执政 71 年的制度革命党（The PRI）政府的终结。这个时刻恰好是小说主人公流亡结束的时候。小说中的墨西哥人，由于个人原因，回墨西哥前，在巴黎居住了 24 年。所以从个人的角度来看，小说描写了一个时代的结束——主人公回到了故乡；从民族的角度来看，这也是一个时代的结束——第一次政权的民主更替。但这次更替不是政权的延续而是破裂，因为一个保守党开始掌权，他们的执政观念受到天主教保守思想的影响，这种执政思想十分落后，保守程度甚至倒退到 1910—1920 年的大革命前夕。小说主人公发现自己身处一个既是他又不是他的这么一个国家。这是他成为见证人的原因，因为他很难参加到公众生活中，很难与他的同胞、家人和社会融为一体。他意识到，墨西哥所谓的进步实际上变成了人们报宿怨、算旧账的借口。各种骷髅开始窜出柜橱作孽，他觉得自己无法理解他所处的国家。在小说中，我冒昧地指出，当政的保守党正打算恢复我认为早已消逝的道德秩序——天主教会的道德秩序、限制个人自由，等等。同时，我也描述了——但这方面我确实估计不足——秩序遗失瞬间的社会崩溃。以前的专制政党，即制度革命党所规定的免罪令还没有被另一个法令所取代，于是产生了一个混乱的环境，犯罪集团从中找到了极大的生存机会。新崛起的势力是电视、肥皂剧、毒品交易和狂热崇拜。不幸的是，由于墨西哥的现实确实很夸张，所有这些趋势在现实生活中比在小说《目击证人》中更加过分。

莱：是的，那部小说情节很动人，讲述了几位电视制片人在拍摄一部关于克里斯特罗战争肥皂剧时，如何与贩毒分子搏斗的经过，这个情节清楚地反映了国民的生存空间和断裂状态。空间在你的作品中是个主导的主题，而且在你的一篇批评散文《事实真相》中，你引用罗伯特·缪索[①]的话来证明，文学永远是超疆界的。你为什么这么认为呢？

胡：嗯，一部文学作品构建的疆域可能暗示一个明确的地方，但并不一定受制于地理、政治或文化范畴。某个特定空间的象征性创造是把一个地理范畴转化成一个具象范畴的过程。后者看起来好像是跟它类似的一个真正的地方，但它具有自身的生命力。写作是一个创造性减法的过程。所以詹姆斯·乔伊斯创作了一部关于都柏林的伟大小说，但同时却又是一个完全不同的、虚构的都柏林。它不是都柏林本地的地图。它所捕捉的是发生在乔伊斯头脑里的强烈的主观地域，而不是真实发生在都柏林的事件。文学空间总是真实空间被虚构后的产物。

莱：我几乎每年都教授20世纪拉丁美洲文学概况。我学生最喜欢的一位作家是奥古斯塔·蒙特罗索[②]。你选修过他的课程吗？在他的课程中，是否有某个时刻或某节课令你记忆特别深刻的？

胡：是的，我在他的讲习班学习过，我记得蒙特罗索是个相当严格的老师，他很注重写作的细节。他是个伟大的幽默作家，但他对文学细节也非常感兴趣。比如说，我记得一件很有趣的事情，他坚称，作家有意在文本中添加一些错误，如某种不协调，或蓄意草率、无足轻重的时刻来增加自然感。在文学文本中，自然感是最难实现的想法。很显然，这只是个幻想，因为写作就是一种技巧。即使你用日常口语来写作，即使你只是想简单地呈现事件，它仍然是种技巧。所以，他总是鼓励我们出人意料地，甚至是完全有意地整出与某些细节有关的错误——如逗号

① 罗伯特·缪索（Robert Musil，1880—1942），奥地利作家，其未完成的长篇小说《没品质的男人》（*The Man without Qualities*）被认为是现代主义最重要的小说之一。——译者注

② 奥古斯都·蒙特罗索（Augusto Monterroso，1921—2003），危地马拉小说家，2000年西班牙阿斯图里亚斯王子文学奖得主。——译者注

的运用、措辞的选择、文字的累赘——使文本显得更自然。这种错误的有效运用是蒙特罗索的关键技巧。

他同时提醒我们说，墨西哥文学没有幽默的强大传统。我们文学的主要问题之一是它太严肃了。我们有伟大的书籍，但可以说，几乎所有的书都太过严肃。相比英语文学传统，机智、幽默和讽刺还没有培养出来，虽然我们也有特别的例外，如蒙西维斯[①]和伊巴坤哥西亚[②]。蒙特洛索总是告诉我们："幽默作家的真正作用在于让读者思考甚至欢笑。"换句话说，他非常明显地区分了滑稽和幽默之间的区别，幽默在于以非典型的方式向读者展示某些典型的事件，教导他们去发现他们以前从来没有领会到的东西，尽管他们常常看到。

莱：其实你已经在你的作品里灌输了幽默感。当阅读《目击证人》时，读完你对"超级游民"乐队的讽刺后，我忍不住笑出声来。为什么主人公维尔迪宇索如此憎恨"超级游民"？

胡：我想探讨发生在某个人物身上的心理位移，他不愿面对他过去所犯的错误。记住，他剽窃了自己的论点。他所感觉到的耻辱就像一道永远无法治愈的创伤。当我们做了某些我们自己都反感的事情时，我们就会感到羞愧，但我们不是承担起百分之百的责任，而是把我们的情感转移到别的事情上去。由于环境杂乱，维尔迪宇索每次听到"超级游民"的歌曲，就会想起他的剽窃行为。他又不能厌恶自己，所以转而去怨恨"超级游民"作为补偿。

但为什么要特别选择"超级游民"呢？嗯，我需要一个我可以随意批评的乐队。我喜欢"超级游民"。当我做 DJ（流行音乐节目主持人——译者注）的时候，我就常播放"超级游民"的歌曲。我甚至在柏林见过他们一回。他们不是我最中意的，但我喜欢他们。最首要的是，他们还不是大联盟里的一员。比如说，"滚石"就复杂得多。为了除去"滚石"的神话色彩，我还必须引入重炮，如"甲壳虫乐队"、"吉米·亨德利斯"或者"门户乐队"等传奇乐队，这些你都知道。我需要一个

① 蒙西维斯（Carlos Monsiváis，1938—2010），墨西哥作家、评论家、政治活动家和新闻工作者。——译者注

② 伊巴坤哥西亚（Jorge Ibargüengoitia Antillón，1928—1983），墨西哥小说家、剧作家。——译者注

不太知名的乐队。其次，他们其实还在模仿他人，没有鲜明的个人风格，还带有鼻音。“超级游民”是一个你可以随意取笑的乐队——是维尔迪宇索的完美对手。

莱：所以，“超级游民”让维尔迪宇索想起了他的往事，这个事件在整部小说中持续影响了他。关于他的故事还有一个有趣的事情，那就是，他总是被那些他还未做的事情，而不是已经做的事情所困扰。

胡：是的，我对你所说的不在场的影响力很感兴趣，即那些从来没有发生过但仍然在影响你的负担。《目击证人》就是通过这个想法写成的，特别是对维尔迪宇索而言，他无法与他相爱的女人一起到欧洲去旅游，因为他们搞错了见面的地点。他以为她抛弃了他，但她的爽约其实是一次意外。所以在他的余生中，维尔迪宇索是那个再也不会跟她走在一起的人。像这样的事情一直发生在我们的身上。比如，如果你到俄克拉荷马去居住的话，你就成为那个不会去得克萨斯州的人了。毁约，那注定要与我们作对的事情，就这样以神秘的方式压迫着我们。作为作家，我想问的是，从那些还没有发生在我们身上的事情来判断，我们对自身的了解到了什么程度。这个问题激发了我的好奇心，因为如果没有发生什么事情的话，就不会有什么故事了。然而，这仍然影响着我们。在这个现象里，让我感兴趣的另一方面是把反作用逻辑应用到运气或意外上。但我对它的兴趣并不像保罗·奥斯特，为了得出可能的结论，他专心地创造出机遇的瞬间。我更感兴趣的是，我们如何按反作用的方式来理解事件的起因，某些事情开始时并没有什么意义，但突然间又似乎是合理的，只不过要根据随后发生的事情来定。在《目击证人》中，主人公仍然过着默默无闻的生活，但有好事者发现了他情人离开的原因。他遭受着情人离开的痛苦，另一方面，还要为机遇的重负辩解。我认为，最终，我们都希望那里没有什么意外事件；我们都想要废除运气。我想，根据莫须有的事件来叙述故事是一个有趣的挑战，这个挑战与我故事中所发生的事件有关，而且作为作家我还要面对那些故事。

选自《当代世界文学》2011 年 1—2 月刊
（莱安·龙译自西班牙语，姚本标译自英语）

对话卡斯腾·延森

［美］雷伊·特拉斯[*]

卡斯腾·延森（Carsten Jensen）生于1952年，是丹麦小说家、散文家和评论家。他还是哥本哈根《政治日报》撰稿人，同时兼任丹麦电视台的评论员。他的三部小说为《口中的地球》（1994）、《最后旅程》（2007）、《我们，溺亡者》（2010）。他还撰写了大量的游记，其中《我目睹了世界的开端》（2000）被译为英语出版。2009年，他被授予奥拉夫·帕尔默杰出成就奖。

雷伊·特拉斯（以下简称“雷”）：在斯堪的纳维亚作家描写的那些令人喜爱的大海故事里，你挑选出的是汉斯·科克[①]（你曾经撰写过关于他的一篇论文）和科纳特·汉姆森[②]。是否有其他斯堪的纳维亚小说家的文学风格和叙述情节影响过你的创作？

卡斯腾·延森（以下简称“卡”）：在斯堪的纳维亚文学中，实际上没有什么海洋小说的伟大传统，说来也奇怪，因为我们是海上民族，尤其是挪威和丹麦。作家从来就没有从水手中招募，水手也没有多少人像

---

* 雷伊·特拉斯（Ray Taras）是瑞典马尔默大学2010—2011年度威利·布兰德教授，美国杜兰大学世界文学项目的负责人，这一项目后由于飓风“卡特里娜”被迫关闭。他著有多部研究欧洲民族主义和身份特征的学术著作。

① 汉斯·科克（Hans Kirk，1898—1962），丹麦小说家、评论家，著有《渔夫》等多部小说。——译者注

② 科纳特·汉姆森（Knut Hamsun，1859—1952），挪威小说家、诗人、剧作家和社会评论家，获1920年诺贝尔文学奖，挪威国王哈康七世称之为“挪威之魂”。其主要小说有《饥饿》、《神秘》、《牧羊神》等。——译者注

约瑟夫·康拉德[①]那样最终成为作家。阅读了科克写于 1928 年的小说《渔夫》（关于一个渔民村落的故事）后，我才真正分清楚了渔夫和水手，因为他们有着完全不同的生活方式，与大海有着完全不同的联系。汉姆森没有写过海洋小说，但是他某些所谓的诺尔兰小说就发生在北极圈北部，在那些小港口里，大海、渔船、贸易起了很大的作用，水手来自世界各地，包括那些“恶人”，因为科纳特·汉姆森与这片土地和这里的传统有根深蒂固的联系，而且，据我们所知，他还由于同情纳粹而悲惨地死去。在他的小说《八月》中，水手们不仅是世界性的，而且更糟的是，他们都被美国化了。他们是现代人无情和无根的象征。

在创作海洋小说时，我要先了解我将成为何种传统的一部分。我确实读过一些斯堪的纳维亚小说。如果存在有海洋小说传统的话，那也只是在英国和美国：赫尔曼·麦尔维尔、杰克·伦敦、约瑟夫·康拉德、还有罗伯特·路易斯·史蒂文森的南海故事。人们根本无法模仿他们的风格，而且我也没有打算这样干。但我小说里悄悄引用了很多文学典故。在《我们，溺亡者》的头几页里，我就参考了麦尔维尔的小说人物，他驾驶着一艘战舰，战舰的名字很荒谬，叫“不会沉”。我从麦尔维尔的小说《白外衣》中借用了那个名字。这些典故只打算让那些博学的读者了解，是否所有的读者都能认出那些引文其实并不重要。

我打算捕捉这些海洋小说里的氛围。在我的小说中，关于南海的那部分是唯一用第一人称叙述的，实际上也是最少经过研究的部分，而且是最大胆的一部分。我觉得在如何描写世界的异域风光方面，这是最接近 19 世纪中期文学传统的地方。但是，在如何描述第二次世界大战中航行的护卫舰队方面确实没有什么传统可言。有哪些名著描写过那方面的内容吗？

雷：你的第一部纪实性作品《我目睹了世界的开端》预示着，你决意要采取深刻、敏感的方法来处理跨文化碰撞。在你去中国、柬埔寨和越南旅游前，你是否计划要写这么一本比较文化分析的专著呢？

卡：根本没想过。我去旅游的目的就是远离分析。我在丹麦已经是

---

① 约瑟夫·康拉德（Joseph Conrad，1857—1924），英国小说家，被认为是最伟大的英语小说家之一，现代主义文学前驱。著名小说有《吉姆爷》、《黑暗的心脏》等。——译者注

个有所建树的散文家了，但不是丹麦风格的散文。丹麦文学还没有从浪漫主义晚期解放出来，这样的浪漫主义风格无法保证作家的智力就是他的动力。相反，作家要有一颗宽宏大量的心，这样，他才能处理好情绪和情感，而不是冰冷的智力和分析。这类散文，如果不是对立面，至少也远离了传统模式，所以在丹麦文学里它并不是很活跃。

在共产主义统治前，我曾在亚洲到处旅游过。当我 90 年代回去时，原先你不了解的房间（因为房门锁上了）现在打开了，我走了进去。我发现这些旅程是作家运用基本技能的练习过程：使用眼睛和耳朵，倾听和观察。而我的旅游见闻实际上是一部文学杂书，我混杂了各种体裁：散文、新闻和小说的写作风格。

英语卷只是两卷中的第一卷而已，而且还经过了大量的缩减，当时我还得拼命挣扎才感觉到它仍然是我的书。第二卷带着你渡过太平洋到达巴布亚新几内亚，然后到达拉丁美洲。在巴布亚新几内亚，我到过玛格丽特·密德①于 20 世纪 20 年代探访过的塞皮克河流域某些相同的地方。注意到村落与村落之间文化和性别模式的巨大差别，她提出了这样的想法，即（世界上）没有什么特定的生物模式，一切都与社会结构有关，特别是性别角色。这是她的巨大发现——即你不是生来就是女人，而是被抚养成女人。性别角色和阶级自由的观点，男人反复易变的观点，在当时都是很精彩、开放的思想。但在苏联斯大林主义者掌权时，这些却成为教条的思想。“新男性”是一种极权主义观点：男人可做的事是无极限的，因为他们总是能适应。

所以我描写了我在世界上某个地方旅游的经历，那里人人平等，那里观点自由——按我个人的理解，女权运动就是自由的表达——这是人类学家发现的。

雷：那本书，与你以印度为背景的第一部小说一起，属于陆地小说。《口中的地球》与《我们，溺亡者》一样，是个很具描述性的标题。这个转变非常生动、让人浮想联翩。

卡：真正的变化可以从我两本游记的标题看出来，它以第一人称单数“I”开头。《我们，溺亡者》以第一人称复数开头，因为它是一部关

---

① 玛格丽特·密德（Margaret Mead，1901—1978），美国文化人类学家。——译者注

于社团的小说。在丹麦语中，我们甚至使用“社团小说”这样的词语。《口中的地球》有双重含义：它表示死亡，即我们如何终结；但它也是口头自恋的标志，是想吞下整个世界的象征，把世界放入口中，品尝它，与之结为一体，吞咽它，消化它。小说是关于一个非常年轻的小伙子到次大陆旅游的故事，而且事情变得一团糟。今天，我觉得这只是半部小说，而且我对它还不够费心。我所出版的部分就像小说的开头。我今天要做的是详细描写那位年轻人是如何堕落到印度次大陆的地狱中去并且是如何自甘堕落的。

雷：读者在《我们，溺亡者》中所遇见的海员确实是世界性的角色，他们停泊在一个具有世界性航海文化的港口，这里混杂着世界各地的民族和地方文化。这并不是汉姆森所描写的世界主义的消极典型，也不是你小说中描写的主角农夫，具有强烈对比的地方观念。你的意图是为了突出水手的世界主义吗——一个今天知识分子常谈和称赞的特性？

卡：在我的小说中，世界主义被处理成为一种积极的特性。我与自己争辩道：我为什么不在散文里说这事？我有什么必要只用一种体裁——小说——来写作，那是我十几年前就使用过而且我已经放弃了的？

两代人以前，如果有人询问丹麦人，丹麦是个什么样的民族，他会毫不犹豫地回答：“它是个海洋民族。”如果今天你问他的话，他会说：“它是个福利社会。”这当然是真的。但如果你问他，历史上丹麦是个什么样的民族，他会回答说：“我们是个农耕民族。”这种看法与丹麦在过去几十年里不断增长的民族精神有极大的关系。水手并不是一个民族主义者认同的合适形象。他的身份有些混杂。当然你可以看到有些水手是种族主义者。并不是所有的人都必须受到启蒙，他们有可能是野蛮的，根本不开明。但作为一个阶级，他们具有一个非常宝贵的经历：他们知道世界上不止有一种文化，而且也有不止一种方法来面对这个世界。农夫永远不会有这种经历。对他而言，田土的边缘就是他经历的界限。他只有一个世界，而且也没有到多个世界间游历过。

如果你想赞美你的民族，那么农夫要比水手更合适。所以在我的小说中，我想辩解，而且想提醒丹麦人，我们曾经是别的种族。在全球化时代里，一个记住自己航海历史的民族要更加适应全球化的紧迫性，不管你是否喜欢，这都要求，你必须学会与陌生人住在一起。

此外，水手常常是从历史中创作出来的。在第二次世界大战期间，有约六千丹麦海员在舰队中服役，其中有一千人再也没能回家。历史书里从来没有提到过他们。在挪威，约有三万海员参加过舰队，但他们并不存在于挪威的历史里，他们消失了。在创作这部小说时，我拾起了被人遗忘的这段历史。同时，我根本的目的是讲述我在当地博物馆的档案里发现的那些令人震惊的故事。没有人使用过这些档案，我觉得我独自拥有了整个克朗代克河①的黄金。

雷：你定期把小说的草稿部分交给马斯塔尔地方图书馆的一位读者，那里是你小说的背景地。你与马斯塔尔人的交往是否具有写作工作室的特征？

卡：在创作这部小说的五年间，我与马斯塔尔人开过多次研讨会。我出生在那里，而且还是外面世界的一个知名的公众人物。我给他们阅读正在创作中的作品的摘录。我没有咨询如何创作这部书，但我需要当地人的建议，而且我还需要他们的信息。我把这件事看做是一种交易：你得到一本描写你市镇的书，作为回报你给我提供信息。所以当这本书在马斯塔尔动笔的时候，镇上组织了一次庆祝活动。有一个海员大合唱，镇长发表了一个演讲，丹麦的旗帜飘扬在主干道上。那种感觉就是“我们一起做这件事情，所以我们要一起庆祝”。

有人告诉我说：“我从小就听过这些故事。”我回答说：“不可能，因为这些都是我杜撰的。”所发生的事情表明，虚构与现实已经完全融合起来。在当地人的心中，你再也无法区分哪个是小说中的故事，哪个是当地的历史。

雷：对你来说，这是一项很大的成就。我想了解一下小说《我们，溺亡者》中的另外两个角色。你强调了变成当地土著的危险性，就像洛里兹·麦迪森回到萨摩亚那样。或许，魔幻现实主义最让人回味的要素与库克船长②的脑袋从一代人转移给另一代人有关。这两个标志性的角

① 克朗代克河（Klondike River），位于加拿大西北部，是育空河的支流，以盛产黄金而出名。——译者注

② 库克船长（James Cook，1728—1779）是英国海军上校和航海家，太平洋和南极海洋的探险家。1768 年库克带领船队进行太平洋科学考察，在考察途中，他们发现了新西兰，后又发现了澳大利亚。——译者注

色对你而言意味着什么？

卡：我没有向洛里兹·麦迪森施加任何道德的判断，这不是作家的工作。他的儿子艾伯特是这样做的，但这与他回乡没什么关系——这关系到他作为一个父亲的身份。他抛弃了马斯塔尔的家，而在萨摩亚建立了一个新家庭，这是他以前家庭的镜像。确实有一个来自马斯塔尔的人，他于 1873 年居住在萨摩亚。他甚至是罗伯特·路易斯·史蒂文森的朋友。他在当地经营着一家贸易站，入籍了当地土著，而且与一个萨摩亚土著姑娘结了婚。对于岛上的英国定居者而言，这是他们做得最糟糕的一件事情。一个欧洲人如果变成了土著，他就会失去社会地位。他可以有情人，但他不能跟他们结婚。所生的孩子就是混血儿，而且还会被当做弃儿。洛里兹·麦迪森在萨摩亚的大家庭成为寄生家庭的风俗是我从史蒂文森写的一本不太出名的书《历史的注脚》里获得的，这是根据他本人的观察所写的一本简明萨摩亚人类学书籍。

还有詹姆斯·库克船长的事。我常常听到这样的问题：你的小说里哪些是编造的，而哪些又是确实发生了的？一般说来，答案是：听起来越不太可能的事，你就越肯定它确实发生了。听起来越普通平常，你就越会肯定是我杜撰的。我可以在马斯塔尔档案里发现很多非同寻常的事件，但我只能编造日常的生活。所以有人问我：詹姆斯·库克那干缩的脑袋是怎么回事？那么我只得说那是个例外。我编造的。

这本书的标题暗示了死亡的存在——还有什么比干缩的脑袋更僵死的吗？马克·吐温启迪我得到了那个想法。他写了一本简短的关于桑德韦奇群岛的书《桑德韦奇群岛的简单生活》，他年轻的时候访问过该岛。在书中，他具有讽刺意味地描写了詹姆斯·库克之死，很显然他对此人没多大敬意。他详细描写了库克的死尸是如何被土著剁碎然后用在不同方面——比如说，内脏用于烟熏。所以我就自言自语道：詹姆斯·库克的脑袋怎么样了？我想啊，这就是我要切入的地方。在小说中，干缩的脑袋是死亡的象征，是死亡存在的一个永恒提示物。

雷：如何纪念溺水的水手呢？

卡：说故事要涉及开头和结尾，但对于那些丈夫消失在大海里的马斯塔尔寡妇来说，就不会有任何结尾了。没有掩埋，没有道别仪式——就像没有句号的句子。我觉得我终于为他们的故事提供了一个结局，把死者带回家然后埋葬了。我在构建一个象征的或隐喻的墓地。就像小说中一个人物解释他为什么必须在大海上的暴雨中活下来的原因："我想埋在新墓地里。"

雷： 你最新的丹麦语小说《最后旅程》也是以大海为中心，这次以丹麦艺术家卡尔·拉斯马森的眼光为视角。在小说中你审视了艺术的意义。这部小说与《我们，溺亡者》有哪些方面的不同？

卡： 这部新小说是一个局外人的故事，他想进入一个社团但失败了。这是一个画家的故事——他是19世纪中晚期丹麦油画黄金时代的产物。那个流派的画家给丹麦人本身的印象是，他们从来没有被超越过。这是一个小规模、谦恭、和谐的民族的写照。它没有壮丽的景色，没有英雄的人民。美是在朴实的万物中发现的——小镇、谦卑的人们所过的日常生活的详尽细节。

卡尔·拉斯马森是这些艺术家的第二代成员。处于这个传统的艺术形式和现代工业化世界之间，他产生了艺术上的危机感。这部小说讲的是一个画家的故事。故事主人公对艺术的认识十分狭隘，因此，当现实无法合乎他的理想时，这种认识就妨碍了他看清现实。卡尔·拉斯马森很可能认识高更[①]，高更与一位丹麦人结婚，有时住在哥本哈根。他写过一本很有见地的书，抨击丹麦人的心态问题。这两位画家在我的小说里见面了。高更的现代油画对拉斯马森是一次巨大的冲击，他的作品仍然属于传统类型（他是个平庸的画家，而且早已被遗忘了）。

我选择去描写一部关于一位丹麦画家的小说，他今天被可怜地遗忘了。我感兴趣的不是他的画，而是他的艺术的局限性。在很大程度上，他的艺术使我想起了丹麦的今天：闭塞、保守，而且还特别盲目。

雷： 你的小说没有泄露你在丹麦时如何与政治打交道。你怎样抵制把你小说政治化的诱惑？

卡： 当我撰写随笔或者被邀请到电视台演讲时，我觉得我带给观众的影响是非常直接的。不管什么时候只要有人对有关的政治问题保持沉

---

① 高更（Eugène Henri Paul Gauguin，1848—1903），法国后印象主义画家，法国象征主义运动的主要人物。代表作品有《自画像》、《死亡》、《拿芒果的妇女》、《新娘》等。——译者注

默时，我都会提高我的声音。小说是我探讨其他思想的阵地，包括存在主义思想。《我们，溺亡者》的第一部分描写了在石勒苏益格战争[1]中争夺一个德国小镇的战役。我写到，这些人都远离政治。他们甚至不理解这个词，也从不介意战争的意图。

我正在写一本关于丹麦士兵在阿富汗战争中的小说。去到那里后，我得到了一个完全不同于官方的看法。但这部小说，也没有打算写成一篇孰是孰非的政治演说稿；而是关于人在极限的条件下如何应对的故事。小说是去探索人类体验中未经勘探的领域，或者至少是在古老的土地上画出新地图。

选自2011年《当代世界文学》5—6月刊

（姚本标 译）

① 石勒苏益格战争，是石勒苏益格—荷尔斯泰因问题引起的德国和丹麦的一场军事冲突。冲突在1864年发生，双方都希望控制石勒苏益格和荷尔斯泰因公国。结果，德意志军队胜利，丹麦放弃对两地的主权。——译者注

对话塔里克·甘诺色尔

[美] 道恩·科塔皮希*

著名诗人和戏剧家塔里克·甘诺色尔（Tarik Günersel）是现在土耳其最有才华的作家之一，同时也是最有远见和最具实验性的作家，他的作品体裁风格从经典文学一直跨越到视觉和数字诗歌等反体裁领域，因为他总是喜欢更为前卫的尝试。

在《当代世界文学》1990年秋刊登的一篇评论中，塔拉特·萨义特·哈尔曼说："在土耳其，论再现生活和语言的巨大革新，无人出甘诺色尔之右。"哈尔曼把甘诺色尔的作品比喻成约翰·凯奇的音乐，他继而声称，这两位艺术家"在形式和内容上的观点类似，在想象力上表现了相当的雄心，在观察和倾听方面具有相同的革命性方法"。

同时，文学评论家内克米娅·阿尔佩称甘诺色尔的想象力"无边无际"，土耳其重要诗人莱尔·穆尔杜赞扬他是具有创新潜力的"天才"。其他崇拜者还有2006年诺贝尔获奖诗人奥尔罕·帕慕克。

甘诺色尔说起话来极有艺术家的权威，这点毋庸置疑。他能容忍别人观点的分歧，正如他坚信自己观点的可靠。如果你在街角与他偶遇，你不会见到他那高深的幻想和令人惊叹的才智，而只会看到他和善的谦逊、慷慨的笑声，以及对生活中一些小小奢

---

* 道恩·科塔皮希（Dawn Kotapish），自由撰稿人，居住在佛蒙特州布拉特伯勒市，著有《古代和现代巴格达的日常生活》和《古代和现代雅典的日常生活》等。她目前在哈佛大学攻读文学和创意写作硕士学位。

侈表现出的孩童般的喜悦——偶遇的老朋友、愉快的对话、开心的晚餐。

甘诺色尔只有八岁的时候，就决心要当个作家。这份决心来自他天生的自信，同时也受到儿童时代同学的鼓舞，他们喜欢听这位年轻的“故事之父”杜撰故事，而不是在学校操场上瞎混。

他八岁时创作的第一篇作品简短并充满悬念，是关于一个小偷的对话式故事。该文惜字如金，显示出他当今文风的特点——这种训练是他从父母、爷爷和叔叔那些简洁清晰的说话方式中学到的。

甘诺色尔 1953 年出生在伊斯坦布尔，曾作为 AFS（美国战地服务团）交换生在美国读完中学，后到伊斯坦布尔大学学习英国文学和人类学。土耳其 1980 年发生军事政变之后，他到沙特阿拉伯做过四年英语教师。1991 年，甘诺色尔加入伊斯坦布尔城市剧院，并在那工作至今。过去几年里，他成为剧院的首席戏剧家。除了是跨越多种风格的多产作家外，甘诺色尔还是个天才的舞台和屏幕演员，也是个令人敬佩的翻译家，他翻译过的作家有塞缪尔·贝克特、提姆·伯顿、莎维扬·里布列奇、阿瑟·米勒、瓦格拉夫·哈维尔（Václav Havel）。

甘诺色尔 1997 年向苏格兰爱丁堡的国际笔会提出的建议最终促成了“世界诗歌日”的确立，联合国教科文组织对文字的力量给予了赞赏，并决定在全世界各国每年举办。作为 2007 年至 2009 年土耳其笔会中心的主席，甘诺色尔让人们注意到了土耳其语言的多样性，而且还代表土耳其笔会中心参加了 2007 年在塞内加尔达喀尔（在该次会议上，他与维吾尔、比什凯克和芬兰中心共同发起了乌拉尔—阿尔泰语群国际笔会网络）、2009 年在奥地利林茨和 2010 年在日本东京举行的大会。在东京大会上，他是第一位被选入国际笔会理事会的近东作家。甘诺色尔与妻子芙桑·甘诺色尔（一位翻译家）居住在伊斯坦布尔。他们还有一位女儿，阿达莱特·白丽丝·甘诺色尔，是一位博士。

我于 1983 年在沙特阿拉伯的拉斯坦努拉初次认识甘诺色尔夫妇。在此记录的对话开始于 2005 年 7 月我访问伊斯坦布尔的时候，终于2010年7月甘诺色尔夫妇访问佛蒙特州东多蒙斯顿市。

道恩·科塔皮希（以下简称“道”）：你是由你母亲甘郭尔·谭雅丽抚养长大的，她对文学、古典音乐、歌剧和戏剧的爱激励了你。这些因素是如何帮助你成为一个艺术家的？

塔里克·甘诺色尔（以下简称“塔”）：儿童时期，所有这些领域都是我日常生活的部分——多亏我的母亲，她兼具外在美与内在美。虽然在我两岁的时候父母离婚了，但我与父亲伊斯梅特·甘诺色尔有充分的时间在一起，他对政治、历史和幽默的兴趣深深地影响了我。我也深受我爷爷尼克米丁·甘诺色尔的影响，是他赐予了我们姓氏。我爷爷痴迷于哲学、神学和科学，他创作过一部千余页的哲学作品，书名为《命运与自由意志》。当我还是孩子的时候我就目睹了爷爷读书写作的过程，而且我们无所不谈。他自己的父亲是个（伊斯兰）苏非派牧师，他写诗，并于19世纪80年代到欧洲、非洲和美国旅游过。我的叔叔萨非特·甘诺色尔是个外科医生，此外还是个技巧高明的故事大师，同时还是个艺术家和翻译家。所以，就我的基因和家庭环境而言，我是很幸运的人。1964年，我11岁的时候，为了“为将来的学者准备撰写我生平和作品的文献”，我开始收集我的书信（我当时已经使用打字机了）。从我20多岁开始，我从我妻子芙桑和女儿白丽丝那里也学到了很多东西。比如说，有次当我女儿和我一起玩耍的时候（她当时只有6岁），她笑着用英语说：“可能的生活不是真正的生活。”这句话令我在多次做决定的时候受益颇深。

道：19岁的时候，你撰写过一份个人宣言，声称要“抱着与自己的局限决战到底的态度活着”。你能说说你是采用了哪些方法来实现这个目标的吗？

塔：我还没有达成这个目标，但它一直是我的指导原则之一。我在生活中寻找一种动态的多元化。实验性生活超前于实用性文学的话，会引起严重问题。选择积极的境界也是现实生活中极重要的行为。

道：你的《爱情伦理话语行为》是一本世界智慧文学的作品辑，其中包括有你自己的格言警句，一篇非洲创世神话，一篇土著祈祷文，一些重释过的印度《吠陀经》和《奥义书》、《易经》、所罗门、赫拉克利特、孔子、老子、佛陀、圣经、古兰经、塞内加、优素夫·哈斯·哈吉伯①、努米②、那罗延天③、世宗王④、摩拉·贾米、托尔斯泰、马克思、爱因斯坦等的言论摘录和思想，还有你女儿创作的一首关于未来的诗歌。是什么促使你去从事如此雄心勃勃的计划，你从这些努力中又学到了什么？为什么在文中你还邀请读者去撰写他或她自己的生活指南？

塔：年轻的时候，我就立志去创作一套生活指南——一种“俗世圣经”——于是开始写下我自己的思想，通常是警句之类的。我的第一部格言警句集出版于 1993 年。第二年，由于我喜欢尝试不同的语言，我开始学习拉丁文，此事与我的戏剧《尼禄与阿格丽品娜》有关。《爱情伦理话语行为》是我最喜爱的箴言集。这是我的贡献，而且尊重前人的贡献，它开启了新的可能性。我把女儿的诗歌收录进来，因为它对未来的表述比我想说的要完美。只要我不能写作了，我就打算准备生活指南的新版本。每个人都有义务去撰写他或她自己的生活指南。如果某些地球人觉得我的指南有用，那就再好不过。但创造性发现的过程是无止境的，所以“神”往往会及时冻结住某部特定的作品（如生活指南）来限定头脑的生命力和发展进程。不过时过境迁，这些注释会因人而异并发生改变的。

道：这项计划与你个人的信仰体系有什么关系吗？

塔：我不承认有什么信仰体系。大多数犯罪都是以信仰或信念的名义去实施的。我拥有某种价值观和希望，就那么回事。我每隔几个月就会修正我的想法和假设——就像浏览电脑一样。我生长在一个具有西方民主倾向的前阿塔图尔克⑤时代穆斯林家庭，当我 13 岁的时候就开始阅读伯特兰·罗素的《我为何不是基督徒》一文。我对罗素的主张感到既

① 优素夫·哈斯·哈吉伯（Yusuf Has Hajib，约 1019—1080），是喀拉汗王朝时期著名诗人、学者和思想家。他在 1070 年写成的《福乐智慧》是一部具有浓重伊斯兰教色彩的伟大著作。——译者注

② 努米（Jalāl ad-Dīn Muhammad Rūmī，1207—1273），是 13 世纪著名的波斯穆斯林诗人、法理学家、神学家和苏非派神秘主义者。——译者注

③ 那罗延天（Narayana），印度教三大主神之一。——译者注

④ 世宗王（King Sejong，1397—1450），古代朝鲜王朝的第四代国君。——译者注

⑤ 阿塔图尔克（Mustafa Kemal Ataturk，1881—1938），土耳其共和国建国者及第一任总统，被认为是世界上最伟大的领袖之一。他领导了革命，解放了他的国家，并采用了很多改革方案使国家实现了现代化。——译者注

震撼又信服，某些不相信上帝存在的人仍然可以过着一种符合道德的生活，于是我成为一个不可知论者。1968 年，当我 15 岁的时候，我声称自己是个无神论世界公民。为反对法西斯分子对左翼大学生的抨击和强加的宗教原教旨主义，21 岁时，我自愿成为马克思主义者。25 岁的时候，因为我对苏联的批评，我被一个小规模的政党除名。今天，我可以把自己描述为一个“后理性非一神论无政府生态人文主义者”。换句话说，我是一个生态人文主义者，完全意识到进程中的资本主义剥削和各种全球性的压迫，对此，明确的斗争是必然的。

道：你曾回忆说，7 岁的时候，当你看了一场歌剧回来，你对剧中丑角悲伤的咏叹调印象至深，于是你立刻穿上相似的衣服，化了相同的妆，就是为了模仿那次表演。你注意到，表演与写作有很大相似性，因为演员和作家都要表达感受和观察。那么，写作是如何活跃你的表演，而表演又是如何影响你的写作的？

塔：我觉得，当我描述一个特定行为时，表演的技巧极其有用。当我进行舞台或电影表演时，写作的技巧也非常有帮助，我可以考虑如何把宏大的画面与细节连贯起来。

道：你说过：“生活是行为中的言语；文学是言语中的行为。”请解释一下你的含义。

塔：我只能重复这句话了。

道：你曾被比喻为约翰·凯奇和毕加索——这两位艺术家都以挑战艺术极限而闻名遐迩。同样地，你的一些进步作品把文学看作是一个持续扩张的边疆。是什么激励你创作出这些先锋作品的？你是如何回应你的批评家或你的崇拜者的？

塔：我喜欢冒险——特别是心理上的冒险。我很好奇，想知道我还有什么能做到的（或不能做到的）。至于其他人的反馈，我也设法看看是否能从中学到什么。

道：请说说你对《一个称为时间的玩具》的看法，这是你于 1974 年开始创作的一部多风格史诗。你决定承担如此庞大的计划与你的信仰有何关系？你认为威廉·莎士比亚的决策性失误是否在于他未能把他所有的戏剧最终构造成一个统一的整体？

塔：请别把它称为信仰，只是一个想法而已。直到 1994 年，即我实施这项马赛克式计划20年后，我才突然间想到，荷马有《伊利亚特》，但丁有《神曲》，歌德有《浮士德》，而莎士比亚有什么呢？几首诗歌和几本戏剧。如果他把所有的戏剧都重新改写成一部史诗（一系列灵活而且相关的“诗体小说”），难道不是一部伟大的文学作品吗？我认为他错过了一次机会。1992年，我决定把我所有的戏剧重写成文学作品，就是为了把他们变成这类马赛克式的巨著，这是一部诗歌和散文集，集子将不断扩充直到本人去世。目前，该书已有约2000页长。我尽量写得简洁明了。我已经准备了一个简短的（极简派似的）版本——大约160页——以一首创世大爆炸前的诗歌开头，而以一首视觉诗歌结束，这首视觉诗歌是连接后人类时代物理学和玄学的桥梁。

道：在某种程度上，你不愿意受制于传统认可的疆界，这反映了国际笔会的主旨，即：“文学无边界，尽管政治或国际动荡，它仍应是人民之间的普遍共识。”2010年10月在东京举行的国际笔会上，你被选入国际笔会理事会。你对这个新角色抱有什么目标吗？

塔：我愿意通过写作，或者通过直接交流的方式为生活（包括我自己的）贡献力量。同事们对我的信任意味着严肃的责任。我当选次日，凌晨3:30就起床了。作为国际笔会理事会的新成员，我首先需要学习，然后再一步步去努力奉献。

道：你既用土耳其语也用英语写作。每种语言的优劣之处是什么呢？

塔：虽然我不如我的女儿那么善于使用两种语言，但我更喜欢英语——如创作戏剧《亿禧年》（*Billennium*）时。用英语写作比起用母语来写更得心应手。另外，当我把我的作品翻译成英语时，我实际上是在重写作品——这个过程产生了新思想，而且丰富了土耳其语的表达。在这个过程中，我总是请教我的女儿、妻子和我们的朋友贝弗莉·巴贝。很幸运的是，我能跟一位才华横溢的年轻文学代理人诺古尔·塞内弗合作。在土耳其语和英语之间存在几点重要的差异。其一是，土耳其语只有一个第三人称单数代词O̲（而且常常通过上下文来暗示）。在某些诗歌里，这是一种优势，但在另一些诗歌里却不是。另外，土耳其语在句子结构中更为灵活，而如果你想要扩展句子的话，英语却更加灵巧。结构上，土耳其语优先考虑人的称谓和环境，使土耳其语不是“自我优先”，而是“以环境为中心”。从语言心理学来说，我不知道是否有人研究过土耳其语的这个方面。

道：尽管你喜欢简洁，但还是感谢你能完满解答我所有这些问题。最后，据说你曾骄傲地说，你愿意写出“最不畅销书”，能解释一下写此书的原因吗？

塔：不是骄傲地而是带着苦涩的自嘲。我的书实在卖得不好，然而仍然有一些勇敢的出版商愿意冒这个风险。我并不太出名。从青年时起，我的策略就是刻意避免出名，我总是琢磨着：“知道我的人越少，每当我出现的时候，人们就越不会与众不同地对待我，而且，我还可以更好地观察他们，更好地写作。”另外，年少成名的话，你的错误就会给你招致更多麻烦。我还担心，名声会招致法西斯分子的枪击或导致我下狱。尤其重要的是，我认为，只有对大多数聪明和开明的读者有益的文学作品才具有幸存上千年的可能。我估计，我的多数读者本身也是作家。比如，我本人。

选自《当代世界文学》2011年1—2月刊

（姚本标　译）

巴黎的浪漫与现实：对话亚历山大·马克斯基

［美］米歇尔·约翰森[*]

亚历山大·马克斯基（Alexander Maksik）2002年移居巴黎，从事写作和教学工作。他是《你一钱不值》的作者，这是第一部来自汤加书展的作品，经爱丽丝·塞波尔德编辑，欧罗巴出版社重新出版。他的作品发表在多种期刊上，也被选入作品集《巴黎的陌生人：光明之城新作品》（泰特鲁帕出版社2011年版）。

在此，《当代世界文学》编辑米歇尔采访了马克斯基，讨论了当代巴黎的侨民文学现象、巴黎侨民浪漫生活观念的坚守，以及马克斯基本人的作品。

米歇尔·约翰森（以下简称“米”）：你的小说《你一钱不值》以巴黎为背景。你是居住在那里时写的吗？你在巴黎的时光与那部小说有什么关系？

亚历山大·马克斯基（以下简称“亚”）：是的，如果没在巴黎住过，是不会写出那部小说来的。我开始撰写那部小说的时候已在巴黎住了三年，所以小说中提到的风流韵事那时已经结束。除了它的魅力，我也发现了一个可怕的巴黎——它包藏着其他每个城市都具有的可怕的现象——贫穷和无家可归、被种族和财富隔离的社区、各式各样的偏执行为。所以我开始描写某种反巴黎人的巴黎小说。我知道，基于几个原因，我无法去描述那些光彩夺目的灯光和标志性的大街。从大的范围来说，

* 米歇尔·约翰森（Michelle Johnson），美国俄克拉荷马大学《当代世界文学》杂志编辑。

这部小说描写的是失望，而且部分的失望与巴黎的浪漫和现实之间的差别有关。

米：当你居住在巴黎的时候，你认为自己是个“侨居者”吗？

亚：不管有多么美好的愿望，我确实这样认为，或者至少我认为自己是个外来人。当我初次到达巴黎的时候，我决心要成为巴黎人。我认为，那是我当时不成熟和天真的标志——我当时的想法就是悄悄地溜进欧洲最保守、最封闭和最猜疑的社会里。

米：阿里斯泰尔·农在他的论文《跨越狭隘的地域：母语为英语的诗歌与全球化》中建议，我们需要一个新词来称呼那些母语为英语的诗人，他们居住在英语国家之外，但用英语写作，而且，我们应该先从“抛弃‘侨居者’这个词开始”，因为它“负面地定义了其主体：你处于你祖国之外”，但是也忽视了你处于“某个地方之内”这一事实。作为一个作家，你觉得这个标签词“侨居者”是否有任何负面或至少受限的内涵呢？

亚：哦，我不太肯定这个词有多大关系。这确实是一个经验的问题。我在巴黎的大多数朋友都是来自其他国家——黎巴嫩、中国、意大利、摩洛哥、英国、美国、挪威——而且，我想，我完全不记得他们之间有任何人把自己当作侨居者。但毫无疑问的是，他们、我们都是由居住在祖国之外的经历所形成的。坦率地说，凭国籍来认人要比把人当做侨居者来更为受到限制。巴黎人喜欢了解你是干什么的，你的姓是什么意思。我一直以来对巴黎人决意要按国籍和种族传统来判断和归类人的做法感到惊讶。我认为这是比被看做侨居者更为严重的一个问题。

米：在《巴黎永无止境》中，恩里克·维拉－马塔斯①具有讽刺意味地刻画了故事叙述者在20世纪70年代在巴黎生活的岁月，叙述者（或作者）试图像海明威一样在巴黎生活（告诉他的父亲他想“学做海明威”后，他父亲立刻把他送到法学院去了）。当你出现在约翰·麦克纳尔迪的纪录片里时，你朝着海明威的小说《欢迎赴宴》点头。是否所

① 恩里克·维拉－马塔斯（Enrique Vila-Matas，1948—），西班牙当代著名作家。主要作品有《垂直之旅》（2000）、《蒙塔诺的烦恼》（2002）、《巴黎永无止境》（2003）等。曾获得法国梅迪西外国小说奖（2003）等多项重要国际奖项。——译者注

有客居巴黎的作家都追忆海明威？是否目前巴黎的侨居者都受到海明威的影响？那你呢？

亚：读了《流动的盛宴》后，我爱上了海明威笔下的巴黎。我生长在爱达荷州凯彻姆市，海明威在那里生活，在那里自杀，在那里埋葬。我刚好也认为他是一个非同寻常的作家。当然，是的，我被《流动的盛宴》和《太阳照常升起》中的巴黎所吸引，但我并不是因为海明威去猎狮和捕马林鱼就被他所迷住。我欠海明威的，如果不是他的话，我可能会喜欢上其他虚构的城市，而且会去寻找那种幻想。并不是海明威在巴黎的生活吸引我到这座城市来，而是他对巴黎的描写吸引了我。《流动的盛宴》是我读过的最有力度的作品之一。这是一本精致的书籍。我曾生活在那里。我曾陶醉在他所描写的咖啡馆里。我在那里写过一本小说。我很了解那个城市，而且说过也很失望。尽管那么的失望，我仍然在阅读《流动的盛宴》，而且感觉到我一直拥有的想法。我认为那是一个重要的差别——是由于作品，而不是城市。当然，有很多作家居住在巴黎，他们在某些方面可能是因为海明威，但同时也有很多人因为其他作家而居住在那里。胡里奥·科塔萨尔①的坟墓上总是散落着很多短信和花朵。

米：我注意到，在描述刚刚出版的选集《巴黎的陌生人：光明之城新作品》时，出版社的网站写道："当下巴黎的英语作品中不存在刻板印象、浪漫概念、偶像再现等虚假描述和期待。"在我们对以往的文学场景集体的怀旧和当代侨居巴黎写作的体验之间，是否存在任何现实的隔阂？

亚：难道没有隔阂吗？其实，那就是居住在巴黎给我带来的东西——是对怀旧与现实之间距离的深切体会；是发现我们想象中的城市并不存在的幻灭和悲哀。不，现在的巴黎不是曾经的巴黎了。虽然说，我所认识的每一个人几乎都是某类艺术家，而且世界上再也没有其他地方能够为我提供同样的归属感了，但我不知道那种感觉到底与巴黎本身有多大关系，并且我们都是来自别的地方，这一事实肯定强化了那种归

① 胡里奥·科塔萨尔（Julio Cortázar，1914—1984），阿根廷作家、学者，是拉丁美洲文学爆炸的创始人之一，魔幻现实主义的代表。其主要小说有《中奖彩票》、《角斗士》、《跳房子》、《曼努埃尔记》等。——译者注

属感。在巴黎，英语为母语的艺术“场景”集中体现在，人们之间的相互支持和对艺术事务的淡漠。

米：你能说说选集里你那篇文章的内容吗？

亚：那是一个简短的故事，讲述的是我与父亲在蒙帕尔纳斯公墓散步的经过。我曾在那里度过了很长时间。它远没有拉雪兹神父公墓那么辉煌，也没有多少游客光顾。我觉得它是巴黎最安静的一个地方。我写到，那天，在第一次去见女朋友的家人之前，我父亲和我在此闲逛，当时，一坨鸟屎掉在了我的衬衫上。那事在拉雪兹神父公墓是不可能发生的。

米：2011年，作为巴黎的侨居者意味着什么？文学侨居现象又是怎样的？

亚：我认为巴黎没有任何文学侨居现象。大卫·巴恩斯的“直言不讳”咖啡馆就存在于这座城市的民主社区，而且吸引了大量作家、音乐家、演员等。我喜欢那些夜晚的精神，我认为大卫做得不错，它看起来充满活力、毫无装腔作势之感。天才和严谨的范畴非常宽广而且多变。“直言不讳”曾在五六个不同的地点开店，但这些年来它一直驻留在贝勒维尔的卡巴莱大街，那里有我在巴黎最喜欢的酒吧。我喜欢去那里完全是因为它远离海明威的巴黎，而且那里的读者也没有那么锋芒毕露。我认识了大卫，并且开始在“直言不讳”里阅读，同时也开始我的小说创作。那个社区支撑着我度过了平生最艰难的一段岁月，我将为此终生感激。

“诗人活着”是另一优秀的系列阅读丛书，鲁弗·昆塔维尔①刚接手过去，他是我的一位朋友，是位出色的诗人。詹妮弗·迪克创作了另一杰出的系列，称为“常青藤作家”。还有一系列被称为“双重变革”的图书，专门推出法语和母语为英语的作家。

米：巴黎以它的咖啡馆文化出名。其实，美国图书馆最近在巴黎展出了安妮·伯达的摄影作品“巴黎的咖啡格调”。你在巴黎的时候，咖啡馆在你的创作生活中起着什么样的作用？爱荷华城有类似的地方吗？

---

① 鲁弗·昆塔维尔（Rufo Quintavalle，1978— ），英国诗人、编辑。现居巴黎，文学杂志《杜洛克楼上》编辑。出版诗集《无所事事》（*Make Nothing Happen*）（2009）。——译者注

亚：我初次移居巴黎时，每个晚上从“拉巴莱特”下班后，我几乎都要写点东西。“拉巴莱特”是一家咖啡馆，从我的公寓沿街向南即到。我跟几个服务生很熟，在早期那些日子里，我很自豪能在那里有朋友，而且盼望着能安顿下来，然后找个好工作。令人遗憾的是，那家咖啡馆被卖掉了，虽然它还是原来的模样，但却变得更为市侩，只可远观了，而且那里的服务生也都换了。

我热爱这个城市的另一方面在于它给你独处空间。在咖啡馆里，独自一人没什么奇怪的。这是一个共同的体验，但却是真的，在大多数咖啡馆里，只需要一杯啤酒或一杯葡萄酒的价格，你就可以在那儿待着或工作几小时。我喜欢在公共场所工作——不知怎么的，周围的人群能让我更专心，使我不会耽搁。我知道，写作的一个重要方面就是创造根本不存在的结构。在爱荷华市，我喜欢在“草原灯火”咖啡馆的楼上写作。这是我在这里找到的跟巴黎咖啡馆最相近的地方了。顺便告诉你一声，那个商店的无线代号是“格特鲁德·斯泰因”①。

米：爱荷华市，就像《当代世界文学》的家乡俄克拉荷马州诺曼市，是个内陆中西部城市。然而，爱荷华市是联合国教科文组织颁布的文学之城，诺曼也曾接待过上百位国际作家，特别是在靠近纽斯塔特国际文学奖和纽斯塔特儿童文学奖颁奖期间。想必这一切颠覆了文学文化只存在于世界性大都市这种模式了吧？

亚：爱荷华市社团给作家提供的支持和热情的力度是非常出色的。在我所住过的任何地方，写作从未受到如此普遍的尊敬。在某种意义上，居住在这里是件危险的事情，很容易让人相信世界其他地方也一样关注书籍。这很有趣，巴黎和爱荷华市是我所居住的城市中，我可以毫不犹豫地介绍我是作家的地方。在这两个地方，作家受到直接的尊重，这是其他地方没有过的经历。是的，显然有一大批文学名人克服了各种困难去读书，但令人鼓舞的是，居住在此的很多人对写作充满了激情，而且是超乎寻常的喜欢。毫无疑问，就文学文化而言，爱荷华市足以跟美国

---

① 格特鲁德·斯泰因（Gertrude Stein，1874—1946），美国作家、诗人和艺术品收藏家，侨居巴黎多年。主要作品有《三种生活》（1909）、《美国人的本质》（1925）、《我曾经见过的战争》（1944）等。——译者注

的任何大城市相媲美。

米：在《你一钱不值》中，你写到在法国国际学校里，一间教室的墙上贴着萨特、加缪的照片，以及海明威与西尔维亚·比奇[①]站在莎士比亚书屋前的合影。莎士比亚书屋仍然是文学巴黎的中心吗？

亚：当然是，他们在巴黎的英语文学界仍然起着主要作用。他们对年轻作家十分支持，而且仍然让一些作家住在楼上，为他们做一些象征性的工作。他们的夏季节日非常出色，举办得非常成功。他们打算颁发该书店的第一个巴黎文学奖，这是一份大奖，准备授予新兴的作家。我认为，特别让人印象深刻的是，他们不仅招待各种成名的作家，也允许那些不太知名的人进书店读书。我敬佩而且感激那些书店，他们充满生机活力，对未来有清晰的想法。如果不是因为他们的地点和历史的原因，我认为他们应该很容易成为某种文坛的迪斯尼乐园，然而西尔维亚·比奇似乎决意不会那样做。

米：你有自己喜欢的书店吗？

亚：有几个。在巴黎，"乡村之音"是我最喜欢的，我也喜欢"书页浪花"和"船帆"。在旧金山，是"城市之光"。在西雅图，是"艾略特海湾"。我特别喜爱"草原灯火"，那确实是间极好的书店。我也特别喜欢爱达荷凯彻姆市的"反偶像崇拜书店"，我十几岁时就开始在那里买书了。

米：尽管你的小说质疑了我们对巴黎侨居者的那种浪漫的信念，但它提到了巴黎侨居者作品中几个熟悉的标志，这样说公平吗？或许是我太苛刻，老想把你的小说——关于行动的愿望和行动的勇气之间的距离——塞进适合我们对话主题的这个盒子里来？

亚：是的，我认为那是一个公平的看法。问题在于，不提及那些标志就几乎无法描写巴黎。巴黎本身就是一个标志。这个词太意味深长，当你打这几个字母时，就会触发各种文学和情感的联想。单从每年出版的与巴黎有点关系的那些书的数量来看，很显然它的魅力依然无穷无尽。

---

① 西尔维亚·比奇（Sylvia Beach Whitman，1887—1962），美国书商和出版商，一生大多居住在巴黎，并在巴黎开了一家书店，取名为"莎士比亚书屋"，供旅居巴黎的作家借阅。她首次出版了乔伊斯的《尤利西斯》。——译者注

我敢肯定，要撰写以这座城市为背景的书，唯一的办法就是处理你的期待和你的发现之间的差距。巴黎不再能满足我们的期望，就像我们的老师或父辈那样。

米：学生吉拉德第一天上学的时候，就意识到巴黎“跟学校毫不相干”，他感到挺失望。当他乘校车上学时，他觉得他的潜能将被这个地方所埋没，而且还受到他所遇到的美国标志的威胁，因而他断定说：“法国国际学校就是一个独立的国家。”这个国际学校是否就是文化全球化同化作用的一个缩影，是“美国象征”在巴黎的另一个例子，或是别的什么？

亚：每所学校都是一座孤岛。我认为你在那些高墙内不会发现任何全球化的迹象，就是在校外也一样。吉拉德在小说开始就抱怨过法国国际学校，但我想他现在应该不会抱怨了吧。我倒愿相信他已经长大了，不再有青少年那种对任何碰巧接纳他们的机构都很挑剔的倾向。当我移居巴黎时，那里还没有一家星巴克咖啡馆，现在有了 39 家。继美国后，法国是麦当劳最赚钱的市场。对法国人来说这是他们忧虑的真正来源，他们确实应该感到忧虑。那些独立的咖啡馆正在倒闭，或纷纷被像 FLO 一样的集团公司收购；那些年轻的吸烟者都抽万宝路特醇。这些情况反复出现，从未停止。美国（的标记）在法国随处可见，而且已经引起了吉拉德的注意，他在街道上所看到的应该比在法国国际学校的教室里更频繁。

米：维拉－马塔斯的讲述者在寻求解放：“我们出生的时候就接触到一个小小的世界，不管你生在哪里，这个世界都是同样的。”他沉浸在“某种高尚的想法里，那就是忘却巴塞罗那沉闷的氛围，通过自我放逐，能够享受到自由的法国空气”。你同意巴黎具有这种解放精神吗？你去巴黎是为了寻求这种解放吗？如果是的话，你找到了吗？

亚：我认为任何伟大的城市都具有解放精神。很难说我去那里是为了寻求解放，但我肯定是带着狂野的浪漫观念到那里去的，我想巴黎应该会适合我。我到巴黎时已不再年轻。我觉得这样说很奇怪，但那些年有些事情改变了。我暗自许愿，我 30 岁前一定要到巴黎去住，在我 29 岁的时候我搬到了巴黎。去巴黎之前我在洛杉矶住过很长时间，而且知道很多演员也在追求某种幻想。我就像那些在窗户里往外眺望的女人，第一次看到了好莱坞标志。我的意思是，你无法想象我到法国的时候有多快乐，而且肯定这座城市会改变一切。在世界上，还没有哪个城市能像巴黎那样满足我的愿望。那就是说，我觉得我确实找到了某种解放——一种难以名状的解放。我喜欢孤单一人，而且在巴黎即使孤单也感到非常自在，这是在其他任何地方没有的感觉。有人说纽约能给你同样的自由，但不管什么时候在纽约，我都无法像在巴黎那样，找个地方消失一段时间。

米： 巴黎人是否离开巴黎，到别的地方寻求类似的解放？

亚： 我认识一些巴黎人，他们经常外出旅游，而且还有一些移居到加利福尼亚来，并且发誓再也不回法国去了。但总的来说，我认为巴黎人不会有类似的欲望——离开巴黎，成为其他地方的人。有的美国人对他们的国籍感到尴尬。像我一样，他们的想法是，如果住在欧洲的城市里，在某些方面他们会“缺乏美国特征”，那就是说，他们会更为老练、更加文雅、更有修养。我还从没碰到过任何感到尴尬的法国人。法国人主要在法国和前殖民地度假，他们可以在那些地方讲法语，吃到熟悉的食物。我认为这是一种完全不同的心态。我知道，很少有法国人考虑要放弃他们的生活而到一个陌生的国家重新开始。这是古老国家与新兴国家之间的范式。

米： 亚当·哥帕尼克①在巴黎住了五年后回到纽约来，在一次会谈时他说，他想念“那种更高层次的公共文化生活”。当你不在巴黎时，你想念的是什么呢？

亚： 我想念很多东西——城市的自然风景，那地方、灯光、天空的纯粹的美。我想念那里的人们——他们的优雅和冷漠，他们面孔的多样化。我想念自己平凡的生活——特别是咖啡馆、酒吧和饭馆。更甚的是，我想念那种寂寂无闻的感觉。我想念到处漫步和骑自行车的日子；我想念那些总是不期而至的飞逝瞬间，每当我发誓我将永远离开此地，但当我绕过一个街角，城市又豁然开朗起来时，我就想：“这才是一切。”你明白了吗？不管怎样，浪漫依旧存在。

---

① 亚当·哥帕尼克（Adam Gopnik，1956—），美国作家、散文家和评论员，是《纽约客》杂志的主要撰稿人。出版有散文集《月色巴黎》（*Paris to the Moon*）。——译者注

米：你现在在忙些什么？

亚：我正在创作一部小说，是关于一个居住在希腊基克拉迪群岛的利比里亚非法移民的故事。这看起来有些不务正业，但我在巴黎的那段时间里，就对生活在欧洲的非洲移民的经历很感兴趣。移民，特别是来自马格里布[①]和西非的非法移民是很多西欧人的主要关注点，而且，我认为，即使现在还没有，它也将很快成为整个欧洲大陆的核心政治问题。在过去的几年里，已出现了一股极右的政治浪潮，令人担忧的是，像基尔特·威尔德斯[②]和马琳·勒庞[③]这样的人在反移民政纲中正在得势，更不用说合法性了。你也可以在瑞典、丹麦、芬兰、比利时和英国看到类似多变的极端主义运动。

在爱荷华的时候，我多次听到这样的说法，就是我们"不应该"从我们不了解的人的角度去创作，而且我们没有那个"权利"，男人也没有权利从女人的角度去创作，等等，这确实令人惊讶。"某人没有那个权利"的观念使我觉得荒谬。一部小说要么成功，要么失败。我对再三描写自己没有多大兴趣。

选自《当代世界文学》2011 年 9—10 月刊

（姚本标　译）

---

① 马格里布（the Maghreb），指埃及以西的西北非洲地区，包括五个国家——摩洛哥、阿尔及利亚、突尼斯、利比亚和毛里塔尼亚，以及西撒哈拉争议地区。——译者注

② 基尔特·威尔德斯（Geert Wilders，1963—），荷兰自由党领导人，以批评伊斯兰教而在国内外知名。——译者注

③ 马琳·勒庞（Marine Le Pen，1968—），法国极右翼政党"国民阵线"主席，反对移民和全球化，支持福利国家。是 2012 年法国总统选举候选人。——译者注

新书评论

小　　说

克里斯蒂娜·阿里·法拉：《小妈》

焦万娜·贝蕾斯·亚康图兹、维多利亚·厄弗勒蒂·普蕾图译。布卢明顿：印第安纳大学出版社，2011 年。264 页。22.95 美元。ISBN 978 -0 -253 -22296 -1。

克里斯蒂娜·阿里·法拉的父亲是索马里人，母亲是意大利人，童年在索马里摩加迪沙度过，有时去意大利旅居。青少年时期为了躲避内战离开了索马里，最终在罗马定居。尽管用意大利语写作，她的散文明显带有非洲口述传统的印记，某些作品还有著名诗人卡布杜尔噶迪尔·希尔斯·西雅德和马萨柯·斯穆德·卡布杜尔拉赫·西伊斯的影子。

小说的不同章节由一组相互关联的叙述者分别讲述，其中包括书名中的“小妈”——该词是索马里语中“阿姨”的直译。该小说讲述一个发生在当代索马里的典型故事，主线是两个流亡在罗马的堂兄弟巴尔尼和多米尼卡·阿克赛德之间的友谊。小说采取了非线性的时间顺序来叙述整个故事，故事开始于 20 世纪 70 年代——主人公的童年时代，一直延续到当下混血儿阿克赛德产子的时刻，这孩子是她和另一个流亡海外的索马里人所生，阿克赛德童年时就和此人相识。所有叙述者都运用对话的形式讲述他们的故事。某些叙述者和一些未知的听众交谈，例如在本书的首章中，年轻的阿克赛德怀着孩子般的热情细致地讲述着她的日常生活，其他叙述者和书中有交代的听众进行交谈，例如，巴尔尼的章节就是以他和记者的片面对话组成的。这种有意的片面性对话的结果就是产生一系列重复的、相互叠加的叙述内容——用阿克赛德的话说，即经验与记忆交织成“一团乱麻”。

阿里·法拉的诗人经验在书中表现得很明显，其中的对话式叙事有很强的画面感，对话的结尾处总是能映射出更大的主题思想。作者从第一章就开始运用这种叙事手法：“一天妈妈将两磅白糖倒进了她的白布书包里。……她为我拍了一张照片，那张照片里我坐在她的摩托车上，书包甩在肩后。也许糖渗进了胶卷里，洗出来的照片里我被巨大的蚂蚁形状包围着，脸上还露出微笑。”

阿里·法拉的译者决定使用一些意大利化的索马里表达方式，并且在该书的结尾附上了词汇附录。这种翻译方式在没有引进外来词汇的情况下强调了文本的异质性，译者有策略地使用了这种方法，突出使用那些在意大利殖民时期形成的词汇。并且译者在译文中频繁使用无主语句型，从而更完美地呈现了小说原文中的对话风格。

《小妈》的正文，以及结尾处的词汇表、人名表附录一起组成了一部错综复杂的小说，尽管复杂，但却很值得一看，乱麻中的主线就是索马里的离散经验。

作者：大卫·舒克（洛杉矶）
选自《当代世界文学》2011年7—8月刊
（贾燕芹　译）

鲁道夫·安纳亚：《兰迪·洛佩兹回乡记》

诺曼：俄克拉荷马大学出版社，2011年。159页。19.95美元。ISBN 978-0-8061-4189-3。

鲁道夫·安纳亚再次开始了寻找的历程。正如他的多部作品一样，这部小说中的主人公兰迪·洛佩兹在找寻人生中一些永恒问题的答案。在安纳亚的其他书中，寻找的历程都是为了自己。在《兰迪·洛佩兹回乡记》一书中，寻找是为了更大的某样东西——智慧——并且学会如何将智慧传递给子孙后代。

安纳亚认为，智慧并不容易得到，因为“智慧需要培养”。我们必须寻找它，并让它成为我们身体的一部分。主人公兰迪也这么认为，因为他父亲曾告诉他，“智慧是一种文化价值”。因此，兰迪“爱上了索菲亚”，并且，用圣经里的话语说，是注定了要了解她。但首先，她必须寻找世界上的知识。有一天，兰迪决定回到他心爱的索菲亚身边，决定回到位于新墨西哥厄瓜本蒂塔的家中。在这里，他能够传授他的智慧，造福万人。

寻找久违的爱情，探索一个人是否真正愿意回家，是否愿意在不同文化间搭建桥梁，都是小说中兰迪在寻找智慧的旅程中关注的问题。安纳亚对互文性的多样化运用旨在强调他的核心思想：智慧可以从多种渠道获得。厄尼卡，一个坦率聪慧、如巫医（curandera）般的人物，经常让读者想起《奥蒂莫，保佑我》（安纳亚的前一部小说）、《圣经》、希腊神话以及美国本土印第安神秘文化中的寓言，就连家庭日常谈话，安纳亚也能从中领悟到智慧。安纳亚将这些融合在一起，向读者展示了智慧怎样能从多种形式中找到。如果能够开放自己、准备接受它，并且愿意和他人分享它，智慧就能到达你的身边。安纳亚将这些多种形式的智慧比喻成“桥梁”，能够将不同民族、文化、思想的人民联结在一起的桥梁。

这本书使鲁道夫·安纳亚的文学事业和人生完成了完美的回归。安纳亚的前言和后记总结了此书的目的，并且也为兰迪的故事画上了圆满的句号。当安纳亚回忆起他的妻子以及一生的爱情，他很欣慰地领悟到从我们的所在回到最初的家乡，这段旅程实现了最美丽的团聚。因此，《兰迪·洛佩兹回乡记》提醒了我们，人生是一场精神旅程，并不因为我们肉体的消亡而结束。就像兰迪学到的，“灵魂一直在旋转。没有起点；也没有终点。什么都没有失去”。家，原来，就在桥的那头。

作者：斯宾塞·海雷拉（新墨西哥州立大学）

选自《当代世界文学》2011年9—10月刊

（贾燕芹　译）

塔哈尔·本·杰伦：《老村里的宫殿》

琳达·科弗代尔译。纽约：企鹅出版社，2011年。183页。15美元。ISBN 978-0-14-311847-3。

出生在摩洛哥的塔哈尔·本·杰伦在十几岁的时候移民到法国，目前是国际上著名的小说家、散文家、评论家、诗人。他在1987年获得法国最负盛名的龚古尔文学奖，获奖小说是《圣夜》（请见《当代世界文学》1998年夏季刊），从此一举成名。他最新的一部小说《老村里的宫殿》讲述了法国的一名摩洛哥移民工人穆罕默德·本·阿卜杜拉的故事。从他的汽车厂装配线工作退休后，他回到自己的家乡，建起一座富丽堂皇的房子，企图让自己已成年的儿女们都返回他所谓的“家”，但是他的一切努力都是徒劳。

穆罕默德是一位来自摩洛哥南部偏远村庄的柏柏尔人，没怎么受过学校教育。他在古兰经学校里连阿拉伯字母都没有学全，连自己的名字也写不出来，也读不了《古兰经》，而《古兰经》就是他的一切：他的文化、身份、护照、骄傲和秘密。他就是带着这本书移民到法国的，那时他才二十岁。他在那里大多时候过着平静的生活，在伊夫林省的一家汽车厂工作，并和他的妻子养大了五个孩子，妻子是他的表妹，十五岁时就嫁给了他。

他在法国生活了四十年，但从来没有过在家的感觉；这个国家没有任何东西能够“深入他的内心和灵魂”。而他的真正问题直到他退休时才出现。习惯了西西弗斯似的劳作，即使在退休后，他都保持以往的作息时间，日出而作，换上工作服、带上饭盒就赶往工厂。但在厂门口，他停了下来，局促地望着以前的同事走进工厂，开始一天的工作。

为了打发退休后无聊的时光，穆罕默德回到了他的村庄，并用自己一生的积蓄建了一栋豪宅——“幸福、和谐、静好之家”，可以容纳全家所有人。不幸的是，他的孩子们目前都居住在法国，有了西班牙、意大利的伴侣，拒绝回到家乡跟他一起居住，于是他的梦想破灭了。当他打电话给一个女儿时，女儿直截了当地告诉他，她已经不是从前那个小女孩了。她敦促他：“开始新的生活，忘了这所房子能使我们重新走到一起的想法，因为我们都有自己的生活了。”于是，一个与子女们分离、萎靡不振的糖尿病患者，他的妻子，还有一个侄子生活在这个荒凉的宫殿中。他去世后，迷信的村民们宣布他是一个圣人。

这是一个简单的人的悲剧，一个不识字工人的悲剧，他并不像艾略特的普鲁弗洛克那样能够内省；尽管如此，他就是我们每一个人。本·杰伦以微妙的幽默和深刻的悲怆探触着穆罕默德的人生，描绘了经常受到种族歧视的法国移民工人的艰难生存处境，也揭示了传统和现代社会之间的分歧，并发送出了一个普世的讯息，这条讯息与16世纪的法国同胞蒙田的名言相呼应："如果可以，我们应该有妻子，儿童，货物，以及高于一切的健康，但是我们不能和他们绑得太紧了，否则我们的幸福将依赖于他们。"即使是那些认识到这一苦涩真理的人，也不太可能被自己的子女遗弃，尤其是生长在传统社会、信奉"家庭是神圣的"价值观的子女。因此，很多读者同情本·杰伦笔下穆罕默德的遭遇，这也不足为奇，尽管他们的人生、信仰都和他大不相同。正是这一点让《老村里的宫殿》在国际上一路畅销。

作者：罗尼·努尔（得克萨斯大学布朗斯维尔分校）
选自《当代世界文学》2011年5—6月刊
（贾燕芹　译）

米尔恰·卡塔瑞斯库：《美丽的陌生人》

布加勒斯特：尤曼尼塔斯出版社，2010年。299页。32欧元。ISBN 978－973－50－2692－9。

米尔恰·卡塔瑞斯库的新书《美丽的陌生人》，或者更准确地说——《美丽的异国女人》包括三个主要叙述部分，篇幅长短不一，作者自认为这本书是轻松有趣的，不是什么严肃的文学作品。第一部分叫做"炭疽病"；第二部分译为"美丽的异国女人，或我如何是一个平庸的作家"；第三部分译为"巴科维亚"，以纪念罗马尼亚诗人乔治·巴科维亚，也唤起了读者对这一迟来的象征主义者笔下阴郁小镇的印象。

我称这几部分文本为叙事文本，是因为没有其他更合适的术语形容它们。书的封底是"公路电影"的海报，这一英文短语用在这里再合适不过了。除此之外，当然本书里也没有涉及剧本之类的体裁，而是采用了更复杂的形式，一种介于虚构与非虚构小说之间的体裁——一部分是在客观观察和自我观察的基础上，稍加虚构的旅行游记；另一部分是文笔犀利、目的明确的文化评论。但是由于故事的主人公是卡塔瑞斯库自己，或者说是作者虚构出来的第二自我，这种讽刺是一种自嘲，或者更准确地说，是一种自我批评和贬低。作家是在提醒读者别太拿他当回事儿了，因为他都没把自己当回事儿。

从修辞层面上说，这是很高明的策略。我必须要澄清的是，米尔恰·卡塔瑞斯库不仅是一个极富才能、久负盛名的作家，而且国内外文学界都认为他是诺贝尔奖的热门候选人之一。成为社会公众人物的他还没有准备好接受这一突如其来的声名和名人的生活，众所周知，社会名流们有人爱慕，也有人嫉妒，甚至由于错误的原因会遭人愤恨。因此，书中的故事描绘了流浪汉卡塔瑞斯库的经历，“著名作家卡塔瑞斯库”奔走于祖国的偏远小镇、西欧的大都市之间，旅行中还总是遇到带有奇幻色彩的事件，而作者总是用滑稽风趣的笔调讲述这些奇幻的遭遇。在整个过程中，他一直自我嘲讽，嘲讽文中的那个“名流”不是遭国内的“竞争者”嫉恨，就是被法国南部大字不识的文盲们当作外星人对待。我们发现，将两个不同世界联结在一起的，是由无知和文化误解造成的卡夫卡式的荒诞事件。事实上，无论是发生在国内的故事“炭疽病”（这个故事既怪诞奇异又具有喜剧色彩），还是在那个“环游法国”的故事中（在该故事中，十位罗马尼亚作家像那些饥渴的艺术家那样，在法国观众前游行），一个“婉约”的卡夫卡，也可以说是“罗马尼亚的卡夫卡”，始终穿梭其中，无处不在。整部小说既忧伤又欣喜，既轻松又深刻，既批判又感人，罗马尼亚作家米尔恰·卡塔瑞斯库创造了当代文学世界三部曲的传奇。

作者：克里斯汀·莫洛如（北卡罗来纳大学格林斯伯勒分校）

选自《当代世界文学》2011 年 3—4 月刊

（贾燕芹　译）

保罗·乔尔达诺：《质数的孤独》

肖恩·怀特赛德译。纽约：企鹅出版社，2011 年。271 页。15 美元。ISBN 978-0-14-311859-6。

作为意大利最高文学奖斯特雷加奖最年轻的得主（2008），23 岁的粒子物理学博士保罗·乔尔达诺以其卓越的悲观主义小说《质数的孤独》震惊了整个文学界。这部小说已被译成三十种语言，在 2010 年改编为电影，它被称为文学界的非凡成果，尽管年轻的物理学家强调，假如他学过文学，是不可能写出这部小说的。

这部小说包括 46 个片段，分为七个主要部分来展现。这些片段按照时间先后的顺序伴随着两位主人公马第亚和爱丽丝——富裕中产阶级的孩子的成长进行。乔尔达诺描绘了生活在病态的（dysfunctional）世界里（家庭和学校）的两个有心理障碍（dysfunctional）的孩子从小学到高中的经历，揭示了当下许多年轻人目前令人担忧的生存现状。

马第亚和爱丽丝成长的痛苦起源于童年时期所受的创伤，复杂的成长环境更让痛苦加倍：据说马第亚造成了米谢拉（他智障的孪生妹妹）的溺水事故。他不停地进行自我惩罚，反复地伤害自己的身体，并且迷恋上自己的伤疤，伤疤成为他精神焦虑的晴雨表。只有他科学的世界观和强烈的学习欲望能够让他暂时放松。另一位主人公叫爱丽丝，她的父亲一直坚持让她成为一名专业的滑雪运动员，而她在一次滑雪中发生意外导致了腿部残疾。

今年四月份来美国推广其作品时，乔尔达诺对他作品的方方面面都作了分析，他称其作品“有点爱情故事的味道”，但也是一部关于恐惧和愤怒的小说：马第亚因为被误解而愤恨自己的父亲，艾丽斯的父亲强迫她成为一名运动员、学者、健康饮食者，她愤怒的反抗最终导致了她患上厌食症。作者称成年人往往将自己的梦想投射在孩子身上，他笔下的人物正是成年人自己梦想的投影，这不禁使读者想起耶利内克的“钢琴师”由于受不了母亲的压力而自残。

他用物理学和数学术语编织了一个虚拟世界，小说中有两个章节是理解这一世界的关键。马蒂亚是一个数学天才，强迫症患者，强迫自己用数学、物理定律观察解释周围的世界。《阿基米德定律（1984）》那一章节讲述了米凯拉的失踪，其中还穿插了一些代数问题的研究。另一章

《在水中沉浮（1998）》中还有对质数的解释，尤其是对孪生质数的解释："马蒂亚觉得他和爱丽丝就是这样一对孪生质数，孤独而失落，虽然接近，却不能真正触到对方。这个想法，他从来没对爱丽丝说起过。"

文中所用的语言恰如其分：冷静，落寞，疏远。《孤独的质数》这部用数学、物理的"格子"拼成的叙事作品发人深省、引人入胜，也令人震撼，如果你考虑到作者的年纪的话。这是一部看完后令人深思的作品，正如卡夫卡形容的，一本书应该是——"冰海里的一把斧头"。

作者：玛丽亚·路易丝·卡普托-迈尔（坦普尔大学）

选自《当代世界文学》2011 年 11—12 月刊

（贾燕芹　译）

萩尾望都：《醉梦及其他故事》

马特·索恩译。西雅图：凡特图书公司，2010 年。29 + 256 页。24. 99 美元。ISBN 978 - 1 - 60699 - 377 - 4。

萩尾望都是几乎被翻译谋杀了的漫画家之一，她的漫画在英语漫画市场上基本不为人知。说她被谋杀，是因为她对日本艺术形态的巨大影响，她的作品在 20 世纪 70 年代使日本的艺术形态有了革命性的飞跃。

《醉梦及其他故事》最多只能算是萩尾望都艺术宝藏的一角，这部书选取了许多短篇作品，透过它们可以领略到她更多作品的广度和深度。萩尾望都的代表作是她的史诗故事，例如《残酷的神之支配者》篇幅长达数千页，原稿系列的创作时间也跨越了好几年。想要从这些短篇中领略到她的巨大影响，就如同企图从十几个五分钟短片中推断出奥森·威尔斯的艺术成就。因此，本书不仅是她宝贵遗产的证明，也可以进一步验证萩尾望都的作品能否从主流的英语漫画中脱颖而出。

《醉梦》中最能凸显萩尾望都画面展现的掌控力的是她的情色艺术和创新性的版面编排。她也显示出了协调故事基调与画面风格的能力。例如短篇漫画《比安卡》、《秋日旅程》就有着不安的线条和颓废的背景，与那个时代的少女漫画整体风格一致。《醉梦》这一故事则属于科幻类漫画，在细节方面处理得非常细致，大量地运用了水彩色调和手法。

在叙事层面，《醉梦》这部书运用了多重方法。短小的形式让萩尾望都擅长的情景剧有了更大的发挥空间。她的每一部故事中都有令读者欣赏的画面元素，但是难得的是，这种短小的形式将独特主题、艺术技巧以及别具一格的结构完美地融合在一部漫画集中。这也预示了这部集子潜在的影响力，它尤其体现在《鬣蜥女孩》、《半神》及《柳树》等故事中。

萩尾望都的任何作品都可以到达英语读者的手中——这个想法是有可能的，在某种程度上也是可以实现的。出版商克服了种种社会和经济障碍，将她的作品从太平洋的彼岸引进了过来。在此之前，那些渴望理解萩尾望都对少女漫画传统的巨大影响的评论家和读者们，只能从那些烹制美食用的烧锅水中试着品味萩尾望都的佳肴。

作者：罗布·福尔马尔（俄克拉荷马大学文理学院）
选自《当代世界文学》2011 年 5—6 月刊
（贾燕芹 译）

伊什玫尔·卡戴尔：《交通事故》

约翰·霍奇森译。纽约：格罗夫出版社，2010 年。265 页。24 美元。ISBN 978 - 0 - 8021 - 2995 - 6。

一位西欧的出租车司机在一次蹊跷的交通意外中幸存了下来，但两名来自阿尔巴尼亚的乘客贝司福特和罗夫那却在事故中丧生了。贝司福特是欧洲理事会危机处理部的分析员，和巴尔干战争犯罪及其他可疑活动有牵连，因此塞尔维亚/黑山和阿尔巴尼亚政府要求获得相关文件。事故……还是谋杀？

于是一个探讨性别、性、主/从二分法，以及国家/个人身份的小说就此开始了，内容丰富，包含了文学典故、巴尔干口述传统、理念，阿尔巴尼亚、巴尔干及西方的政治和历史。司机在后视镜中看到了什么，导致他突然转向，但是他在后视镜中瞥见的东西很奇怪，无法用语言准确形容。因此，后视镜就象征了《交通事故》的一个主题思想：人类视野的局限性，人类感知与再现的缺陷，即我们无法百分百地感知，也无法准确地呈现我们的感知。

两个“全知”叙述者增强了叙事和历史的可靠性，无论这种叙事、历史是国家，全球还是个人的。在第一部分，主要的叙述者显然是可靠的，他向我们介绍了一位不知名的研究员，这位研究员收集“大量细小的证据碎片”，如访谈、信件等，将它们拼合成一段连贯的历史，以此挖掘真相，而这段历史又与小说的第二、三部分联系起来。研究员的叙事遵循“古老史诗”的形式，“像每个故事一样”，起初完全是想象，然后用语言形式表现出来，最后向别人讲述，即用第一和第三人称的口吻讲述一对夫妻和他们朋友的故事。他隐蔽在他们的背后，但是一直明白他的故事“只是永恒形式的一角，是局部的反映”。

贝司福特这样观察阿尔巴尼亚：“我们的整个人生都笼罩在浓雾般的谎言里……”；他或许意识到，如果他是罗夫那的“解放者”，“这在历史上不是第一次了，就像暴君被当成解放者一样，解放者也容易被当成暴君”；他或许这样理解，就像后共产主义时期的阿尔巴尼亚一样，接受了西方资本主义的诱惑，罗夫那一开始想要更多的自由，然后又开始抱怨享有的自由太多了。但是，上述这些是谁的观点呢？研究员最后写道：“只要找，你就能找到我。”

在第二部分的结尾处，第一个叙述者观察到，研究员越是调查上星期那段风月故事，这段故事就显得越不完整，“那是一个无法解开的死结……在一个玻璃世界里……无法用言语形容”。最后，《交通事故》就是卡戴尔的《黑暗的心》。在那些“超出我们能力、无法看清的”事物中，研究者指出：“你看到的和我所想象的都离真相很远……这也是为什么说像往常一样，我们的肉眼对一些已经发生的事情是看不到的。”他最后拿到了那个后视镜，害怕它“已经吸入了部分真相”，他要和此镜埋葬在一起，等待一千年被人发掘。但是他的遗言却更突出了这一行为的徒劳，以及人类视野的局限性——这一不可避免的事实：“在过去的一些日子里，尽管迷雾重重，他自忖仍然洞悉了这个神秘事件的轮廓；但是还有其他一些现象，看起来就像一面不透明的镜子，反射不了任何东西，只有虚空。”就像康拉德笔下的人物马洛著名的观察：“我们生活，就像我们独自做梦一样。”

作者：米歇尔·利维（北卡罗来纳农工州立大学）

选自《当代世界文学》2011 年 5—6 月刊

（贾燕芹　译）

汉努·拉杰涅弥：《量子大盗》

纽约：Tor 出版社，2011 年。330 页。24.99 美元。ISBN 978－0－7653－2949－3。

你听说过思想上传吗？贝勒医学院的神经学家大卫·伊格尔在《它将改变一切》（2010）中指出："很肯定的是，我们很快就能拥有这样一种技术，能够允许我们将有意识的思想下载到电脑里……然后就没有死亡这事儿了。"这种永生的技术需要多久才能真正使用？大约需要五十年。

在牛津大学的"未来技术影响研究"项目组中，社会学家、哲学家和科学家正在思考这些激进的新兴技术的伦理问题。但是，对那些日常生活已经被新兴技术改变了的人，我们又是怎样看待他们？

有一种与众不同的、在虚拟世界中思考技术的方法，这种方法并没有将新兴技术当作理所当然的成果加以应用，而是更多地考虑这些技术的政治、社会、文化和心理影响。在《量子大盗》中，芬兰小说家汉努·拉杰涅弥将思想及其他一系列技术放到火星上一个想象出来的社会里来验证。

在一次大胆行动中，一个叫弥艾乐的勇士将盗贼杰恩·弗拉姆博尔从监狱里解救了出来。对杰恩来说，偷窃不仅仅是职业，"它还是一门艺术"。但是，自由是有代价的：弗拉姆博尔被迫受雇于弥艾乐的雇主，这位雇主需要一名窃贼去为他行窃。为了解除这一"光荣的债务"，他必须首先找回他很久之前丢失了的记忆。同时，年轻机灵的业余侦探艾斯朵尔·毕尤卓蕾特正努力地调查一封神秘信件，这封信藏在一家戒备森严的图书馆里，图书馆归富有的基督教隐士安鲁所有。信件的署名是杰恩·弗拉姆博尔。

如果这段情节听起来耳熟，你肯定看过流行文化的化身亚森·罗平，莫理斯·卢布朗（1864—1941）笔下创造的一个著名盗侠：拉杰涅弥笔下的弗拉姆博尔继承了罗平的传统。罗平出现在卢布朗的二十部小说里。在第三部小说《空心针》里，卢布朗介绍了罗平的克星，一个才华横溢的业余侦探艾斯朵儿·毕尤卓蕾特。

拉杰涅弥的推想引发了一些精彩的问题：记忆在身份建构过程中扮

演了什么样的角色？自我的位置在哪儿？思想呢？身体呢？在几个世纪的时间里，当技术能够促成任何思想或身体的改造时，自我有了怎样的变化？不幸的是，他太忙于情节的创作了，而没有时间去探索上述问题。不过，总体上说，《量子大盗》给我们带来了莫大的愉悦。连那些平时对惊悚或科幻小说不感冒的读者都对拉杰涅弥的想象力津津乐道。他的行文松散，却包含大量信息，又极富画面感。而且主人公弗拉姆博尔是个令人无法抗拒的角色，他曾在故事的某个情节中高呼："和一帮戴着面具的义警与主脑行星战斗，打败主脑控制人类思想的阴谋——这就是生活的全部。"

作者：迈克尔·莫里森（俄克拉荷马大学）

选自《当代世界文学》2011年9—10月刊

（贾燕芹　译）

大卫·福斯特·华莱士：《苍白之王》

纽约：利特尔和布朗出版社，2011年。10+548页。27.99美元。ISBN 978-0-316-07423-0。

在大卫·华莱士的《无限玩笑》（1996年）中，十七岁的霍尔·茵坎丹扎思索着虚无的未来：他除了吃喝拉撒，就是在宿舍的过道上来回踱步，"日复一日、日复一日"，没有任何改变。"日复一日、日复一日"成了华莱士在2005年凯尼恩学院开学典礼演讲中的内容，他的演讲主要是宣扬面对世界上这些艰难复杂的制度，如何过有意义的生活。我们现在可以看到，这篇演讲和未完成的小说之间有着密切的联系：税务工作，牢骚和报表，概括了《苍白之王》的纳税检查员的主要生活，这些税务检查员于20世纪80年代中期在伊利诺伊州皮奥里亚地区的国税服务本地检查中心工作。一个检查员解释说："问题在于，报表永远都看不完。"

大卫·福斯特·华莱士曾经在REC工作过，因此《苍白之王》基本上是一部"非虚构的回忆录"，还掺杂着"一些建构新闻学，组织心理学，基本的公民和税收理论等"内容。"附带元素"包括"相关的背后故事"，通常是人物的童年经历，滑稽又令人伤感，残忍并给人创伤。

每个角色都陷在税收服务的工作中，就像《无限玩笑》中的嗜酒者构建了另一个“平行的世界”，这个世界里有它自己的传统、风俗和语言。新雇员在税收服务中重生，接受新的社会安全号码和服务代号。这些细节暗示了一种僧侣式的生活，正如文中描述的，朝“审计室”一瞥，150 位男女检查员们默默地盯着税收报表。

《苍白之王》是由利特尔和布朗出版社的编辑迈克尔·皮耶茨从数千页手稿中选取、整合在一起的，尤其在多样性和创新性方面令人赞叹：斯坦贝恩式的风景描绘、空想的社会改良家实录、一次关于精神病和爱情的欢乐时光对话、密闭电梯间里关于自由和公民责任的对话。书中有鬼魂、精神病患者、神秘孩童，以及一场关于国税服务中心未来的争论——它到底是维护“社会公正和公民美德”的力量还是“受利益驱使”的机构？最有代表性的要数克利斯·福戈的故事，那篇故事篇幅较长、以第一人称的形式展开叙事。克利斯·福戈，原本是一个瘾君子和酒鬼，有一天由于进错了教室，误听了一节有关会计学和英雄主义的课程，而误打误撞地改变了自己的人生：“真正的英雄主义是，在每一分钟、每一小时、每一星期，以及每一年里，都安静、准确、公正地实践着正义与关怀——没有其他人的陪伴或鼓舞。这就是整个世界。只有你，工作和你的办公桌。”而华莱士离开了他的办公桌，对文学界来说也许是莫大的损失。

作者：迈克尔·莱迪（东伊利诺伊大学）

选自《当代世界文学》2011 年 7—8 月刊

（贾燕芹　译）

诗　歌

波丽娜·巴斯克瓦：《冬日里的动物园》

鲍里斯·德拉林克、大卫·斯特郎堡译。布鲁克林：梅尔维尔书屋，2011年。10+165页。15美元。ISBN 978-1-935554-26-4。

俄罗斯诗人波丽娜·巴斯克瓦在诗集《冬日里的动物园》的卷首诗中宣称："我/是列宁格勒与柯勒律治/相乘后的结果"。巴斯克瓦在新作中再次印证了自身继承的多重遗产，既一如既往地坚持她的本土风格，又借用了丰富的文学传统，从古典的希腊神话到苏珊·桑塔格。巴斯克瓦在这些诗歌中几乎运用了所有可能的技巧，所以她的诗虽然意义高度晦涩，修辞上却灵活有趣，做到了严肃与诙谐并存。

巴斯克瓦诗歌的动人之处并不在于其意义的含蓄隐晦，而在于她对于诗歌创作传统技巧的关注。例如，巴斯克瓦在诗歌中写下了与神话人物、莎士比亚人物告别的诗节，复调是诗歌的开端，也是整首诗歌的框架。在《别了，奥菲莉亚》一诗中，重复的诗节，"她的云裳，飞扬起来，恍若林中的女仙。/混沌中，她唱起了破碎的歌谣/仿佛感觉不到灾难一般"，突出了奥菲莉亚的精神逐渐失常。叙述者在后面诗篇中也模仿了这种不稳定的精神状态，思维恍惚，"也不是山丘，适合那只猫/适合的不能再适合了，也不是遗忘河"。此处的重复和省略，与奥菲莉亚的"破碎歌谣"一样，呈现了思维散漫游走的过程。和其他很多诗歌一样，在这部诗集中，巴斯克瓦以戏谑的方式让这些诗歌只呈现自身孤立的世界，对那些不熟悉其文献参考（尾注也是不可或缺的资源）的读者而言，这些诗歌虽然有些晦涩，但又可以理解。自我映射和暗喻技艺之间的平衡是巴斯克瓦最主要的才能，这在《新伊利亚特》这首诗中得到了完美的展现，诗的开头如下："苏珊·桑塔格正在写战争。/这对我来说也好，我猜的。"诗句的修辞性幽默既削减又放大了整首诗对战争的严肃深思，也使她的拒绝更具毁灭性，她拒绝做一名彻底的战争诗人（“我不能。我想做，但我不能”）。在另一首将创造力和深度结合的诗歌《模仿论》中，叙述者对着一撮鸟屎思索出十八句诗行后停下来：“你是认真的吗？你对这一切都是认真的吗？/零度同理心，几点好奇心。”引用的这几句诗将这首诗都分解了，整首诗的意义在后面的两小节中得到了进一步的扩展：“一个人就这样遭受着无法充分形容的痛苦。”这一诗行的严肃与剩余诗节形成了鲜明的对比，和诗行的长度一起实现了整首诗在形式和主题上的平衡。

《冬日里的动物园》流露出了波丽娜·巴斯克瓦进入文学世界的意图，同时也彰显了她想要唤起、创作并维持一种独立的存在状态：“关键是要像运河水一样流动——即是说，表面看起来很平静。”《比克瑙》中的这句诗回应着诗人在不同经典中自由穿梭的欲望；同时又坚定不移地恪守着她的诗歌信念。她柔情满怀地歌颂自己的祖国，祖国在她对俄罗斯艺术和文化的每一寸创作与编织中延伸；她渴求勤奋的读者，愿意解读每个注释，解开这些晦涩诗歌的密码。而真正的回报是，见证她的平衡力——平衡欢笑和悲伤、对话和抒情于手掌中，然后再彻底地超越这一平衡。

作者：格雷格·埃米利奥（加州州立理工大学）
选自《当代世界文学》2011 年 7—8 月刊
（贾燕芹　译）

乔伊·布朗：《俄克拉荷马行记》

俄克拉荷马州诺曼市：蒙戈尔帝国出版社，2010 年。4 + 66 页。14 美元。ISBN 978 - 0 - 9801684 - 6 - 4。

乔伊这部宁静、朴实、抒情的诗集中描绘的俄克拉荷马不仅是一个具体的地方，更是一种集体意识。《俄克拉荷马行记》构建的是一种乡土感，传达了人对某一地方和时间的一种至深的依傍。诗歌中表现出一种创作并维持这些联结的欲望——与朋友、家庭和群落的联结，此外还展现出一种从未有过、也不可能有的一种踏实感和归属感。

斑驳脱落的壁纸、66 号公路上的艺术品和纪念物、年久失修的谷仓、锈迹斑斑的稻草打包机、嗡嗡响的水泵组、老井旁肿胀锈腐的水罐——这些一一瓦解了俄克拉荷马的集体身份。布朗的诗歌描绘了那些褪色的、久远的现实景象、乡土画面，新兴的小镇，以及石油、小麦等大地资源。因此，布朗对当今俄克拉荷马田园景象的描绘就像是过去岁月的鬼魂；那些拓荒的先辈、石油大王、农场主和石油工人们都出现在了诗歌中，召唤回了幽灵般的过去。

在第一部分中，《我不断地呼唤着俄克拉荷马》是对逐渐消逝的文化的一首欢乐颂。现实中，这一文化仅存在了五六十年，从1920年开始到20世纪80年代初期，那时候农业和石油业还没有繁荣，农村人口也还没有缩减。布朗的诗歌反映了不断变化的人口形势对那些留守人口产生的影响。

同时，布朗还关注了生活在俄克拉荷马小镇上的人们。每个人都有一部生活经验的地图；每张地图上的各个地点之间有互动甚至冲突，和路边博物馆的艺术品一起，形成了一种个人身份。就像诗歌《特定终点》中的描绘，主人公驾驶的汽车“冲进了一片带刺的铁蒺藜中”。

在第三、第四部分中，《他乡的高速公路》、《七月》中的核心主题是公路旅行，以及旅行中可以产生有意义的际遇——这些启示性的时刻总能揭示出一个人的思想结构。公路的旅行总是浮现出一些疑问，很明显的是，我们感知到的现实大多建立在怀旧的英雄主义叙事的基础上，生存本身成了个人的自我意识必须回答的问题。当一个人满身尘土，扎根于大地时，就有了《是的，我们不能永生》中的这样一种忧伤的蓝调叙事。

然而，布朗的诗歌并没有宣扬虚无主义，也不是传达宿命论的思想。当一个人固守着与侵蚀、腐烂、沉积等自然过程的深刻联结时，他就对什么是活着，什么是活在“当下”有了超然的感受，甚至能意识到过去的产物，在某种程度上，决定了当下的现实。

作者：苏珊·史密斯·纳什（俄克拉荷马大学）

选自《当代世界文学》2011年7—8月刊

（贾燕芹　译）

德里克·马洪:《秋风》

爱尔兰·拉夫科夫:画廊出版社,2010年。79页。11.95欧元。ISBN 978-1-85235-486-2。

德里克·马洪是当代爱尔兰最有才华的诗人之一,他的新作是一件大事。和马洪的前期作品不同,《秋风》以归乡为题材作为诗集的开端,并且整部作品都贴近生活,踏实安稳。“正如承诺的那样”,奥德修斯的船员把他拉上岸,尽管他开始时没认出这是他的伊萨卡岛,但在务实的雅典娜的提示下,他接受并回到了自己长久以来找寻的家园。他的语气中带着些许困惑,而且有些复杂,但最终满心欢喜。德里克·马洪终于改变了一贯的阴郁风格了吗?这位诗人以描写抗拒家庭的束缚、流浪、离家、异地安家等题材著称,最擅长以一种深情又冷漠愤世的态度书写他所处的物质、文化、精神环境。马洪的坏脾气是倔强可爱的,幸运的是这种不满并没有消失,只不过它融入似乎正在兴起的一种欢庆模式了。他先前的诗集《地球上的生命》表现了乌托邦式的梦想,并且通过对世界末日景象的幻想,警示人们环境污染可能导致的严重后果。《秋风》延续了“环境”这一主题,但是将这一主题进一步升级成了一场盛大的庆祝,庆祝“熙攘嘈杂、充满生机”的人类生活——生活是充满了丰富多样的异质元素,这与先前马洪对生活同一性的理解不同。但诗人仍然不忘在某些时刻提醒我们,在外在美好景象的背后还隐藏着“肮脏与颓废”。他并没有刻意地去遮蔽那些贪婪、暴力和肤浅的声音,而是顺其自然地展现这一切,这一点很像信奉形式主义和世界主义的拉金。

《新空间》这首诗尝试用形式服务于功能的方式使超验原则具体化,“艺术,音乐,以及有机的生长/滋养着脆弱的理想/精神的理想扎根于现实”。如果这是一个认真的假设,马洪的诗学思想就登上了一个崭新的舞台。但是我认为马洪不能放弃对幽灵般的怪异气质的坚持 。他眼中的那些怪异很难定义,但是它们却是永恒存在的。事实是,他早期对传统诗歌形式的尝试——全韵、半韵、格律和固定的诗节数目又重新运用在了这部诗集中。诗人精湛的才能也预示了那个内心黑暗、脾气乖戾的叙述人的脸上注定要露出笑容。他将永远是这个世界上的一个业余者,盼望着能找到最好的活着的方式,并且(不理性地)坚信一定有许多意义超越了“现实”存在。这也是读者热切期盼这一部内涵丰富、精彩绝伦的新诗集的原因。

作者：马格达莱·纳凯（不列颠哥伦比亚省维多利亚大学）
选自《当代世界文学》2011年1—2月刊
（贾燕芹　译）

约翰·玛特尔：《南蛮子》；《西部》

《南蛮子》：澳大利亚悉尼：格拉蒙朵出版社，2011年。95页。24澳元。ISBN 978－1－920882－58－7。

《西部：1989—2009年间澳大利亚诗歌》：澳大利亚弗里曼特尔：弗里曼特尔出版社，2010年。152页。24.95澳元。ISBN 978－1－921361－86－9。

约翰·玛特尔是当代最前卫的国际诗人的代表，同时也是一位后移民时代的文学开拓者、永远的学习者，以及游走于不同文化间的变色龙（参见《当代世界文学》2011年9—10月刊，第24页）。她出生在南非，成长在南非和加拿大，于1989年离开澳大利亚。他十八岁时就已经有了游历世界的经历，并且开始出书，这两本书延续了他一贯的美学风格，书写了旅途中的社会文化图景。《南蛮子》探索了葡萄牙帝国在非洲、美洲、亚洲及澳洲等地区殖民扩张的历史。葡萄牙人被日本人称为“南蛮子”，他们的殖民掠夺带有浓厚的怀旧情绪，他们总是对过去和传统充满了渴望，那种渴望是忧伤的、无法翻译的。玛特尔的诗歌包含了一连串深刻的问题和无限的好奇心。前者在那首诗《卡斯凯什到里斯本的列车》的最后一行中得到了充分的展现：“我在哪里？或者，作为诗人，我到底是谁？”他还将历史细节和零碎的葡萄牙语融合在了前葡萄牙殖民地的当代文学传统——蛮荒主义怀旧文学中。

在一些诗艺稍差的诗人手中，这些诗歌很可能就以纯粹的蛮荒主义收尾了，比如掠夺、议程，比如驱赶、蠢话，但是玛特尔是无比优雅的，几乎没有哪个异国人能够有这样的同理心。正如布莱恩·卡斯特罗在序言中所提到的，“荒蛮人”一词最原始的意思是：“那些讲不同语言、语音模式结构不同的人。”他在《译者是天使》、《命运》、《采蜜人》等诗歌中多次颂扬那些“完美的小人物”，可以说是“小人物”叙述声音的媒介。

《西部》整理了二十年来玛特尔写的澳洲诗歌，那些诗歌都与诗人自己选择的家园相关，尤其是澳洲的西部地区。这部诗集，像《南蛮子》一样展现了玛特尔的标志性视角，即马丁·哈里森所说的“这种地区性的视角，是一种有意识的选择，有意识的感知”。无论诗集中的叙述者是在医生办公室阅读（《消息》），还是观察毒品交易（《毒品买卖》），还是参加原住民作家的节日朗诵（《致杰克·戴维斯》），《西部》都是《南蛮子》的理想姐妹篇，在风格和模式上都极其相似。

玛特尔一次一次地穿越了题材的界限；但是他作品中流露出的才华超越了各种界限的阻力，流畅、忧郁的抒情激发起诗人的好奇心，去探求知识以外的经验，正如他在《西部》中与蜥蜴的“争论”：“是否仍然在思考/我们的语言，我的存在，就像/一只无腿的蜥蜴，词语附加物/消亡在这新的领域，/在海岬上，一只一米长的/巨蜥拦住了我/它的蛇脸对着寂静张开口。/我正被告知某些事。”

在玛特尔的作品里，读者们也是如此。

作者：大卫·舒克（洛杉矶）

选自《当代世界文学》2011年11—12月刊

（贾燕芹　译）

尤里·塔尔维特：《雨都有灵魂》

爱沙尼亚塔尔图：塔尔图大学出版社，2010年。138页。ISBN 978-9949-19-549-7。

在新诗集《雨都有灵魂》中，尤里·塔尔维特运用了一种双重的叙述声音。诗中的叙述者就仿佛认识先前诗集的作者塔尔维特一样，诗集前半部分的叙述声音是柔软、平静的，在梦里和他的死去的以及活着的朋友、家人们对话。在这些诗中，作者在梦的世界中回忆过去的岁月，梦中的世界似乎比现世生活更加真实。就像《暴风雨》中的普洛斯彼罗一样，他在制造梦境。

尤里·坡尔勒是诗集后半部的叙述者，这一部分《哦，哈姆雷特，我的兄弟!》读起来比前半部分中诗人那种成熟的宁静又后退了一步。

就像是创造了普洛斯彼罗之后的莎士比亚，又回到了他不安分的青年时代，他那敏锐、透彻、恼怒、愤世，同时又令人忍俊不禁的怀疑主义，赋予了哈姆雷特新的生命，塔尔维特的声音就模仿了莎士比亚的睿智和包容。塔尔维特在文中的另一叙述声音，像哈姆雷特一样，是一个文艺复兴时期受启蒙的青年，总是被那些无法接受的事情所激怒，所打击，因为在他的伦理世界中，这是无法理解的。他的愤怒里还有一份拉伯雷式的幽默。

坡尔勒的词汇有意地模仿了《哈姆雷特》的妙语连珠，从之前文雅柔和的喃喃自语转变成了明亮、肉感、轻佻的画面描绘。粗俗玩笑和故意矫情也伴随着一种震撼人心的真诚。像哈姆雷特对着弄人郁利克的头骨一样，坡尔勒也面对着什么人的骨骸沉思，充满了讽刺性。短篇抒情歌谣《胜利的十字架》讲述一座有争议的爱国纪念碑的厄运。这座纪念碑雄伟壮丽，2008 年由塔林的右翼州政府树立起来。整首诗颇具黑色幽默的风格。这一不幸的故事是由十字架叙述的。这一诗学手法效仿了 19 世纪爱沙尼亚爱国诗歌的风格，在技巧上尤其受到海涅的启发，现代读者一定能从中感受到强烈的古典诗风。

塔尔维特的谐音韵流畅工整，证明诗人成功地将这一手法运用到了他的诗歌中，将它变成了爱沙尼亚诗歌文化的一部分，同时也开拓了韵律的使用范围。这些诗歌或是对消费主义的辛辣讽刺，或是讲述知识的贬值，或是关注社会良知的泯灭，但都具有寒铎·罗乃尔社会批评类诗歌的精神。罗乃尔的诗歌发表于 1982 年，讽刺了苏联官僚主义风气，但是同时也带给了诗人反苏维埃政权的罪名。

“眼睛直指你/暴威刀”，“舌头吐出闪电”——从这些诗行中，我们可以看到塔尔维特躲藏在黑夜的腿弯里，雨的呼吸里。最后，坡尔勒的词汇和视角都与塔尔维特的有重叠之处，就像坡尔勒的那首《致书的十四行诗》写的那样，尽管害怕书籍会消亡，但是在“妈妈，孩子和爱情”的“新三位一体”的保护下，它们会有更光明的未来。

作者：劳利·皮尔特（塔尔图大学）

选自《当代世界文学》2011 年 3—4 月刊

（贾燕芹　译）

艾斯·特迈尔库兰：《边缘之书》

丹尼兹·帕林译。纽约州罗彻斯特市：BOA 出版社，2010 年。127 页。16 美元。ISBN 978－1－934414－36－1。

作为一名记者、作家，艾斯·特迈尔库兰在她的书籍和专栏中讨论了许多具有高度争议性的问题，例如政治犯、美国和土耳其的关系、库尔德问题等。然而，特迈尔库兰的写作不仅只是涉及土耳其的问题，还反映了她所观察到的全世界的人权问题，这尤其反映在她的诗集中。

作者在《边缘之书》中不仅探索了有关人类价值的问题，而且暂时放下了（由社会规范塑造的）“自我”、“我的感受”以及社会偏见，带领读者们，也是“探索者们”进入一个“强制的旅程中”——即自我发现之旅。翻译家丹尼兹·帕林指出，探索者特迈尔库兰是无性别的，因为在土耳其语中，第三人称代数形式没有性别之分。帕林在英语中则使用了第三人称女性代词来指代探索者。然而，探索者应该是一个普遍的、无性别的人。探索者需要这段旅程找到芸芸众生中的“自我”。叙述者指导探索者在旅程前应该放下哪些，带上哪些，轻装上阵。称呼读者为“你”，这一人称抓住了读者的好奇，并且使他能够在探索者身上找到认同感。“把一切被定义的都留在定义的世界”，带着新鲜的、无限的视角和一个抛下所有定义的自我，探索者和读者开始了这段旅程。书中的叙述者和探索者一直有交流，到最后，叙述者变成了探索者。本书包括了六个部分，开始于“门口”，奔赴“草原”，穿梭在“天空”和“海洋”之间，回到“城市”，结束于“家”。在家中，探索者开始反思整个旅程收获的所有知识。

这部诗集带领读者在旅途中重新思考什么是人类的愚昧、知识、残酷和精神。艾斯·特迈尔库兰对自然和人性的细腻感受在丹尼兹·帕林的出色译文中得到了完美的展现。她的译文灵巧地传递了土耳其原文的风采，为英语世界的读者们献上了一份无与伦比的礼物。

作者：法特玛·塔尔拉茨（得克萨斯大学奥斯汀分校）

选自《当代世界文学》2011 年 1—2 月刊

（贾燕芹　译）

于坚：《便条集》

王平、罗恩·帕吉特译。马萨诸塞州布克莱恩：泽夫尔，2010年。16+151页。15美元。ISBN 978-0-9815521-3-2。

《便条集》是于坚首部被翻译成英文的诗集。自20世纪70年代开始写作，于坚被认为是“第三代诗人”的代表，这一代诗人语言平实，关注日常生活。书的扉页上称这部作品是“现代中国生活的启蒙”，其中的许多诗都直接来源于每一天的生活观察。这些诗歌的风格各异，有的颇具超现实主义特色、有的讽刺现实、有的悲伤婉约，还有的看起来平凡无华，但意义深远。西方读者们一定会被书中中国剧烈变化的社会和环境现实所吸引：退休妇女们在公园里跳舞，当诗人高呼一声“妈”时，所有人“一起转过头去”；动物、湖泊、溪流、草原在不断地消失；模糊含混的官腔；盲目的物质至上主义。发展的进程有时令人震撼，有时令人欢欣鼓舞，还有一些时候墨守成规。于坚简约的语言风格令人想起其中国诗歌的古典传统，作品的许多主题都启发人们去关注中国当代的困境，但他优秀的诗歌是不带有任何国家民族情愫的，例如诗人期待的灵感“仿佛沙漠里的/木乃伊/等待考古学家/手指的触摸”，或者像工厂的工人们，“成为信徒/等待上帝/走出熔炉”。这部集子选自诗人更大的一部诗集《便条集》，因此不能反映出诗人宽广的整体风格。于坚的许多早期作品在一些在线翻译或在线杂志上都能找到，为任何感兴趣的读者提供更多有用的补充。

双语诗集也使得读者能够往来于原文与译文之间，从而更充分地赏析原诗和译诗。这部诗集的两位译者本身都是诗人，在遣词造句及思想梳理方面享有更大的自由。例如，一首诗歌的译文如下：“日常生活的悲剧/在史诗中开始/于平庸中结束。”通常，翻译的过程中总是产生一些奇怪的影响，例如在一首诗歌中“杜甫躺在金属的手术台上/等待一次变性手术”，原文中他等待的是“一次性的切除”（为指明切除的部位）。这些由翻译产生的共振是原文的丰富、变动，还是创新，都取决于读者看问题的视角。不可否认的是，这些诗歌是异域的、微妙的，并且富于启发性，为读者了解当代中国诗歌的概况打开了一个宝贵的窗口。

作者：乔希·斯坦伯格（南京师范大学）

选自《当代世界文学》2011 年 11—12 月刊

（贾燕芹　译）

杂　著

《人生苦短文学评论 01》

法伊扎·可汗、阿伊什·拉贾编。新德里：阿歇特出版社，2011 年。124 页。ISBN 978－93－5009－283－5。

最近几十年里，印度次大陆的新英语小说成为一个有活力的、主流的文学焦点，南亚文学杂志的复兴也反映了这一现象——无论是纸质媒体还是网络平台。许多有名的杂志期刊频频亮相：《印度文学》、《亚特兰斯》、《小杂志》、《岛》、《人民的诗行》、《第三类文本》、《联邦杂志》、《普拉提里皮》、《印度缪斯》、《克里提亚》、《比尔塔》、《亚洲写作》，等等。许多综合性杂志也开辟了引人注目的文学版面，例如《画廊》、《旅行队》和《喜马》（尼泊尔）。

最新一部、也是最具原创性的期刊《人生苦短文学评论 01》于去年底由巴基斯坦的思仁出版社出版，印度阿歇特出版社出版了该期刊的平装版。B 型平装类型很吸引人，还包括八页对折彩色带字的艺术图片，题名为《在我心里签上你的名》，作者是艾缇可·乌丁·艾哈迈德。

根据两位编辑法伊扎·可汗、阿伊什·拉贾的说法，《人生苦短文学评论》的诞生“纯粹始于好奇心的驱使”。他们认为：“当巴基斯坦作家的英文小说创作获得认可时，世界对巴基斯坦的想象主要基于少数先驱作家和作品的影响，但是国内基本上没有任何去鼓励、推动文学发展，或发掘新人才的举措。”正是因为这种思想，他们去年在卡拉奇发起了“人生苦短文学评论奖”，一等奖奖金是一万卢比。评委穆罕默德·汉尼夫、丹妮亚·慕伊奴迪、卡米拉·沙慕斯从八百部作品中挑选出了一些入围作品，它们成了这本新杂志的核心内容。

萨达夫·哈莱的作品《幸运儿》获得了最高奖项，阿齐兹·谢赫的

《六指儿》和雷伊卡·尚德里的《平息事件》获得了第二名。这一卷中的最佳故事并不像先前那些小说一样，都宣称自己描绘了“神秘的、真正的巴基斯坦”，而是短小、紧凑、细腻的小说，这些作品的人物性格刻画得更加丰满，更贴近“作者的内心”，并且用更微妙、准确的方式论证自己的观点。

《〈土耳其禁卫军的爱情〉评注》是对属于最广义名词的政治—文学观念令人着迷又困惑的注释，《〈拉合尔茶馆的陌生人〉注释》这部穆赫辛·哈米德的作品又在它之上增加了即时性与紧迫感。

书中还独家摘录了巴基斯坦的首部漫画小说《兔鼠》的片段。该小说完美结合了穆沙拉夫·阿里·法鲁基的文字和米歇尔·法鲁基的插图与诗歌。整部书还汇集了科幻小说、寓言、政治及社会文化评论等多种具有文学元素。

“沙拉瓦”是巴基斯坦当地出版的一种低俗小说体裁，经过翻译家穆罕默德·汉尼夫完美的英语翻译和文学处理，变成了一种新鲜的文学形式。穆罕默德·汉尼夫的作品《芒果爆炸事件》曾经获过2008年布克奖的提名。

《生命苦短文学评论》大胆、狂放、时髦、设计独特、具智慧与前沿性，说这么多是为该创刊号赢得读者和作家坚定的支持。它精雕细琢的写作、极具风格的策划使它非常值得关注。我们深深期望，这本杂志的寿命不会像它措辞巧妙的名称那样具有讽刺意味。

作者：苏迪普·森（新德里）

选自《当代世界文学》2011年5—6月刊

（贾燕芹　译）

达契亚·马来尼：《他乡的诱惑》

米兰：里佐利出版社，2010年。174页。17.50欧元。ISBN 978-88-17-04367-0。

达契亚·马来尼总是对他者充满了好奇，他的散文集《他乡的诱惑》的开篇便是关于我们为何愿意舍下舒适的家、出门远行的沉思。我们为什么着迷于异域他乡的事物？作者认为，这一问题取材于“异国之爱”、“他乡的诱惑”。她对旅行的向往来源于父母对她的影响，在她一岁的时候，父母就带她到日本旅行。后来，她去了意大利——一个她长久以来认为最异域的地方，她从意大利人那里得知，他们认为日本是一个陌生又美妙的地方。外地人认为的异域，在本地人看来可能却是单调。

她对新奇和陌生的向往使他走遍了许多国家，或是独自一人，或是与人为伴，因为她坚信，跟着导游永远不能见识到一个国家真正的风土人情。马来尼戏剧家的职业，以及她对世界范围内女性戏剧的兴趣，使她可以去大多数游客无法游览的地方。与她一生的志向一致，她在这部文集中重点关注了女性生活。

在内罗毕，她出席了女性戏剧团体举办的诗歌朗诵会，会上朗诵了斯瓦希里语、英语和意大利语的诗歌。这个团体还表演了一部英语戏剧独白《独处的女人》，作者是达里奥·福。她谈论、分享、观察塞尔维亚、南非、中国、韩国、南美、苏黎世、古巴和美国等不同国家和地区的女性传统与风俗。这二十八篇文章大多是简短的概括总结，篇幅不超过三页纸，其中描写最细致的，是一篇与阿尔贝托·莫拉维亚一起在肯尼亚旅行的文章，篇幅长达二十八页。

在肯尼亚，马来尼与来自索马里和苏丹的女性难民交谈，她们为了躲避手持步枪和棍棒的武装势力来到肯尼亚，目前住在临时搭建的帐篷里。这些女人中有许多都目睹过她们的丈夫、孩子被杀害，之后自己被轮奸。然而，参加和平谈判的永远是男人们，或者他们自称的“军阀”，而不是这些女人，尽管是她们坚持在这片被战争蹂躏后的土地上劳作，延续生命。

达契亚·马来尼对异域的渴求牵引着她离开自己熟悉的家园和风俗习惯，踏上行程，去探索新鲜、陌生的世界；而她对各地女性的研究兴趣，也为她搭建了许多桥梁和网络，让她的旅行更有意义。

作者：玛莎·肯（佛罗里达克利尔沃特）

选自《当代世界文学》2011 年 7—8 月刊

（贾燕芹　译）

奥尔罕·帕慕克：《天真和多情的小说家》

纳兹穆·迪科巴斯译。马萨诸塞州剑桥：哈佛大学出版社，2010年，208页。22.95美元。ISBN 978－0－674－05076－1。

T. S. 艾略特曾经说过，诺贝尔奖就是自己葬礼的门票。对于2006年诺贝尔奖获得者奥尔罕·帕慕克来说并非如此，他最新的文集是他事业黄金时期的作品。除了少量的编辑改动之外，这些文集基本是2009年9月他在哈佛大学作诺顿演讲的文稿，每篇演讲都有50分钟的时间限制。这种时间的限制，也迫使他将小说的理论研究用最简洁、最清晰、大师级的散文呈现了出来。

演讲的开篇和结尾的画面都来自《安娜·卡列尼娜》，一部帕慕克认为有史以来最伟大的作品。帕慕克尤其爱回忆那部小说中的经典场景，安娜在开往圣彼得堡火车上凝视着车窗外飞扬的雪花。这个画面也令人联想起乔伊斯的优秀小说《死者》，这部作品以对雪的抒情描写结束。帕慕克2002年的作品《雪》以对雪的抒情描写为开端。小说中的画面对帕慕克来说就是一切。“小说”，他认为，“必须是视觉的文学虚构”。尽管帕慕克本人以及其他许多他倾慕的作品都具备这一特征，只有陀思妥耶夫斯基是相反的例子——证明了该论断的缺陷：它预先假设所有读者都喜欢视觉化，并且认为所有小说家都将画面感看得高于其他感觉。另外值得商榷的是，帕慕克认为没有其他文学形式可以跟小说的丰富性相比。如果说体裁反映社会力量、美学和品位的不同类型，那么小说和诗歌、史诗、悲剧没有什么差别，都有自己的全盛期。

读者对帕慕克该书的最后一章《中心》也会提出类似的异议，这一章主要是强调小说作为文学和它作为体裁之间的区别，文中论述的区分方法非常流行、却又具有误导性。所有文学作品都属于某种体裁；博尔赫斯和坡青睐侦探小说，或许由于帕慕克过分执著于对此体裁的推崇，他曲解了作为小说家的博尔赫斯。帕慕克的题名，是对弗里德里希·席勒于1795年所写文章的致敬，同时也是对约翰·勒卡里1971年的悬疑小说《天真和多情的爱人》的纪念。

如果说小说有逃避归类的倾向，那么评论家很容易就陷入概念和定义的流沙中，难以解脱。也许帕慕克的前辈 E. M. 福斯特，在他 1927 年的演讲《小说面面观》中已经给出了最简单的定义：“任何字数超过 5 万字的虚构散文作品。”帕慕克一方面哀叹福斯特的体裁研究已经过时了，另一方面却认为福斯特的地位应当得到恢复。我非常同意这一观点。正如福斯特的早期作品，帕慕克的作品也是技巧的研究，但并没有一套关于小说的完整统一的理论，也没有声称要做这方面的研究。帕慕克从一个文学家的角度去写这部书，将文学评论和自传结合在一起，内容中显露出蒙田式的乐观主义态度。帕慕克自己也承认，他从蒙田那里汲取了勇气，通过自己的小说来为所有的小说家正名。个人可以为全人类辩护，这样的想法既不矫情，也不天真，而是对小说内在的一种信仰，而帕慕克小说中的艺术特色不得不令人钦佩。

作者：托马斯·帕特里克·维斯尼尤斯基（哈佛大学）

选自《当代世界文学》2011 年 5—6 月刊

（贾燕芹　译）

史蒂芬·萨雷特：《现代美国阿拉伯裔小说导读》

纽约州雪城：雪城大学出版社，2011 年，8 + 154 页。19.95 美元。ISBN 978 - 0 - 8156 - 3253 - 5。

尽管标题中“导读”的说法很低调，这是一本对美籍阿拉伯裔作家作品很好的介绍性读物，阿拉伯裔小说在美国并没有广为人知，但创作群体一直在成长壮大。作为近来发展较快的文学之一（最近 20 年来），美籍阿拉伯裔小说其实是一个年轻的文学传统，充满了希望，而且至今为止，创作群体几乎都是女作家。尽管风格、内容差异很大，这些作品大多反映了当下美籍阿拉伯裔人所处的社会政治、历史文化环境（参见《当代世界文学》2007 年 1—2 月刊，第 55—63 页）。

史蒂芬·萨雷特既提供了美籍阿拉伯裔文学的总体概况，同时也有对二十位作家作品的评析。他对小说的主题进行了评析，包括作家对当下政治事件的影射，例如巴以冲突、黎巴嫩内战；他对作家为什么突出社会事件做了研究，例如美国的反阿种族主义、美籍阿拉伯人想要与非洲裔族群区分开来的欲望，以及穆斯林在基督教社会的尴尬处境；同时，他也探索了少数族裔的性别及国家身份等问题。萨雷特在书中也对一些专业的文学问题进行了探讨，例如小说的风格，以及小说人物、结构、情节的发展。

通过上述努力，他全面地再现了一些最受欢迎的阿拉伯裔美籍小说家的风采，例如戴安娜·阿布－贾比尔（Diana Abu-Jaber）、穆迦·卡夫（Mohja Kahf）、莱拉·哈勒比（Laila Halaby）、伊泰·阿德南（Etel Adnan）、艾丽西亚·埃里安（Alicia Erian）、兰达·杰拉尔（Randa Jarrar）和拉比·阿拉米丁尼（Rabih Alameddine），以及短篇小说家，如伊夫林·沙基尔（Evelyn Shakir）、苏珊·穆阿迪·德拉什（Susan Muaddi Darraj）、弗朗西斯·科赫拉和·诺博（Frances Khirallah Noble）、约瑟夫·格哈（Joseph Geha），所有这些作家都来自非洲东南部或地中海东部地区，正如大多数美籍阿拉伯裔移民一样。但他同时也介绍了一些来自马格里布（位于北非地区）的阿拉伯裔作家，例如莱拉·拉拉弥（Laila Lalami）、萨米亚·塞拉格蒂（Samia Serageldin）、阿努阿尔·马吉德（Anouar Majid）等。

在他的书中，萨雷特还收录了拉维哈格的作品，这位小说家祖籍黎巴嫩，从青少年时期起在美国生活，国籍却是加拿大。此外，还有出生在黎巴嫩的小说家帕特里夏·萨拉菲恩·沃尔德，父亲是亚美尼亚裔（非阿拉伯）的黎巴嫩人，母亲是美国白人。但他并没有收录莫娜·辛普森（Mona Simpson），珍妮·布劳柯斯（Jane Brox）或威廉姆斯·彼得·布拉提（William Peter Blatty），他们也都是阿拉伯裔的美国小说家——未收录的原因是“他们没有写与阿拉伯民族及美籍阿拉伯移民相关的主题”。因此，作家是否属于阿拉伯裔移民并不是被收录进美籍阿拉伯裔文学的唯一标准，还要看作家的主题探索与文化内涵。这也说明了在这一语境下“美籍”和“阿拉伯”的多重含义——萨雷特教授意识到了这一点，并在他极具启发性的引言中提到这一多重含义。

总而言之，这本书对研究美国文学及美籍阿拉伯裔文学的学者和学生来说，都是非常有用的，此外也同样适用于那些想从大众新闻媒体以外的渠道了解阿拉伯及美籍阿拉伯文学的读者 。

作者：伊萨·博勒塔（蒙特利尔）

选自《当代世界文学》2011 年 9—10 月刊

（贾燕芹　译）

编 后 记

刘洪涛　丹尼尔·西蒙

北京师范大学与俄克拉荷马大学合作的《当代世界文学》（中国版）已经出到第五辑。本期《当代世界文学》（中国版）主要精选的是原版《当代世界文学》2011年全年六期的内容。这些内容按两种方式编排：其一是把原版中发表的文章按中国版设置的栏目重新归类，这些栏目是：作品选萃、世界文学综论、当代中国文学与世界、作家访谈录。其二是选用原版中有特色的栏目，它们是“科学与文学”（1—2月刊）、“意大利文学”（7—8月刊）、“英语诗歌”（9—10月刊）、“后苏联时期文学”（11—12月刊），以及原刊常设的栏目“新书评论”。收入中国版第五辑的作家作品和评论，萃取了原版的精华，展现了世界文学发展的最新动态。

2011年原版《当代世界文学》继续秉承传统，刊发来源广泛多样的世界文学作品和评论，既有来自美国、法国、英国、俄罗斯、意大利、印度等文学大国的作品和评论，也包括来自阿尔巴尼亚、孟加拉国、丹麦、冰岛、伊拉克、肯尼亚、拉脱维亚、卢森堡、摩尔多瓦、尼加拉瓜、挪威、波兰、塞尔维亚、新加坡等国的作品和评论。中国版第五辑忠实地反映了原版的这一特色。我们对来自不同文学传统的作家作品一视同仁，唯一的目标是使缓慢旋转的世界文学万花筒保持运动，惟其如此，嵌入世界文学中的各个拼块被视作整体时才有助于形成更广阔的马赛克图景，我们才能在色彩斑斓的大背景中分辨“真理的身影”。

正如读者已经看到的，生机勃勃的中国当代文学继续在2011年的《当代世界文学》原版中扮演重要角色。中国诗人多多获得本刊主办的2010年纽斯塔特国际文学奖，小说家韩少功获得俄克拉荷马大学设立的第二届纽曼华语文学奖。相应地，本刊 2011 年 3—4 月刊为多多开设了专栏，7—8 月刊发表了韩少功的获奖感言和他的长篇小说《马桥词典》节选，以及汉学家蓝诗玲（Julia Lovell）的评论文章。关于他们的评论文章也收在了中国版第五辑的“当代中国文学与世界”栏目中。

关于中国文学的最新消息是：2012 年秋，第三届纽曼华语文学奖授给了台湾诗人杨牧；2012 年 10 月，莫言喜获诺贝尔文学奖。上个世纪 90 年代以来，莫言一直是《当代世界文学》大力推介的对象，我们为他的获奖感到由衷的喜悦和自豪。原版《当代世界文学》杂志已经确定将在 2013 年推出莫言和杨牧专栏，预计在中国版第六辑中，也将刊发两位作家的评论文章。

北京师范大学与俄克拉荷马大学的学术合作已经进入第六个年头，并不断焕发出新的活力，半年刊《今日中国文学》（*Chinese Literature Today*）已发行两年就是最好的证明。《今日中国文学》是《当代世界文学》的姊妹刊物，由国家汉办资助，两校的多位学者合作编辑。2011 年出版的《今日中国文学》推介了很多作家，如阎连科、李昂、王家新、余华、食指等。“今日中国文学”系列丛书也出版了第一种，它是石江山翻译的食指诗选《冬日的阳光》。葛浩文翻译的莫言的《檀香刑》作为丛书的第二种，也即将出版。我们衷心祝愿两校的学术合作发展得更加顺畅和卓有成效。

本期稿件由丹尼尔·西蒙和刘洪涛共同从原刊中挑选。《当代世界文学》（中国版）编委会约请国内外有经验的译者翻译原稿。翻译完成后，双方的专家对译稿进行了审校。贾燕芹担任本期的英文编辑，王国礼、崔潇月、程文做了一些文稿校对工作。在此向他们表示感谢。

2013 年 6 月 10 日

在《当代世界文学》（中国版）第五辑即将付梓之际，本刊英文编辑贾燕芹博士不幸因病去世。贾燕芹硕士毕业于北京师范大学外国语学院英语言文学专业，博士毕业于本校文学院比较文学与世界文学专业，为本刊及本院“中国文学海外传播工程”项目贡献甚多。编辑部谨向贾燕芹博士的去世表示深切哀悼。

2013 年 9 月 20 日补记